KB162448

「여과, 증류, 포션……?」
이 반짝반짝 빛나는
신기한 모양의 기구들은 뭘까?
책 속에는 내가 모르는
지식이 가득했다.
「이건 연금술사가 될 데이지를 위한 선물이란다!」
왕도 변두리의 연금술사
~망한 직업에 당첨됐으니
느긋하게
가게나 경영하겠습니다~

'연금 숙성'으로 와인 만들기에 도전!

케이트

데이지

「있잖아, 너 이름이 뭐야?」

나는 새끼강아지 모습으로 변한 펜릴을 안아 들며 물어보았다.

「저에게 이름은 없습니다.」

「으음, 그럼 뭐가 좋으려나.

식물 정령의 동료니까…… 리프는 어때?」

여덟 살 생일을 맞은
데이지 앞에 성수(聖獸) 펜릴이 나타나는데?

왕도 변두리의 연금술사

~망한 직업에 당첨됐으니 느긋하게 가게나 경영하겠습니다~

글＝**yocco**

일러스트＝**쥰스이**

The alchemist on the outskirts of King's Landing
Author:yocco illustration:Junsui

CONTENTS

프롤로그

쓸쓸한 인생이었다…….

그것이 열다섯 살에 막을 내린 내 인생의 마지막에 든 감상
이었다.

나는 인생의 마지막 순간에 배웅해 주는 사람도 없이 오로지
혼자였다.

해마다 한 번씩 한 송이의 꽃을 피우며 나를 치유해 준 단 한
그루의 관엽식물만이 내 마지막을 지켜봐 주었다.

나는 귀족 남작 가문에 태어났다.

어린 시절부터 원예를 좋아했던 나는 그 무렵부터 저택 정원
에 있는 화초들만 돌보곤 했다.

우리 나라 국민은 다섯 살이 되는 해에 세례를 받고 신께 '직
업'을 하사받는 게 의무다. 그리고 신께서 나에게 하사해 주
신 직업이 '시녀'였던 것이 불행의 시작이었다.

내 부모님에게 있어서 '시녀'는 망한 직업이었던 것이다.

원래부터 자존심이 세고 허영심이 강한 야심가인 부모님은

자식들이 하사받을 직업을 기대했다. 그리고 자식들이 화려한 직업을 받아 우리 가문을 부흥시키기를 원했다. 그래서 내가 받은 결과에 격노하고 언젠가는 꼭 집에서 쫓아내 버리겠다고 결심했던 모양이다.

하지만 그런 와중에도 자존심은 있었는지, 적어도 가문의 이름에 수치는 되지 않고 격 있는 가문의 시녀가 되게 매너, 예의범절, 읽고 쓰기, 산수를 주입식으로 교육했다. 고용된 교사는 내가 잘 외우지 못하면 회초리로 때렸고, 울어도 용서해 주지 않았다.

열 살이 되었을 때, 어느 공작 가문의 시녀 모집을 계기로 보기 좋게 친가에서 쫓겨났다. 그리고 계속 공작 가문의 시녀로 일하면서 열네 살의 마지막 무렵에 불치병에 걸리고 말았다.

친가가 병에 걸린 나를 받아들이는 것을 거부하자 곤란해진 고용주는 내가 근무하는 저택 부지의 외곽에 있는 허름한 별채에 나를 격리했다.

나는 병문안을 오는 사람도 없는 외톨이였다.

……아무나 나를 좀 사랑해 줘. 나를 좀 봐 줘. 단 한 사람만이라도 좋아!

그것이 짧은 생애를 마치기 전 나의 단 한 가지 소소한 소원이었다.

그 소원은 마지막까지 이루어지지 않았지만.

……끝까지 돌봐주지 못해서 미안해.

내가 화분을 향해 뻗은 팔은 화분에 닿지도 못하고 힘없이 바닥으로 떨어졌다.

성스러운 초록색 빛이 나를 감싼 듯한 기분이 들었지만, 아마 죽기 전 한순간에 본 환상이겠지.

그리고 내 시야는 어둠에 휩싸였다.

◆

어두워진 줄 알았던 시야가 갑자기 밝아졌다. 눈을 감은 상태로 그저 시야가 환해진 것만 느꼈다. 갑자기 폐에 공기가 들어와 깜짝 놀란 나는 크게 울음을 터뜨렸다.

"나리! 헨리 님! 태어나셨습니다! 귀여운 공주님입니다!"

여자의 목소리를 듣고 내가 '태어났다'는 사실을 깨달았다.

'나, 방금 죽지 않았나……?'

내가 혼란에 빠져 있는 동안에도 누군가가 내 몸을 씻긴 다음 부드럽고 따뜻한 천으로 감싸는 감촉이 들었다. 갑자기 몸이 두둥실 떠오르는 감각이 느껴져, 또 다른 누군가가 나를 들어 올렸다는 것을 눈치챘다. 따뜻하고 커다란 손.

"무척 귀여운 아이야! 로제, 정말 고마워."

뒤이어 내 옆에서 키스를 하는 소리가 났다.

"내, 여동생."

그렇게 말하며 작은 손가락이 내 볼을 쿡쿡 찔렀다.

"아, 아……."

조금 더 높은, 옹알거리는 유아의 목소리가 들려오며 더 작은 손이 내 이마를 찰싹찰싹 때렸다.

"자, 둘 다! 새 여동생에게 착하게 대해야지."

온화하고 다정한 여자의 목소리가 들려왔다.

"아버지, 여동생, 이름."

더듬거리는 남자아이의 목소리가 들려왔다.

"어떻게 할까, 로제. 정해 놨던 대로 '데이지'로 괜찮아?"

"네, 달리아에 데이지. 우리 가문 여자아이들 이름은 꽃 이름을 따서 짓자고 정했는걸요."

'나'의 이름을 정한다는 건, 이 사람들이 내 부모라는 뜻이니까…….

나는 다시 태어난 거구나!

나는 급격히 변한 상황을 이제야 이해했다.

나는 '데이지 폰 프레스라리아'로 환생한 듯했다.

그리고 이 세상에 태어난 지 얼마 지나지 않아, 이 몸에는 '나' 외에도 또 다른 사람의 마음이 존재한다는 사실을 깨달았다. 태아 시절부터 자연스레 싹튼 자아인 '데이지'. '내'가 환생하면서 하나의 몸에 두 개의 마음이 존재하게 되었다.

하지만 프레스라리아 가문의 부모님과 형제자매로부터 사랑받는 나날을 보내는 동안, '나'는 한 가지 결심을 했다. '이제 나는 사라지자'고. 가족에게 받은 넘쳐흐르는 사랑이 '내'가 죽기 직전에 빈 소원을 이루어 주었기 때문이다. 하루하루가 행복하고 충분히 만족스러웠다.

어린 '데이지' 도 '나' 를 언니처럼 여기며 따라 주어서 무척 귀여웠다. 하지만 하나의 몸에 두 개의 마음이 깃든 건 매우 부자연스럽고 불안정한 상태. 내가 남아 있으면 이 몸의 원래 주인인 '데이지' 가 어떤 일을 계기로 사라져 버릴지도 모른다. 이 몸은 '데이지' 의 것. 내가 빼앗아서는 안 된다.

나중에 남을 '데이지' 가 불편하지 않게 '내' 가 전생에서 배웠던 것 중에 도움이 되는 기억만을 '데이지' 에게 남겼다. 그리고 전생의 안 좋은 기억은 '내' 가 전부 끌어안고 사라지는 게 최선이다.

'행복해지렴, 데이지.'

'언니, 가 버리는 거야? 계속 둘이 함께 있자. 언니가 사라지는 건 싫어.'

마음속으로 '나' 와 대화를 나누면서 어른스러운 아이로 자란 '데이지' 가 쓸쓸한 듯이 '나' 를 붙잡으려 했지만, 나는 고개를 가로저었다.

'이 몸은 원래 네 거니까, 그건 안 돼. 내가 없어지면 너는 나를 잊어버리겠지. 하지만 어딘가에서 너를 계속 지켜보고 있을게.'

고마워요…… 프레스라리아 가문의 아버지, 어머니, 작은 오라버니와 언니. 그리고 귀여운 데이지. 신이시여, 제가 환생할 때 만약 당신께서 기억을 남기신 거라면 감사드립니다.

제가 데이지와 함께 프레스라리아 가문에서 보낸 나날은 정말 행복했습니다.

데이지가 네 살 생일을 맞이할 무렵, 이별을 거부하는 '데이지'의 포옹을 받으며 '나'의 기억은 초록색 빛에 감싸여 많은 초록색 존재의 손짓을 따라 '데이지'의 안에서 옅어져 갔다. 사라지는 순간에도 '나'의 마음은 많은 사랑으로 가득 차 있었기에 더는 아무런 미련이 없었다.

제1장 세례식

나는 데이지 폰 프레스라리아. 자르텐부르크 왕국 자작 가문의 차녀, 이제 곧 다섯 살이다. 애플그린색 머리카락에 아쿠아마린색 눈동자. 어른들의 말에 따르면 성격이 약간 조숙하다고 한다.

왕도에 있는 프레스라리아 자작 가문의 저택에 살고, 틈만나면 식물도감이나 약초 도감을 탐독하며, 때로 우리 가문의 정원사를 따라 걷는다. 나는 내 질문에 명확하게 대답하는 식물이 좋다. 그래서 장미 손질도 좋아한다.

그런 내 가족은 아버지를 필두로 어머니, 오라버니, 언니와 나까지 다섯 명이다. 그리고 우리가 사는 저택에서는 많은 사용인이 우리를 위해 일한다. 그 사람들은 부지 안 1층에 있는 회랑을 사이에 두고 세운 기숙사에서 지낸다.

부지 안에는 마법 연습장도 갖추었고 부지 끄트머리에는 창고 대신 쓰는 오두막이 오도카니 서 있다.

저택 뒤편에는 작은 숲이 있는데, 숲은 우리에게 베리나 밤 같은 숲의 은총을 내려 준다.

아 참, 우리 가문 최고의 자랑거리는 뭐니 뭐니 해도 장미다!

정원 중앙, 저택 거실과 객실의 테라스를 따라 핀 장미는 무척 근사하다. 장미들은 빨간색, 분홍색, 하얀색에 노란색까지 다양한 종류가 있어서 꽃이 필 계절이 되면 아름다운 외양과 향긋한 꽃 내음으로 정원을 화사하게 만든다.

"올해는 장미꽃도 많이 피고 색도 참 예쁘구나. 절경이야."
거실 테라스 자리에 앉아 가족과 함께 차를 마시는데, 옆에 앉은 어머니가 정원의 장미를 칭찬했다.
"황송하게도 올해는 아가씨도 장미 돌보기에 관심을 보이셔서, 장미가 자라는 모습을 아주 주의 깊게 지켜보고 손질하셨습니다. 분명 장미도 그 정성에 답한 것이겠지요."
집사 세바스찬이 어머니의 말에 그렇게 대답하자, 어머니는 미소를 지으며 내 머리를 쓰다듬어 주셨다. 나는 장미와 어울리는 아름답고 다정한 어머니가 좋았고, 그런 어머니에게 칭찬받은 것이 기쁘고 쑥스러워서 나 자신이 분홍색 장미라도 된 양 볼이 빨개지고 말았다.
맞다, 장미 돌보기라고 하니 생각난 건데, 식물을 너무 뚫어져라 관찰한 탓인지 나는 후천적으로 [감정(鑑定)] 스킬을 얻었다. 그래서 식물의 상태를 보고 효율적으로 돌보는 것이다.
예를 들어 식물을 볼 때는 이런 식으로 보인다.

[장미]
분류: 식물류

세부 사항: 기운이 없다. 작은 애벌레가 새잎을 갉아먹었다.

이런 식으로 어디가 안 좋은지 보이면, 못된 짓을 하는 벌레를 치우면 된다.

인간이라면 이런 식으로 보인다.

[데이지 폰 프레스라리아]
자작 가문의 차녀
체력: 10/10
마력: 150/150
직업: 없음
스킬: 감정(3/10)

하지만 가족을 포함해서 다른 사람을 들여다보는 경우는 거의 없다. 모두 자신이 어떤 능력을 가졌는지 마음대로 엿보면 싫을 테니까. 그래서 부모님에게도 비밀로 하고 있다.

나는 이제 곧 다섯 살이 된다. 다섯 살은 세례라는 의식을 받는 무척 중요한 나이다.

왜냐하면 우리 나라에서는 모든 국민이 다섯 살이 되는 해에 세례식을 받음과 동시에 신께 직업을 하사받기 때문이다. 거기에 평민이나 귀족 같은 신분의 귀천에 따른 차이는 없다.

그리고 세례식에서 판명된 직업은 마도구로 개조할 수 없게 만든 '직업 증명서'에 기재해 본인에게 수여한다.

특히 우리 귀족에게는 장래의 직업뿐만이 아니라 결혼까지 좌지우지하기 때문에 세례식 결과가 매우 중요하다.

그중에서도 인기 있는 직업은 '기사'나 '마도사' 같이 나라를 지키는 힘 있는 직업이나, 우수한 문관직이다. 이런 직업에 당첨되면 부모도 기뻐한다. 인기 직업을 하사받은 경우, 취직에 유리할 뿐만 아니라 직업은 부모에게서 아이로 유전될 확률이 높기 때문에 결혼 상대로 원하는 사람도 많아진다.

또, 신께 직업을 하사받으면 그 직업과 관련된 스킬이 향상된다. 그래서 이 나라에서 신께 하사받은 직업은 신의 뜻이자 은혜로 여겨진다. 그 때문에 하사받은 직업을 거절하는 것은 신께서 내려 주신 직업을 거부하는 것, 다시 말해 '신에 대한 반역'으로 간주되어 교회의 비난을 받는다.

그래서 취직하길 원하면 직업 증명서를 제출해야 하고, 적합한 직업이 아니면 취직 자체가 몹시 어려운 구조로 되어 있다.

그런 우리 나라의 직업 제도하에서 우리 가문은 우수한 마도사를 배출해 온 가문이었다. 아버지는 마도사단의 부 마도사장이고, 어머니도 마법 재능이 상당히 뛰어나다고 한다.

한 명씩 한 살 터울로 있는 오라버니와 언니도 세례식에서 '마도사' 직업을 하사받았고, 잠재 능력이 높아 장래를 기대받는다. 그리고 그 기대에 부응하기 위해 집 연습장에서 가정교사에게 마법을 배운다.

그런 환경에서 자란 나는 어릴 때부터 나도 당연히 마도사가 될 줄 알았다. 그래서 오라버니와 언니가 마법 연습을 하면 끼어들어서 같이 연습하는 흉내를 냈다.

"오라버니, 어떻게 하면 그렇게 바람의 칼날을 날릴 수 있어?"

오라버니는 내 눈앞에서 자랑스레 한 번 더 마법을 선보였다.

"그거야, 데이지보다 2년이나 오래 연습을 했으니까."

그 대답에 나는 볼을 부풀리며 손을 내밀었다.

"에어 커터!"

내 손안에서 바람이 생기는 감촉이 희미하게 느껴졌지만, 에어 커터는 발동되지 않았다.

"데이지! 나도 할 수 있어! 이것 봐! 에어 커터!"

언니도 나와 오라버니 옆에 다가와 갓 배운 마법을 선보였다.

"오라버니랑 언니만 쓸 수 있다니 치사해! 나도 함께 아버지에게 도움이 되고 싶단 말이야!"

그 후에도 나는 몇 번이나 오라버니와 언니의 수업에 섞여서 어깨 너머로 흉내를 내며 마법 연습을 했지만, 아직 어린 나는 결국 마법을 쓰지 못했다.

◆

그런 평화로운 나날이 이어지고, 마침내 세례식 날이 찾아왔다.

따뜻한 봄 햇살은 아이들의 소중한 하루를 축복하듯이 다정하고 부드러운 빛으로 초록색 새잎들을 비췄고, 그 틈새로 일

직선으로 쏟아져 내리는 햇살은 앞으로 펼쳐질 눈부신 미래로 향하는 길을 가리키는 듯했다. 나는 그 햇살에 살며시 눈을 찌푸렸다.

……조금 눈부시네. 그래도 무척 멋진 아침이야.

나는 아버지와 어머니의 손을 잡고 왕도의 교회에 왔다. 나는 오늘 하루를 위해 주문한 새 원피스를 입었다. 웬일로 언니에게서 물려받은 옷이 아니라서 기뻤다.

교회에는 나와 같은 다섯 살짜리 어린아이들이 부모를 따라 잔뜩 늘어서 있었다. 그 아이들은 모두 자신에게 선고될 장래를 상상하며 함박웃음을 지었다.

교회의 스테인드글라스에는 신과 천사의 모습이 선명하게 그려져서, 마치 오늘 세례식을 받으러 온 아이들을 축복하는 듯했다. 예배당 중앙에 있는 하얗고 거대한 창조신님의 석상은 입가에 미소를 띠고 부산스럽게 차례를 기다리는 아이들을 어여삐 여기듯이 내려다보았다.

나도 기다리는 시간이 길어서 무척 두근거렸다.

오늘 마도사 직업을 받으면 정식으로 오라버니와 언니랑 같이 실컷 마법 연습을 하고, 훗날 아버지 곁에서 셋이서 마도사로 일하는 거야!

나는 그렇게 믿었다.

"괜찮아, 데이지도 분명 마도사일 거야."

아버지가 그렇게 말하며 나를 격려하듯이 손을 꽉 잡았다.

"네, 아버지, 그러면 저는 마법 연습을 많이 해서 아버지께 도움이 될게요."

그건 아주 자연스럽고 당연한 일인 듯 보였다.

사제님이 명부에 있는 이름 순서대로 아이들의 이름을 불렀다. 귀족은 가문의 격에 따른 순서인지, 자작의 아이인 나는 좀처럼 이름이 불릴 기미가 안 보였다. 그러면 평민 아이들은 우리 귀족 다음으로 불리는 걸까.

"데이지 폰 프레스라리아."

사제님이 겨우 내 이름을 불렀다.

내 차례다……! 빨리 마도사라고 선고받고 싶어!

"네!"

씩씩하게 대답을 하며 교회 예배당 제일 안쪽 중앙에 있는 단상 앞까지 걸어갔다. 꿈속에서도 바랐던 이 순간이 다가오자 내 가슴이 두근두근 고동쳤다.

"자, 이 수정 위에 손을 올리렴."

사제님이 나에게 마도구 수정 위에 손을 올리라고 재촉해서 그 말에 순순히 따랐다.

"신이시여, 데이지 폰 프레스라리아가 다섯 살이 되었음을 축복하시며 그에 상응하는 직업을 내려 주시옵소서."

그리고 눈부신 빛이 내 손을 감쌌다.

……수정구 안에 나타난 글자는 '연금술사'라는 직업이었다.

"……어?"

나는 그 이상 아무 말도 못 하고 내 이름과 '연금술사'라고 적힌 직업 증명서를 건넨 사제님께 인사한 뒤에 빠르게 교회를 나왔다.

……잠깐만, 왜 마도사가 아닌 거야?

교회 밖으로 나온 나는 홀로 혼란에 빠졌다. 그리고 건네받은 직업 증명서에 쓰인 '연금술사'라는 글자를 멍하니 바라보았다.

……연금술사가 뭐지? 아니, 그게 중요한 게 아니잖아. 나는 마도사의 아이인데 왜 마도사가 아닌 건데?

그때, 갑자기 뇌리에 되살아나듯이 내가 가족에게 "이런 쓸모없는 자식!"이라는 말을 들으며 쫓겨나는 광경이 마치 본 적 있는 것처럼 선명하게 머릿속에 떠올랐다. 아버지와 어머니는 그런 심한 짓을 하실 분들이 아니고 오라버니와 언니도 나를 따돌리며 비웃을 성격이 아니다. 그런데 왜 갑자기 이렇게 선명한 영상이 떠올라서 내 머릿속에서 사라지지 않는 거지?

나는 그 공포를 억누르지 못하고 엉엉 울었다.

뒤늦게 쫓아온 아버지와 어머니가 나를 끌어안고 내 등을 쓸어내리며 달래셨다.

……싫어! 거짓말이야! 가족들한테 쫓겨나기 싫어!

오라버니와 언니처럼 당연하게 하사받을 줄 알았던 마도사라는 직업을, 꿈꿔왔던 미래를 하사받지 못했다는 충격. 그리고 그것을 이유로 가족에게 쫓겨날지도 모른다는 공포 때문에 나는 한없이 울기만 했다.

◆

딸이 하사받은 직업은 '연금술사'였다.

그건 귀족 가문으로서 그다지 기뻐할 일이 아니다. 딸은 세례식에서 돌아오자마자 방에 틀어박혔다.

회복 마법을 사용해서 사람들을 치료하는 '회복사'가 희귀하여 인기 직업인 데 반해, '연금술사'는 포션이라고 불리는 약을 만들어 얼마 없는 회복사의 역할을 대신하는 존재나 다름없다. 왕궁에서 일하는 마도사단의 일원으로서 전선에 나간다는 화려함도 없다. 그 때문에 귀족 가문에서는 인기가 없는 직업이다.

'연금술'의 극치에 달하면 불로불사의 묘약이라 전해지는 엘릭서나 온갖 지혜의 결정체라 전해지는 현자의 돌을 만든다느니 하는 전설이 있지만 실제로 실물을 본 자는 없다. 대부분의 연금술사는 가벼운 상처나 병을 치료하는 포션을 파는 공방을 운영하는 게 현실이다.

어째서 그런 수준의 물건밖에 못 만드는가. 이 나라에서 책이 매우 고가라, 그걸 사는 것부터가 몹시 어렵기 때문이다.

그러다 보니 책에 기재된 약제, 합금, 특수한 섬유 같은 것들을 만들거나 기존 약제의 품질을 높이는 일을 안 하게 되었다.

설령 그 책에 과거 선조들의 뛰어난 지혜의 결정체가 담겨 있다고 해도.

이윽고 사제 제도를 통해 제자는 스승의 흉내를 내며 기술을 배우는 것이 보편화되었고, 약제 조합이나 완성도는 감과 경험에만 의지하면서 이 나라 연금술사의 기술은 일정 수준에 머무르는 데 그쳤다.

선조들의 눈부신 발견도 이미 과거의 유물이 되었고, 현재 연금술사는 초급 레벨 약사와 비슷한 지위에 만족하고 있었다.

그뿐만 아니라 귀족 가문에서 연금술사라는 직업을 꺼리는 이유는, 여성의 경우 혼인 상대를 찾기가 힘들기 때문이다. 결혼 신청이 들어와도 연금술사의 제약 능력을 기대하는 고령자의 후처나, 간병할 사람이 필요한 가문의 간병인을 원하는 경우가 대부분이다.

어린 딸이 꿈꿀 법한 혼인 신청은 오지 않는 것이 보통이다.

남성은 만약 장남인 경우, 그 직업이 일족에게 유전되는 것을 피하기 위해 상속권을 박탈하는 일도 일어난다.

……그렇다면 도대체 어떻게 해야 좋을까.

나 헨리는 생각했다. 직업이 연금술사로 정해진 사랑하는 딸 데이지는 아직도 방에 틀어박혀 울고 있다. 그렇다면 아버지로서 이 사태에 어떻게 대응할지를 고민한 다음, 딸에게 해결책을 전해야 하겠지.

데이지의 직업이 연금술사로 정해진 건 이미 돌이킬 수 없고, 종교상 거부도 허락되지 않는다. 하지만 그런 조건하에서도 딸이 행복하게 살 수 있을지 없을지는 그 아이의, 그리고 그 아이를 지탱해야 하는 우리 부모가 어떻게 대응하는가에 따라 바뀔 것이다. 아무리 연금술사가 기피 직업이라 해도 길이 있을 테니까.

딸을 어떻게 이끌어야 그 아이가 행복한 인생을 보낼까.

……덧붙이자면 항간에는 기피 직업을 하사받은 아이를 의절하거나 냉대하는 일이 적지 않게 발생한다고 하지만, 나에게 그런 선택지는 처음부터 존재하지 않았다.

혼자서 고민해 봤자 별수 없다. 그렇게 생각한 나는 아내와 상담하려고 그녀의 방으로 향했다.

"로제, 있어?"

문을 부드럽게 노크하며 아내 로잘리아에게 말을 걸었다.

"네, 있어요. 엘리, 열어 줘."

아내의 말을 따라 시녀 엘리가 문을 열었다. 나는 방으로 들어가 아내의 뺨에 입맞춤을 했다.

"데이지의 장래에 관해 이야기하고 싶어서. 잠시 시간 괜찮을까?"

로자리아는 나에게 입맞춤으로 답하며 아름답게 미소를 지었다.

"물론이죠, 헨리. 그 아이는 우리의 귀여운 딸이잖아요. 부모로서 당연해요."

로제는 그렇게 말하며 나를 소파로 손짓했고, 나는 그 손짓에 따라 아내 옆에 앉았다. 엘리는 우리에게 홍차를 내주고는 꾸벅 인사하고서 방을 나갔다.

"데이지의 '연금술사' 건 말인데."

내가 꺼낸 말에 로제는 고개를 끄덕였다.

"그 직업은 아무리 귀족 아이라 해도 행복한 인생을 보내기 힘들다고 하는 이른바 '기피 직업'이야. 그건 당신도 알지?"

로제는 다시 고개를 끄덕였다. 어머니인 로제의 표정도 나와 마찬가지로 근심으로 가득 차 있었다.

"애초에 그 아이는 다른 형제처럼 당연히 마도사가 될 거라고 기대했던 게 아닐까요. 저도 그렇게 생각했으니까요. …… 하지만 그 아이에게 그 직업이 꼭 나쁠 것 같진 않아요."

로제의 입에서 나온 뜻밖의 의견에 나는 호오, 하고 중얼거리며 흥미를 보였다.

"로제, 그게 무슨 말이야?"

로제가 홍차를 한 모금 마시고 대답했다.

"실은 그 아이는 어째선지 같은 나이 또래 아이들에 비해 신기할 정도로 학습력이 좋아요. 그 나이에 이미 글을 읽고 쓰는 법과 산수까지 완벽하게 익혔으니까요. 어휘력이나 예절도 손위 형제인 둘보다 뛰어날 정도예요. 게다가 식물에 관해서는 아주 학구열이 높아서, 식물을 다룬 전문서적을 읽는다니까요."

그 정도였을 줄이야. 나는 처음 안 사실이었다. 로제는 그 뒤로도 계속해서 설명했다.

"그 아이에게는 보기 드문 학습력과 열정이 있어요. 그러니 그 아이가 자신이 하사받은 직업에 흥미를 느낀다면, 설령 그것이 연금술사라 해도 그 직업을 기피하는 이유마저 뛰어넘어 굳세고 행복하게 살아갈 거예요."

로제는 그렇게 말하며 데이지가 공들여서 키운 장미가 핀 정원으로 눈길을 돌렸다.

나는 로제의 의견을 듣고 흠, 하고 고개를 끄덕였다.

"그럼 우선 그 아이가 연금술에 흥미를 갖고 실제로 접하게 하자. 그리고 우리는 그걸 도와주는 게 좋을 것 같아."

로제는 아이들을 눈여겨보는 좋은 엄마였다. 로제가 또다시 입을 열어 나에게 제안했다.

"그렇다면 연금술에 관한 책과 전문 도구들을 줘 보면 어떨까요. 의외로 빠르게 흥미를 보이지 않을까요?"

"역시 나의 로제야!"

나는 아내의 어깨에 팔을 두르고 끌어안으며 로제의 입술에 키스했다.

"바로 그 아이에게 필요한 걸 사러 나갈게!"

나는 근심이 사라진 듯한 심정으로 빠르게 방을 뒤로했다. 자, 딸을 위해 뭘 준비할까!

◆

나는 세례식에서 돌아온 뒤로 계속 방에 틀어박혀 있었다.

오라버니와 언니처럼 당연히 마도사를 하사받을 줄 알았고, 마도사가 되는 장래를 당연하게 꿈꿨다. 그 꿈이 빼앗겨서 몹시 슬펐다.

그리고 어째선지 집에서 쫓겨나는 영상이 뇌리에서 사라지지 않았다. 심지어 그 영상에서는 묘한 기시감이 느껴져서 무척 무서웠다.

"역시 나, 버려지는 걸까?"

방 안 침대로 기어들어 간 나는 작게 중얼거렸다.

하지만 방에 틀어박힌 지 이틀째 아침, 배가 꼬르륵거려서 몰래 나가기로 했다. 거실에 가 보니 어머니가 테라스에서 차를 마시고 있었고, 그 옆에는 엘리도 있었다.

때마침 오라버니와 언니도 있었는데 내 얼굴을 보더니 기쁘게 내 곁으로 달려왔다.

"어머, 데이지! 드디어 얼굴을 비쳤구나!"

어머니가 일어서서 내 키에 맞춰서 쪼그려 앉았다. 그리고 나를 끌어안으며 뺨에 입맞춤을 해 주셨다.

"데이지! 네가 좋아할 것 같은 책을 찾아서 기다렸어. 드디어 나와 줬구나!"

오라버니도 나를 꼭 끌어안았다.

"방에 장식할 꽃을 같이 고르기로 약속해 놓고서는. 데이지와 한 약속이라서 기다렸단 말이야. 나중에 정원에 가서 같이 고르자!"

뒤이어 언니도 싱긋 웃으며 다정하게 나를 껴안았다.

"틀어박혀서 죄송해요…….. 어머니, 오라버니, 언니."

그때, 다시 내 배가 꼬르륵 울렸다.

"어머, 배가 고픈 모양이구나. 그럴 만도 하지. 엘리, 죽이나 스프, 리소토도 괜찮으려나. 뭔가 소화가 잘될 만한 걸 만들어 줄래?"

어머니가 엘리에게 지시를 내리자, 엘리가 생긋 미소 지었다.

"아가씨가 나오시면 바로 드릴 수 있게 주방 사람들이 밀을 삶으며 기다렸습니다. 주방 사람들도 아가씨가 식사를 안 하셔서 무척 걱정했으니까요."

엘리는 그렇게 말하며 인사를 하고서 주방으로 사라졌다.

내가 식탁에서 기다린 것도 잠시, 엘리가 갓 끓인 따뜻하고 수분기가 많은 밀죽을 가져왔다. 스푼으로 떠서 먹어 보니 채소와 고기는 모두 잘게 썰었고, 밀도 연하게 삶아서 부드러운 맛이 나는 죽이었다. 배도 마음도 서서히 따스해졌다.

그런데……. 왜 나 같이 쓸모없는 아이에게 다들 이리 다정하게 대하는 걸까.

내가 식탁에서 식사를 마친 순간, 아버지가 내 곁으로 다가왔다.

"데이지! 드디어 나와 주었구나. 이 아빠는 기쁘단다!"

아버지는 그렇게 말하며 나를 꼭 끌어안으셨다. 그러나 내 마음에 버려질지도 모른다는 걱정이 둥지를 틀어서 기뻐야 할 아버지의 포옹에도 몸이 움츠러들고 말았다.

"데이지, 아빠가 너한테 줄 선물이 있단다!"

그런 내 마음을 모르는 걸까? 아버지는 싱긋 웃으며 내 손을 잡았다.

나는 그대로 아버지를 따라 아버지의 집무실로 향했다.

아버지를 따라 들어간 집무실의 책상과 사이드 테이블에는 처음 보는 반짝거리고 투명한 유리 기구와 새하얀 도자기로 만든 도구가 잔뜩 늘어서 있었다. 그리고 고급스러워 보이는 책이 세 권이나 있었다.

"이건 연금술사가 될 데이지를 위한 선물이란다!"

이 반짝반짝 빛나는 신기한 모양의 기구들은 뭘까? 나는 호기심과 책에 관한 흥미로 비틀거리며 책상에 다가갔다. 제일 위에 있는 책을 팔락팔락 넘기니 다양한 물건의 제조법이 적혀 있었다.

"여과, 증류, 포션……?"

그 책 속에는 내가 모르는 지식이 가득했다. 이 책을 더 읽어 보고 싶다.

"이걸 전부 저한테……?"

내가 뒤를 돌아보자, 뒤에서 날 지켜보듯이 서 있던 아버지가 고개를 끄덕였다.

"저기…… 아버지랑 어머니는, 오라버니나 언니처럼 아버지와 같은 마도사가 될 수 없는 저한테 실망하지 않은 거예요? 저는 우리 가문에 쓸모없는…… 필요 없는 아이가 아닌 거예요?"

스스로 그렇게 말하고 나니 또 그 영상이 떠올라서 슬퍼진 나는 눈물이 고이고 말았다.

"무슨 말을 하는 거니, 데이지. 연금술사는 신께서 데이지에게 딱 맞는다고 여겨서 내려 주신 직업이야. 데이지가 열심히 노력한다면 아빠와 엄마 모두 데이지를 응원하마. 그리고 데이지가 필요 없는 아이일 리가 없잖니. 너는 우리 모두의 소중한 가족이란다."

아버지는 가슴팍에 있는 주머니에서 손수건을 꺼내서 울먹이는 내 눈동자를 부드럽게 닦아 주셨다.

나는 필요 없는 아이가 아니었구나……!

마음속에 응어리졌던 공포가 아버지의 다정함에 처음부터 없었던 것처럼 사르르 녹아 사라졌다. 그리고 내 마음에는 가족의 따뜻함과 새로운 것에 관한 호기심만이 남았다.

"아버지 저, 열심히 할게요! 훌륭한 연금술사가 될게요!"

나는 마음이 놓여 아버지를 부둥켜안았다. 나는 가족에게 쓸모없는 아이니까 필요 없다는 말을 듣는 게 무서웠을 뿐일지도 모른다. 아버지는 그런 나를 끌어안아 주셨다.

연금술은 불을 사용한다. 그 때문에 아버지는 연금술 실험을 내 방에서 하는 건 위험할 거라고 판단했다. 그래서 사용인에게 빈 별채 오두막을 깨끗하게 청소시켜서 내 전용 실험실로 만들어 주셨다. 예쁜 유리와 도자기로 만든 실험 기구들은 그곳으로 옮겼다.

그리고 일단 책은 방에서 읽고 싶다는 내 요청에 따라 '연금술 입문' 세 권은 내 방에 놓았다.

실험실 준비가 끝났다는 말을 들은 날, 나는 기구와 재료가 즐비한 별채 오두막에 살며시 발을 들여 보았다.

작은 창문으로 바깥의 밝은 빛이 새어들어 와서 안이 밝았고, 새 기구와 재료가 마치 빨리 써 달라고 조르듯이 반짝반짝 빛났다. 원래 창고로 쓰던 오두막이라는 어두운 이미지는 눈을 씻고 찾아봐도 안 느껴졌다.

그곳은 나를 위해 준비된 집에서 떨어진 작은 아틀리에가 되어 있었다.

나…… 이곳에서 열심히 연금술을 공부할 거야. 그리고 아버지께 약속한 대로 훌륭한 연금술사가 될 거야. 언젠가 왕도에 아틀리에가 생기면 어엿한 연금술사라고 말할 수 있을까?

내 가슴에 그런 작은 꿈이 싹텄다.

제2장 물

나는 내 방 침대에 배를 깔고 엎드린 뒤 곧바로 '연금술 입문-상'을 읽기 시작했다.

어라……? 물을 다루는 법부터 배우는 건가?

흙탕물이 더러운 건 알지만, 투명하게 보이는 '물'에도 품질이 있다고 한다.

색이 없는 물질이 녹아 있거나 눈에 안 보일 만큼 작은 세균이 있거나……. 몸에 좋지 않은 생물이 섞이기도 했다고 써 있다.

그런 질 나쁜 물은 무언갈 만들 때 사용해선 안 되는 모양이다.

……잠시 이런저런 물을 보러 갈까.

우선은 우물물부터. 이건 저택 주방에 퍼 놓은 게 있었다.

[물]
품질: 보통(-1)
세부 사항: 세균이 극소량 포함되어 있다. 끓여서 사용하는 것이 바람직하다.

와…… 눈에 안 보이는데도 세균이 있네!

"있잖아, 마리아."

주방에 있는 요리사 중 한 명에게 말을 걸었다.

"네, 데이지 님. 무슨 일이세요?"

마리아가 허리에 두른 앞치마에 손을 닦으며 대답했다.

"이 우물물 말이야, 그대로 마시기도 해?"

마리아는 고개를 갸웃거리며 대답했다.

"여러분 입에 들어가는 물은 모두 한 번 끓여서 차로 만들거나, 아니면 끓인 다음에 식힌 것뿐이에요. 요리를 할 때도 역시 푹 끓이거나……."

"흐음, 그렇구나. 저기 마리아. 그 끓여서 식힌 물 있어?"

마리아는 주방 안쪽에서 컵에 물을 따라 가져왔다.

"여기 있습니다."

나는 건네받은 컵 안의 물을 가만히 들여다보았다.

[물]

품질: 보통

세부 사항: 세균은 사멸되어 있다. 음용 가능.

우리 집 주방 사정은 괜찮아 보이네.

"고마워, 마리아!"

나는 물을 꿀꺽 들이켠 뒤에 마리아에게 컵을 돌려주고 주방을 나왔다.

다음으로 나는 정원 장미 밭에 있는 연못을 조사했는데 예상한 대로 더러웠다.

[물]
품질: 저질
세부 사항: 흙이나 세균, 벌레가 포함되어 있다. 음용해서는
안 된다.

양동이에 고인 빗물도 살펴보았다.

[물]
품질: 보통(−2)
세부 사항: 대기 중의 오염 물질이 포함되어 있다. 그대로 음
용하기에는 적합하지 않다.

으음, 하지만 푹 끓인 물도 겨우 '보통'이란 말이지. 그 이상
으로 품질을 높이는 방법은 없을까?
나는 방으로 달려와 다시 책을 펼쳤다. 물 이야기에는 내용
이 더 있었다. 연금술로 무언가를 만들 때는 기본적으로 '증
류기'를 이용해서 불순물을 제거한 순수한 물, '증류수'를
만든다고 한다.
증류수를 만들어 볼까? 이 책에 쓰여 있는 과정과 실물을 직
접 보고 싶어.
나는 방에서 '연금술 입문–상'을 안고 나와서 내 별채 실험

실로 들어갔다. 책에 있는 증류기 그림을 토대로 기구를 찾아 냈다.

"이건가?"

증류기의 구조는 이랬다. 우선은 '플라스크' 라는 바닥이 둥 글고 끝이 가느다란 유리 기구가 두 개 있다. 그리고 유리관으 로 두 개의 플라스크 사이가 이어져 있다.

두 플라스크 중 하나는 증류할 물을 넣는 용, 다른 하나는 증 류된 물을 받는 용이다.

그리고 증류할 물을 넣는 플라스크 아래에는 마도구 가열기 가, 두 플라스크를 잇는 유리관 상부에는 냉각기가 달려 있다.

나는 실제로 기구를 사용해 보려고 플라스크를 들고 주방으 로 가서 우물물을 플라스크에 넣어 실험실로 돌아왔다. 그 김 에 아직 다섯 살인 내가 혼자서 실험하는 건 금지기 때문에 시 녀 한 명을 입회인으로 데려오기로 했다.

내 '첫 실험' 이다.

……책에 있는 대로 제대로 할 수 있을까.

무척 두근거리고 긴장됐다.

모처럼 아버지가 주신 선물을 망가뜨리지는 않을까.

조심스레 유리 기구를 만져 보았다. 기구들은 금방이라도 깨 질 듯 보였는데 막상 만져 보니 의외로 튼튼해서 손끝으로 톡톡 두드려도 괜찮았다. 그래서 안심하고 작업을 시작하기로 했다.

물이 든 플라스크를 증류기에 장착한 뒤에 나는 두근거리는 마음으로 증류기의 스위치를 눌렀다.

그러자 가열하는 플라스크의 물에 서서히 기포가 생기기 시작하더니 점점 커졌다.

플라스크 상부에 수증기가 피어오르면서 물이 점점 더 격하게 끓었고, 냉각기 부분에 물방울이 맺히며 유리관을 통해 반대편 플라스크로 흘러 떨어졌다.

잠시 후, 물이 거의 다 반대편으로 이동한 듯해서 스위치를 껐다. 그리고 양쪽 플라스크에 든 물을 비교했다.

반대편에 증류된 물은 이랬다.

[물]
품질: 양질
세부 사항: 증류수. 순수한 물.

"우와! 이게 책에 쓰여 있던 증류수구나!"

전보다 품질이 좋네!

"실험은 성공이야!"

첫 실험이 성공했다는 감동에 나도 모르게 목소리가 흘러나왔다.

참고로 처음에 물을 넣어 둔 플라스크는 이랬다.

[물]

품질: 보통(-2)

세부 사항: 불순물이 농축된 물. 폐기물.

……이쪽은 물이 줄고 오염 농도가 짙어진 만큼 품질이 낮아졌구나.

나는 '첫 실험'에 성공했다. 실험의 기본이 되는 증류수를 만들어냈어!

나는 너무 기쁘고 흥분한 나머지 몇 번이고 두 플라스크의 내용물을 번갈아 보았다.

내 실험을 지켜본 시녀는 그 차이를 전혀 모르겠다는 듯이 고개를 갸웃거리며 원래 하던 일을 다시 하러갔지만.

제3장 포션을 만들자

나는 오늘도 방에서 '연금술 입문—상'을 읽고 있다. 오늘은 의자에 똑바로 앉아서 책상 위에 책을 펼쳤다. 왜냐하면 오늘은 약의 일종인 포션을 만들 예정이기 때문이다.

뭔가 연금술사답게 자연스레 허리가 곧게 펴지는걸!

"포션의 재료는 치유초, 마력초, 물……."

어떻게 하면 얻을 수 있을까…….

나는 정원에 있는 별채 오두막까지 걸어가 정원사 단을 찾아갔다.

"안녕, 단."

꼬마 손님의 갑작스러운 방문에 놀라는 단.

"어이쿠, 데이지 아가씨 아니십니까. 제게 무슨 일이신지요?"

"치유초와 마력초가 필요한데 어떻게 하면 얻을 수 있을까?"

나는 고개를 갸웃거리며 단에게 질문했다.

"거리로 나가서 약초 가게에서 사는 게 제일 빠를 겁니다."

단은 그렇게 가르쳐 주었다.

……그럼 어머니 허가를 받아야겠네.

낮에 어머니가 주로 계실 법한 거실로 가자, 어머니는 엘리와 함께 자수를 놓는 중이었다.

"어머, 데이지. 무슨 일이니?"

어머니는 바늘을 움직이던 손을 멈추고 내 쪽을 돌아보았다.

"포션을 만들고 싶은데, 그러려면 치유초와 마력초가 필요하대요. 단에게 물어보니까 약초 가게에서 판다고 했어요."

내 말을 들은 어머니는 약간 곤란한 듯이 고개를 갸웃거렸다.

"데이지는 아직 다섯 살이야. 거리에 쇼핑을 하러 나가기에는 조금 이른데……."

으음, 하고 고민하는 표정이었다. 그때, 옆에 있던 엘리가 제안했다.

"마님, 제가 사 오겠습니다."

이리하여 나는 여섯 다발의 치유초와 세 다발의 마력초를 얻었다. 얻긴 했는데…….

"으음, 하지만 이거 신선하지가 않네."

나는 실험실로 이동하면서 받아든 치유초와 마력초를 바라보며 중얼거렸다.

[치유초]
품질: 보통(−1)
세부 사항: 채집한 지 시간이 조금 경과했다. 약간 시들었다.

[마력초]
품질: 보통(−1)

세부 사항: 채집한 지 시간이 조금 경과했다. 약간 시들었다.

……좋은 소재를 얻는 방법은 나중에 다시 생각하는 수밖에 없으려나.

실험실에 도착했다.

우선은 치유초와 마력초를 잘 씻은 다음 물기를 제거했다.

'연금술 입문-상'에는 치유초와 마력초를 2:1 비율로 물에 넣어서 추출하라고 쓰여 있었다.

나는 비커에 들어가는 사이즈로 잘게 자른 치유초와 마력초, 그리고 물을 비커에 넣고 뚜껑을 닫은 뒤 하룻밤 방치했다. 물론 물은 증류수를 사용했다.

그리고 다음 날, 만들어 둔 걸 감정했다.

……어라? 포션이 완성되지 않았잖아?

[포션???]

품질: 극 저질

세부 사항: 옅다. 유효 성분이 거의 추출되지 않았다. 이걸 마셔도 아무것도 낫지 않을 것이다.

'???'는 또 뭐야……? 잠깐만 나는 책에 있는 대로 만들었는데!

'빙글빙글 휘저어야 하나?' 하는 생각에 스푼으로 휘저었다.

[포션???]
품질: 극 저질
세부 사항: 역시 옅다. 유효 성분이 거의 추출되지 않았다. 이걸 마셔도 아무것도 낫지 않을 것이다.

……책에 쓰여 있는 방법으론 부족하다는 뜻인가?

처음부터 실패했어. 연금술에는 시행착오가 필요한 걸까.

으음. 잎을 빻아야 하나? 건조시켜서 물에 넣어야 하나? 차를 끓일 때처럼 뜨거운 물을 부어야 하나? 머릿속으로 여러 가지 방안이 떠오르긴 하는데…….

응……? 그러고 보니 나는 아버지가 사 주신 책을 겨우 한 권 깔짝였을 뿐이잖아. 세 권을 다 읽으면 해답이 있지 않을까?

남은 치유초와 마력초는 살짝 습한 지하에 만들어 둔 보관고에 넣고 방으로 돌아가서 책을 확인하기로 했다.

◆

다시 기본으로 돌아가서 책을 독파하자는 생각에 두 권까지는 겨우 읽었지만, 아직 내가 원하는 내용은 안 나왔다. 세 권까지 다 읽기란 상당히 힘들었다. 왜냐하면 난 아직 다섯 살이니까. 집중력에 한계가 있는 게 당연한걸. 그래서 나는 기분 전환 겸 오늘은 3권을 거실에서 읽기로 했다.

"홍차를 준비할까요?"

그때 말을 건 사람은 내 실험에 자주 입회하는 시녀 케이트였다. 그런 케이트가 책을 읽는 나를 발견하고 질문했다.

"하지만 손이 미끄러져서 소중한 책을 적시면 곤란해, 케이트. 감사히 마음만 받을게."

내가 싱긋 웃으며 제안을 거절하자, 케이트도 미소를 지으며 인사를 하고 떠났다.

"으음, 계속 이런저런 것들을 만드는 레시피만 나오네……."

끈기 있게 읽고 싶어도 역시 다섯 살의 몸으로 힘들었던지라, 그만 페이지를 팔락팔락 넘기며 대충 훑어보고 말았다.

어라……?

그러다 '추출이란' 이라는 제목의 페이지에서 손이 멈췄다.

어디어디…….

'식물 등의 원료 안에 포함된 성분을 선택적으로 분리하는 것을 뜻한다.'

이거다!

'고체 성분을 추출하는 경우, 일반적으로 그 원료를 물 등에 푹 담그고 가능하면 가열한 뒤에 잘 저어 섞습니다. 경우에 따라서는 사전에 원료를 잘게 부숩니다.'

"이게 부족했던 거였어!"

나는 케이트를 데리고 서둘러 실험실로 향했다.

"식물을 잘게 만들려면……."

나는 실험실에 있는 기구를 둘러보았다.

"절구 아닐까요? 요리할 때도 사용하거든요. 아니면 식칼로 다지는 것도 괜찮을지 몰라요."

케이트가 도자기로 된 기구를 가리키며 알려 주었다.

"그럼 양쪽 모두 시도해서 비교해 볼래!"

내가 그렇게 말하자, 케이트가 "그럼 제가 잘게 다지는 쪽을 담당할게요."라고 제안했다.

나는 요리한 적이 없어서 케이트가 하는 걸 보고 잘게 다지는 법을 처음 알았다. 괜찮아, 나는 귀족 영애니까. 처음에는 다지기 같은 건 몰라도 돼. 나는 그렇게 마음속으로 자기 자신을 위로했다.

우선은 내가 절구로 빻은 치유초와 마력초를 분량대로 비커에 든 물 안에 넣었다. 그리고 마도구 가열기 위에 비커를 올려서 가열했다. 그러자 비커 안쪽에 작은 기포가 생기기 시작했다.

[포션]
품질: 보통(-1)
세부 사항: 유효 성분이 적고 약간 쓰다.

······이 정도만 돼도 처음보다는 훨씬 나아!

잠시 후, 기포가 서서히 커졌다.

[포션]

품질: 보통(-1)

세부 사항: 유효 성분이 약간 적고 쓰다.

……어라. 쓰면 곤란한데.

시간이 더 지나자, 물이 조금씩 보글거리기 시작했다.

[포션]

품질: 보통

세부 사항: 유효 성분은 충분히 추출되었으나 그만큼 쓰다. 매우 쓰다.

……좋은 약은 입에 쓰다지만, 매우 쓴 약은 먹기 싫은데.

그리고 물이 끓기 시작했다.

[포션]

품질: 저질(+1)

세부 사항: 유효 성분이 일부 소실되었다. 쓴맛이 엷어졌다.

나는 근처에 있던 이면지에 이 경과를 메모했다.

"품질로 볼 때 제일 좋은 건 끓기 전이구나. 그러면 끓기 전에 가열기를 멈추는 게 좋겠네. ……하지만 쓴 건 곤란한걸."

일단 절구로 으깬 건 결과가 나왔으니 다져서 실험하자.

치유초와 마력초를 분량대로 비커에 든 물 안에 넣었다. 그

리고 마도구 가열기 위에 비커를 올리고 가열했다. 비커 안쪽
에 작은 기포가 생기기 시작했다.

[포션]
품질: 보통(-1)
세부 사항: 유효 성분이 적고 약간 쓰다.

……역시 쓰구나.
그러는 동안 기포가 서서히 커졌다.

[포션]
품질: 보통(-1)
세부 사항: 유효 성분이 약간 적고 살짝 쓰다.

시간이 더 지나자, 물이 조금씩 보글거리기 시작했다.

[포션]
품질: 보통
세부 사항: 유효 성분이 충분히 추출되었으나 그만큼 쓰다.

역시 쓴가…….
하지만 으깼을 때는 '쓰다'는 말이 두 번이나 나왔었지? 그
렇다는 건 빻은 쪽보다 다진 쪽이 쓴맛이 적다는 거구나.

나는 우선 잘게 다진 재료를 넣고 끓기 직전에 가열을 멈춘 액체를 천으로 걸러 유리병에 넣었다. 쓰긴 하지만 일단은 완성……이려나?

"있잖아, 케이트. 보통 품질의 포션이 완성되긴 했는데 쓰대. 곤란하게 됐어."

내 실험을 지켜보던 케이트가 내 말을 듣고 갸웃거렸다.

"아가씨는 어떻게 사용해 보지도 않으셨는데 품질이나 맛을 아시는 건가요?"

아, 맞다! 아무한테도 내 감정 스킬을 말하지 않았었지!

나는 완성된 쓴 포션을 들고 실험실을 나갔다.

그리고 거실에 계신 어머니를 찾아갔다.

"어머니."

거실 테라스 자리에 계신 어머니 옆에 가서 "어머니와 아버지에게만 드리고 싶은 비밀 이야기가 있어요."라고 했다. 그러자 어머니는 오늘 저녁에 아버지가 업무를 마치고 돌아오셨을 때 시간을 만들어 주신다고 했다.

"그래서 비밀 이야기라는 게 뭐니?"

나는 아버지, 어머니와 함께 셋이서 아버지의 집무실 소파에 앉아 이야기를 시작했다.

나는 손에 든 유리병을 보여 주었다.

"이건 제가 만든 포션이에요. 보통 품질이지만 쓴맛이 나요."

아버지와 어머니가 얼굴을 마주 보더니 둘 사이에 잠시 침묵이 이어졌다.

"여보. 다섯 살짜리 아이가 책과 도구만 주면 혼자서 포션을 만들던가요?"

"아니, 보통은 불가능할 것 같은데…….."

동요를 숨기듯이 헛기침을 한 아버지가 날 똑바로 바라봤다.

"스스로 마시고 확인한 거니?"

아버지가 내게 물었다. 나는 고개를 붕붕 저으며 부정했다.

"그럼 어떻게 그게 보통 포션이고 쓴맛이 난다고 알았을까?"

어머니에게서 질문이 날아왔다. 뭐, 당연히 그리 생각하겠지.

"저, 꽃을 많이 돌봤더니 [감정]이라는 스킬이 생겼어요. 그래서 무언가를 자세히 보면 그것의 정보가 보여요."

"뭐라고!"

"뭐라고!"

아버지와 어머니가 놀라서 다시 얼굴을 마주 보았다.

"사람도 [감정]하지만, 사람들이 쳐다본다고 생각해서 싫어할까 봐 비밀로 했어요. 하지만 스킬을 쓰려고 안 하면 안 보이니까 절대로 안 들여다봐요."

"으음. 그럼 나는 싫어하지 않을 테니 시험 삼아 아빠를 감정해 주겠니?"

아버지가 그렇게 말해서, 나는 아버지를 가만히 바라봤다.

[헨리 폰 프레스라리아]

자작

체력: 550/550

마력: 1360/1360

직업: 마도사단 부 마도사장

스킬: 불 마법(8/10), 바람 마법(7/10), 흙 마법(6/10), 마법 내성(5/10)

상벌: 없음

어라…… 항목이 조금 늘었네?

"이런 느낌이에요."

살짝 의문점이 있지만, 아버지가 시킨 대로 감정 결과를 읽어 내렸다.

"감정 스킬은 왕성에도 가진 사람이 한 명뿐인데. 애초에 이 나라에서 보유자를 한 손에 꼽을 만큼 희소하다고 들었어. 직업이 기피 직업이냐 아니냐를 떠나서, 감정 스킬이 있으면 그것만으로도 찾는 사람이 많을 거야."

아버지는 끙끙거리면서도 계속 말씀하셨다.

"그리고 데이지가 말한 결과는 내가 사용하는 속성을 맞춘데다가, 나조차도 몰랐던 마법 내성 스킬이 있다는 것까지 꿰뚫어 보았어. 정말로 날 파악한 건가……."

그 후에도 부모님은 나에게 집에 있는 다양한 물건들을 감정시켰고, 나는 그 물건의 정보를 아무렇지도 않게 알아맞혔다. 숨겨진 축복 효과나 신체 능력 향상 기능이 있는 장식품의 효능까지 다 맞혔다. 이 사실이 아버지와 어머니에게 내 능력을 믿을 만한 근거가 되어 쌓이는 듯했다.

그리고 대화는 포션 화제로 돌아갔고…….

"책에 있는 방법을 토대로 감정으로 얻은 정보를 참고하면서 고민하고 조합했더니 어느새 완성됐어요."

"'어느새 완성됐어요' 라고?"

아버지는 입가를 가리며 신음했다. 어머니도 뺨에 손을 올리고 근심스러운 표정을 지었다.

"연금술사는 여러 가지 재료를 조합해서 새로운 것을 만드는 직업이야. 감정 스킬이 있으면 완성도를 쉽게 판단하니까, 제작법의 가이드가 상시 준비된 거나 다름없을지도 몰라."

아버지가 또다시 신음하더니 무어라 중얼거리기 시작했다.

"데이지는 같은 나이 또래 아이들보다 머리가 좋은 데다가, 감정 스킬까지 가졌어. 그런 아이에게 직업으로 연금술사를 하사받은 건 불운이 아니라 필연이었던 건가……?"

아버지는 머리를 감싸 안았다.

"신의 뜻이 어떻든, 감정 스킬 건은 공언하지 않는 편이 좋겠어요. 데이지는 아직 어리기도 하고, 그 스킬을 노린 사람에게 유괴라도 당하면 큰일이잖아요."

"맞아, 신뢰하는 상대에게만 알리는 편이 좋겠어."

아버지와 어머니의 심각해 보이는 모습을 보고, 잘했다고 칭찬받을 줄 알고 고양됐던 내 마음이 푹 가라앉았다.

내가 뭔가 실수라도 했나.

하지만 그런 풀죽은 얼굴을 눈치챈 아버지가 내 어깨를 부드럽게 잡고 알려 주셨다.

"괜찮단다, 데이지. 감정은 신께서 내려 주신 멋진 스킬이야. 자랑스럽게 여기는 거면 몰라도, 비굴하게 여길 필요는 없어. 하지만 다른 사람들에게는 비밀로 하자꾸나."

아버지가 긍정해 주셔서 마음이 놓인 나는 미소 지었다. 그리고 아버지의 말씀에 고개를 끄덕였다.

그때, 두 살 위인 레무스 오라버니가 큰 울음소리를 내며 돌아왔다.

"무슨 일일까요?"

우리는 셋이서 얼굴을 마주 본 뒤, 목소리의 주인 곁으로 갔다.

오라버니는 거실에서 시녀의 시중을 받고 있었다.

무슨 일인가 하니, 마차에서 내릴 때 발이 걸려서 넘어졌다나. 시녀가 상처는 소독한 것 같은데 심하게 까진 무릎과 손바닥이 아파 보이네……

무릎이 새빨개진 게 불쌍해……

"여보…… 데이지의 포션. 저 아이의 스킬을 그만큼 확인했으니 틀림없이 포션이 맞을 거예요. 그러니까 레무스의 상처에 써 보는 건 어때요? 포션을 쓸 정도의 상처는 아니지만 아파 보이니……."

어머니가 아버지에게 물었다.

"데이지의 능력은 진짜겠지. 그렇다면 맛이 좀 쓸 뿐이니까 몸에 발라도 문제없을 거야."

고개를 끄덕이는 아버지.

"데이지, 레무스를 위해 네 포션을 줄 수 있겠니?"

나는 동의하고 들고 있던 포션 병을 아버지에게 건넸다.

아버지가 병뚜껑을 열고 우선 오라버니의 무릎에 살짝 뿌렸다. 그러자 돌길 자갈에 쓸려 심하게 까지고 피가 배어 나오던 무릎의 상처를, 건강한 색의 피부가 바깥쪽에서 감싸듯이 뒤덮더니 눈 깜짝할 새에 상처가 깨끗이 나았다.

다음으로 넘어졌을 때 짚었던 손바닥에 한 번 더 뿌렸다. 그러자 이쪽도 새 피부가 재생되며 아무 일도 없었던 것처럼 상처가 깨끗하게 사라졌다.

상처가 순식간에 낫다니 포션은 대단하구나.

뭣보다 오라버니의 상처를 내 포션으로 깨끗하게 치료해서 기뻐!

"정말 나았네……."

시험 삼아 포션을 사용한 아버지와 어머니도, 오라버니를 돌봐 주던 시녀도 놀랐다.

"어, 뭐야 이거, 대단해! 데이지의 포션이라니 무슨 말이야?"

울던 오라버니가 눈을 깜빡거렸다.

"이건 말이지, 데이지가 처음으로 만든 포션이란다."

아버지가 병뚜껑을 닫으며 오라버니에게 대답했고, 나도 기뻐서 아버지 옆에서 헤실거렸다.

"나보다 어린데 포션을 만들 수 있어? 나는 치료 마법도 못 쓰는데! 상처를 낫게 하다니 대단해! 게다가 그렇게 아팠었는데, 이제는 하나도 안 아파!"

몹시 흥분한 오라버니가 아직 눈물 자국이 남은 반짝거리는 눈으로 나를 바라보았다.

그러나…….

"으악, 써!"

오라버니는 포션을 뿌린 손바닥을 살짝 핥더니, 있는 힘껏 눈살을 찌푸렸다.

"이 약, 너무 써. 이대로라면 아플 때도 절대 안 먹을 거야! 그러니 그때까지 쓴맛을 없애 놔!"

오라버니는 그렇게 말하고 주방으로 물을 마시러 달려갔다.

"이런이런. 주문이 들어온 것 같구나."

오라버니의 말을 듣고 아버지와 어머니, 시녀와 나는 다 같이 웃었다.

그런 와중에 아직 병 안에 조금 남은 포션을 본 아버지가 시녀의 손끝을 보았다.

"손이 거칠어서 부르텄구나. 남은 거라서 미안하지만 쓰렴."

아버지가 그렇게 말하며 황송해하는 시녀에게 포션을 건네자, 시녀가 그 자리에서 남은 포션을 양손에 뿌렸다. 시녀는 부르텄던 곳이 깨끗하게 나은 손을 기쁘게 바라보고는 "감사합니다." 하고 나에게 빈 병을 돌려주었다.

그러자 아버지가 포션 값이라며 동화 열 닢을 주셨다. 뭔가 첫 의뢰를 마친 것 같아서 기뻐진 나는 그 열 닢의 동화를 내 방에 있는 보물 상자에 보관하기로 했다.

덧붙이자면 아버지를 [감정]했을 때 뭔가 항목이 늘었다 싶더라니 '상벌'이 추가된 모양이다. 내 능력도 살짝 바뀌었다.

[데이지 폰 프레스라리아]
자작 가문의 차녀
체력: 10/10
마력: 150/150
직업: 연금술사
스킬: 연금술(2/10), 감정(4/10)
상벌: 없음

그리고 직업이 연금술사로 바뀌었어! 아버지께 포션 대금을 받아서 직업으로서 인정받은 걸까? 그리고 실험에서 몇 번이나 감정을 사용해서 경험치가 쌓였는지 스킬 레벨이 올랐다.

◆

그건 그렇고 포션의 쓴맛. 계속 쓴 포션인 채로 먹을 수는 없으니 큰 문제다.

쓴맛이라고 하면 채소지. 다들 싫어하잖아? 그렇게 생각한 나는 주방으로 향했다.

부엌에는 주방장인 밥이 있었다.

"안녕, 밥. 잠시 묻고 싶은 게 있는데."

"오, 아가씨가 제게 질문이 있으시다고요? 무엇입니까?"

밥은 앞치마로 손을 깨끗이 닦으며 내 얼굴을 들여다보았다.

나는 '포션을 만들 때 잎을 빻거나 잘게 다졌더니 포션에서 쓴맛이 났다' 고 이야기했다. 쓴맛이 나는 것이라고 하면 채소니까 밥이 뭔가 알까 싶어서 물어보려 한다고 사정을 설명했다.

"그렇군요……. 그런 잎채소 종류는 원래 아리거나 쓴맛이 납니다. 그런 잎은 아무것도 없이 빻거나 다지면 안 됩니다."

나는 고개를 끄덕이며 메모했다.

"그런 경우에는 소금에 버무리거나, 버무린 채 뜨거운 물에 살짝 데쳐서 사용하면 아린 맛이 제거되기도 합니다. 데치고 나면 물로 헹구세요. 아, 오래 삶으면 안 됩니다!"

'오래 삶으면 안 된다' 라고 마지막 말까지 메모했다.

"많은 참고가 됐어, 밥! 고마워!"

그리하여 나는 또 허가를 받기 위해 어머니에게 달려갔다.

"여자아이가 그렇게 뛰어다니면 안 돼."

어머니에게 살짝 혼나고 말았다. 어머니에게 사과하고서 쓴맛을 제거할 소금과, 뜨거운 물로 데칠 필요가 있을지도 모르니 소쿠리가 필요하다고 전했다. 어머니는 엘리에게 말해서 창고에 있던 소금과 주방에 있던 남은 소쿠리를 빌려주셨다.

나는 소금과 소쿠리를 든 케이트와 함께 실험실로 향했다.

"아가씨가 해 본 적 없는 데치기를 하긴 힘드실 테니 제가 할게요. 아가씨는 보고 있으세요."

케이트는 그렇게 말하며 싱긋 웃었다. 무척 고마운 제안이다아 참, 아버지와 어머니의 요청으로 내 실험을 지켜보고 도와주는 역할은 기본적으로 케이트만이 담당하게 되었다. 그리고 케이트에게는 내 [감정] 스킬을 알렸다.

"그러고 보니 쓴맛이 나는 잎만 골라서 작업하면 되잖아."

문득 그렇게 생각한 나는 각각의 잎을 베어 먹었다.

"정도의 차이는 있지만 쓴 건 똑같네……."

나는 쓴맛을 느끼고 얼굴을 찌푸렸다. 베어 문 잎은 예의범절에 어긋나지만…… 쓰레기통에 뱉었다.

"그럼 같이 작업할까요?"

케이트의 말에 나는 그래, 하고 고개를 끄덕였다. 나는 소금에 버무렸다가 물로 헹군 잎을 준비했고, 케이트는 소금에 버무려서 살짝 데치고 물로 헹군 잎을 준비했다. 밑 작업이 끝난 잎은 물기를 쪽 빼서 잘게 다졌다.

일단 소금에 버무리기만 한 잎부터 시험해 봅시다.

치유초와 마력초를 분량대로 비커에 든 물 안에 넣었다. 그리고 마도구 가열기 위에 비커를 올리고 가열했다. 비커 안쪽에 작은 기포가 생기기 시작했다.

[포션]
품질: 보통(-2)
세부 사항: 유효 성분이 적다.

뭐…… 처음엔 원래 이렇지.

잠시 후, 기포가 서서히 커졌다.

[포션]
품질: 보통(-1)
세부 사항: 유효 성분이 약간 적다.

그래…… 아직이야.
시간이 더 지나자 기포가 보글거리기 시작했다. 일단은 비커 안 액체를 막대로 부드럽게 저었다.

[포션]
품질: 보통
세부 사항: 유효 성분이 충분히 추출되었다. 약간 쓰다.

됐다……! 쓴맛이 많이 줄었어!
나는 그 약간 쓴 포션을 천에 걸러서 병에 넣었다.
다음은 소금에 버무려서 살짝 데친 잎을 사용하자.
치유초와 마력초를 분량대로 비커에 든 물 안에 넣었다. 그리고 마도구 가열기 위에 비커를 올리고 가열했다. 비커 안쪽에 작은 기포가 생기기 시작했다.

[포션]
품질: 보통(-2)

세부 사항: 유효 성분이 적다.

뭐…… 이건 똑같네.
잠시 후, 기포가 서서히 커졌다.

[포션]
품질: 보통(-1)
세부 사항: 유효 성분이 약간 적다.

시간이 더 지나자, 물이 조금씩 보글거리기 시작했다. 이번에도 막대로 부드럽게 저었다.

[포션]
품질: 보통
세부 사항: 유효 성분이 충분히 추출되었다. 약간의 단맛이 느껴진다.

……쓰다는 말이 없어! 게다가 살짝 달다니, 분명 오라버니도 먹기 편할 거야!
"해냈다! 쓴맛을 없앴어! 케이트, 보통 품질에 약간 단맛이 나는 포션이 완성됐어!"
나는 보통 품질의 쓴맛이 없는 포션을 만드는 데에 성공했다. 나도 모르게 신이 나서 펄쩍 뛰었더니 케이트의 시선이 조

금 날카로워졌다……. 괜찮잖아, 귀족이라고는 해도 나는 아직 어린아이인걸.

그런데 그때, 문득 케이트의 손끝이 눈에 들어왔다. 역시 매일 하는 업무 때문에 손이 거칠어진 듯했다. 포션을 거른 천에도 유효 성분이 남아 있겠지?

"저기 케이트, 이 젖은 천으로 손끝을 닦아 볼래?"

내가 부탁하자, 케이트가 내 말에 따라 포션에 젖은 천으로 거친 손끝을 닦았다.

"아, 부르텄던 손이 낫고 있어요……."

놀란 듯이 눈이 휘둥그레지는 케이트.

"우후후. 아가씨랑 같이 있으니 이런 덕도 보네요."

케이트도 역시 여자인가 보다. 케이트는 깨끗해진 자기 손끝을 기쁘게 바라보았다.

제4장 포션 품질 향상 대책

나는 완성된 포션이 든 작은 병과 지금까지 메모했던 이면지를 소파 테이블 위에 늘어놓고 머리를 쥐어짰다.

추가 검증을 위해 제일 완성도가 좋은 '보통 품질에 약간의 단맛이 나는' 포션을 만드는 공정에 '바로 여과하지 않고 잎을 살짝 담가 둔다'나 '담가 둘 때 막대로 젓는다' 같은 중간 과정을 추가해 봤지만, '보통' 품질이 그 이상 오르지는 않았다.

그런 내용이 적힌 메모가 테이블 위에 어지럽게 흩뿌려진 광경을 옆을 지나가던 어머니가 눈여겨보았다.

"어머, 이렇게 많은 시행착오를 거쳐서 만드는 거니? 감동스럽구나. 하지만 이대로 메모를 계속 쌓아 두다간 조사한 성과가 뿔뿔이 흩어지겠어. 노트가 필요하려나."

어머니는 그렇게 말하며 온 집 안을 뒤져 사용하지 않은 노트를 몇 권 찾아서 주셨다.

⋯⋯너무 기뻐! 이제 나한테도 전용 연구 노트가 생겼어!

다시 본론으로 돌아가 포션 품질 향상에 관해서 생각하자.

포션을 만든 다음에 여러 가지로 손을 써 봐도 품질이 안 바뀐다는 건, 문제는 처음에 있다는 뜻이 아닐까? 그래, 재료가 '시든' 잎이어서 그런 거야.

……맞아, 처음에도 신경 쓰였던 점이야.

나는 주방으로 가서 밥에게 질문했다.

"있잖아 밥, 시든 잎으로 맛있는 요리를 만들 수 있어?"

"으음, 그건 무리 아닐까요. 저는 아침 일찍 시장에 가서 갓 수확한 채소를 사 옵니다. 제일 좋은 건 자기 밭에서 직접 재배해서 수확하는 거겠지만요……."

밥은 '저택에 밭을 만들 수도 없는 노릇이니까요' 하고 웃으며 대답했다.

"밭이라……."

나는 '연금술 입문'을 읽으러 내 방으로 돌아왔다. 분명 좋은 흙 만들기 항목이 있었는데. 으음, 으음. 나는 페이지를 팔락팔락 넘겼다.

찾았다, '비옥한 흙'.

어디 어디……. '거름', '영양제', '흙'을 마력으로 따뜻하게 데우면서 섞으면(이걸 연금 발효라고 한다) 식물 생육에 효과적인 '비옥한 흙'이 만들어진다.

'거름'은 말이나 사람의 배설물 등이다(에엑!).

'영양제'는 연금술로 제작한다.

'흙'은 숲 같은 곳에 있는 부드러운 '부엽토'가 적합하다.

영양제 페이지로 가면…….

영양제는 식물의 잎, 물, 마력초를 섞어서 만든다.

영양제만 설명이 너무 건성인 것 같은데……?

그래도 품질을 높이려면 역시 이 '비옥한 흙'으로 영양이 풍부한 밭이 필요할 듯한데.

그래서 여기까지 조사한 내용을 어머니에게 설명하고서 훗날 나만의 약초밭을 가지고 싶다고 교섭했다.

그 결과 실제로 밭이 필요할 때까지는 시간이 조금 남아서, 그동안 어머니가 장소에 대해서 아버지와 이야기하기로 하셨다. 그리고 정원사 단에게 밭을 만드는 단계가 되면 나에게 기초를 가르치게 의뢰하신다고 했다.

"그건 그렇고…… 거름을 따뜻하게 만들어서 섞는다고? 냄새나겠는걸."

어머니는 그 고약한 냄새를 상상하셨는지, 손수건으로 코를 가리며 가 버렸다.

나도 그 생각을 하긴 했어. 연금술은 냄새나는 짓도 해야 하는구나…….

◆

'영양제는 식물의 잎과 물과 마력초를 섞어서 만든다'.

'연금술 입문'에 쓰여 있던 레시피. 정말, 이렇게 건성일 수가 없다. 애초에 무슨 잎인지도 안 쓰여 있잖아!

혼자서 그렇게 투덜거리면서도 '식물의 잎'은 '영양이 있는 잎'을 가리키는 걸 수도 있다고 생각했다. '영양제'니까.

나는 저택 뒤편에 있는 작은 숲에서 이것저것 찾아보기로 했다. 손에는 채집용 바구니를 들고 갔다.

식물을 찾다가 [감정] 항목의 숫자가 늘어났다는 사실을 깨달았다. 세부 사항의 내용도 조금 더 자세해졌다. 감정을 많이 해서 레벨이 오른 건가?

그건 그렇고 여기에는 싱싱한 양질의 풀이 많네. 역시 숲의 흙은 영양이 풍부한 걸까.

[플레인초]
분류: 식물류
품질: 양질
세부 사항: 평범한 풀. 영양은 별로 없다. 싱싱하다.

[꾸불꾸불초]
분류: 식물류
품질: 양질
세부 사항: 평범한 화초. 영양은 별로 없다. 싱싱하다.

[방울초]
분류: 식물류
품질: 양질
세부 사항: 평범한 화초. 영양은 별로 없다. 뿌리에 독이 있

다. 싱싱하다.

[로아에]
분류: 식물류
품질: 양질
세부 사항: 약초로도 사용할 수 있다. 영양은 없다. 싱싱하다.

[그린 리프]
분류: 식물류
품질: 양질
세부 사항: 영양이 있어 동물이 즐겨 먹는다. 싱싱하다.

[백일초]
분류: 식물류
품질: 양질
세부 사항: 영양이 있고, 꽃이 오래 피어 있다. 싱싱하다.

[마력초]
분류: 식물류
품질: 양질
세부 사항: 마력이 있어 약제의 재료로 사용된다. 싱싱하다.

[치유초]

분류: 식물류

품질: 양질

세부 사항: 영양이 있고, 약효 성분이 풍부하다. 싱싱하다.

어라, 치유초와 마력초가 있네. 게다가 가게에서 파는 것보다 품질이 좋잖아? 이건 재료로 채집해 두자. 그 밖에 여기에 피어 있는 것 중에서는 그린 리프와 백일초를 채집할까.

나는 이 네 종류 식물의 잎을 가지고 돌아가기로 했다.

평소처럼 케이트를 데리고 실험실로 들어갔다.

으음, 영양제 레시피는 소재의 분량 비율도 안 써 있네. 어쩔 수 없으니 포션을 만들 때와 같은 분량으로 가 볼까.

우선은 그린 리프부터다. 그린 리프와 마력초를 잘게 다져 증류수에 넣었다. 그리고 마도구 가열기에 비커를 올려 가열했다.

[영양제]

분류: 약품

품질: 보통(-2)

세부 사항: 유효 성분이 적다.

잠시 후, 기포가 서서히 커졌다.

[영양제]

분류: 약품

품질: 보통(−1)

세부 사항: 유효 성분이 약간 적다.

……여기까지는 평소랑 똑같네.

시간이 더 지나자 기포가 보글거리기 시작했다.

[영양제]

분류: 약품

품질: 보통(−0.5)

세부 사항: 소재의 유효 성분은 충분히 추출되었으나 약간 부족한 성분이 있다.

그리고 끓기 시작했다.

[영양제]

분류: 약품

품질: 저품질(+1)

세부 사항: 유효 성분이 일부 소실되었다.

어라 끓이니까 성분이 줄었네. 그럼 다음부턴 안 끓여도 되나.

이번에는 그린 리프에 백일초를 섞어 볼까.

밑 작업을 한 그린 리프와 백일초, 마력초를 잘게 다져서 증류수에 넣었다. 그리고 마도구 가열기 위에 비커를 올리고 가열했다. 잠시 후, 기포가 보글거리기 시작했다.

[영양제]
분류: 약품
품질: 보통?(조금만 더!)
세부 사항: 소재의 유효 성분은 충분히 추출되었으나, 부족한 성분이 있다.

……어라, 부족한 성분이란 게 뭐지? 아직 이 식물만으로 부족하다는 뜻인가?
나는 비커가 끓기 전에 가열 마도구를 멈췄다.
으음. 비커를 앞에 두고 책상 위에 턱을 올리고서 비커 안을 들여다보았지만 모르겠다. 일단은 새 비커를 두 개 꺼내서 완성된 액체를 세 개로 나눴다.

①그대로.
②빙글빙글 휘저어 본다.
③마력을 담아서 휘저어 본다.(연금 발효?)

②는 시험해 보았지만 변한 게 없었다.

[영양제]

분류: 약품

품질: 보통?(조금만 더!)

세부 사항: 소재의 유효 성분은 충분히 추출되었으나, 부족한 성분이 있다.

"꺄악!"

③을 시도하려다가 마력이 너무 많았는지 영양제가 격하게 빛나며 폭발했다. 그것 때문에 비커가 깨져서 손을 다치고 말았다. 그래도 전에 만들어 둔 포션이 있으니까 이 정도는 괜찮아! 나는 가지고 있던 포션으로 바로 상처를 치료했다. 하지만 케이트에게 혼나고 말았다.

케이트는 능숙하게 깨진 유리 조각을 청소했다.

청소하는 케이트를 곁눈질하며 완성된 것을 확인하자 '산업 폐기물'로 바뀌어 있었다…….

[산업 폐기물]

분류: 쓰레기

품질: 쓸모없음

세부 사항: 버리는 수밖에 없다. 아무튼 쓸 수 없다.

……우와, 뭐야 이거! 너무해!

③을 한 번 더 시도해 보자. 남겨 두었던 ①에 폭발하지 않게 마력을 조절해서 넣으며 조심스레 휘저었다, 유리를 청소하

는 케이트에게 들키기 전에 숨어서 빨리 해치우자.

그러자 액체가 반짝반짝 빛나며 영양제 성분이 변했다!

[영양제]

분류: 약품

품질: 양질

세부 사항: 유효 성분을 모두 갖췄다.

성공이야……!

"케이트! 완성됐어!"

"네?!"

케이트가 깨진 유리 조각을 모아서 밖에 버리고 오더니 비커를 들여다보았다.

"한때는 어떻게 되나 싶었는데…… 다행이네요."

하지만 케이트는 싱긋 웃으며 이렇게 말했다.

"폭발 건은 나리와 마님께 보고하겠습니다."

그날 밤, 내가 부모님께 실험도 조심하면서 하라고 혼난 건 당연한 결과였다.

참고로 남은 양질의 치유초와 마력초로 포션을 만들었더니 내 예상대로 양질의 포션이 완성됐다! 역시 소재의 품질이 중요하구나. 오늘은 모두 대성공했네!

[포션]

분류: 약품

품질: 양질

세부 사항: 유효 성분은 충분하다. 약간의 단맛이 느껴진다. 어느 정도 심한 상태인 사람까지 회복시킬 수 있다.

◆

영양제는 완성됐다. 나는 큰 병에 1회분을 담아 놓았다. 이제 거름(우웩…….)과 부엽토를 마구마구 섞는 단계만 남았다. 하아, 어쩔 수 없지. 해 볼까요.

나는 정원사 단을 찾아갔다.

"안녕, 단."

나는 싱긋 웃으며 인사했다.

"네, 안녕하세요. 오늘은 무슨 일로 오셨는지요?"

단은 잠시 쓰고 있던 밀짚모자를 벗고 인사했다.

"밭을 위해 좋은 흙을 만들고 싶은데 거름이랑 부엽토가 필요해. 그 두 가지는 금방 얻을 수 있는 거야?"

나는 아직도 '거름' 부분을 이야기 할 때면 얼굴을 찌푸렸다.

"아, 그러고 보니 마님께서 아가씨가 밭을 만드시는 걸 도우라고 하셨죠. 그 두 가지는 간단히 얻을 수 있습니다. 가지러 가시지요."

단은 그렇게 말하며 정원 도구 중에서 빈 나무 바구니 두 개와 삽을 집어 들었다.

"그럼 우선 부엽토부터 가지러 갈까요."

우리는 저택 뒤편의 숲으로 향했다.

숲속의 흙은 평소에 밟는 흙과는 다르게 발밑의 감촉이 부드럽네…….

"이런 걸 부엽토라고 합니다."

그렇게 말한 단은 "자, 부드럽죠?" 하고 흙을 몇 번인가 밟았다. 나도 단을 따라서 그 부드러운 감촉을 확인했다.

……우와, 폭신폭신해.

"부엽토란 가을이나 겨울에 시들어서 떨어진 나뭇잎과 가지가 오랜 세월에 걸쳐서 흙으로 돌아간 것을 뜻합니다."

단은 그렇게 말하며 쪼그려 앉더니 발밑의 잎과 작은 가지를 치운 다음 검고 부드러운 흙을 손으로 쥐어 보여 주었다.

그때 분홍색의 가느다란 벌레가 꿈틀거리는 것을 발견한 나는 "꺄악!" 하고 소리를 지르며 엉덩방아를 찧고 말았다. 그 모습에 단은 껄껄 웃으며 그 벌레를 잡아서 멀리 내던졌다.

"아가씨에게는 기분 나쁘게 보일지도 모르지만, 이 녀석들이 좋은 흙을 만들어 준답니다."

나는 엉덩이와 손을 탁탁 털며 고개를 끄덕였다.

"그럼 이 폭신폭신한 흙을 바구니에 넣어서 돌아가죠."

[부엽토]

분류: 흙

품질: 양질

세부 사항: 영양이 풍부한 좋은 흙. 여러 가지 생물 덕분에 싱싱하다.

좋아, 이거라면 괜찮겠네!
단이 다섯 살 여자아이에게는 무거울 거라며 혼자 담아서 운반했다.
다음은 거름……. 그래, 말의 배설물이다.
마구간으로 가자 말이 두 마리 있었고, 방금 배출된 말똥이 이곳저곳에 쌓여 있었다. 고약한 냄새를 참으며 말똥을 비교하다가, 상태가 조금 다르다는 사실을 깨달았다. 질이 다른 게 있는 듯했다.

[거름]
분류: 비료
품질: 양질
세부 사항: 건강한 말의 똥. 신선하다.

[거름]
분류: 비료
품질: 저질
세부 사항: 배탈이 난 말의 똥.

[말]

분류: 동물

품질: 양질

세부 사항: 건강한 말.

[말]

분류: 동물

품질: 저질

세부 사항: 배탈이 났다. 기운이 없다.

"있잖아, 단. 이 아이 배탈이 난 것 같은데?"

말똥을 푸려던 단이 손을 멈추고 그 말 곁으로 다가갔다.

"저는 말은 잘 모르지만…… 확실히 기운이 없어 보이고 안절부절못하는 것 같군요. 마부에게 물어보겠습니다."

……몸이 안 좋은 거라면 말도 포션으로 치료할 수 있겠지?

나는 실험실에 들러서 보관해 둔 '포션(보통)'을 주머니에 한 병 넣었다. 그리고 때마침 테라스에 계시던 어머니에게 말을 걸었다.

"어머니, 말 한 마리가 배탈이 났나 봐요. 포션을 줘도 괜찮을까요?"

어머니는 어머머, 하고 뺨 위에 손을 올렸다.

"그래? 마부에게 물어보고 나서 주려무나. 그리고 쓴 건 아마 못 먹을 거야."

"네!"

나는 어머니의 말에 고개를 끄덕이고서 그대로 마구간으로 달려갔다.

내가 마구간에 도착하자, 단과 마부 앨런이 있었다.

"아가씨가 말이 배탈 난 걸 눈치채셨다고요? 말을 돌보는 일을 맡았으면서도 알아차리는 게 늦어서 죄송합니다."

앨런이 배탈이 난 말의 배를 문지르며 나에게 고개를 숙였다.

"아니야, 괜찮아. 그런데 말한테도 포션이 들을까?"

그렇게 말한 나는 주머니에서 포션을 꺼내 들었다.

"듣긴 하겠지만 배탈 난 말에게 포션이라니, 지나친 호사가 아닐까요?"

앨런이 걱정스럽게 고개를 갸웃거리며 내 얼굴과 말을 번갈아 보았다.

말은 그렇게 해도 평소에 돌보던 말이 괴로워하면 치료하고 싶겠지?

"어머니에게 허가는 받았어. 이걸 한 번 써 봐."

나는 그렇게 말하며 앨런에게 포션 병을 건넸다.

"감사합니다! 바로 먹여 보겠습니다!"

그렇게 말한 앨런은 그릇에 포션을 부어서 몸 상태가 안 좋은 말에게 주었다. 그러자 말이 본능적으로 알았는지 잠시 냄새를 맡으며 확인하더니 순순히 포션을 다 먹었다. 잠시 후, 귀를 부들부들 떨다가 곧게 세우더니 기분이 좋은지 앨런에게 얼굴을 문지르기 시작했다.

"오, 효과가 있는 건가. 기분이 좋아 보이는데!"

앨런이 환하게 웃으며 말을 쓰다듬었다.

[말]
분류: 동물
품질: 양질
세부 사항: 건강한 말. 배가 나아서 무척 기분이 좋다.

좋아, 나은 것 같아. 다행이야!
　나와 단은 처음부터 건강했던 말의 똥만 골라서 실험실 앞까지 왔다.
　……이 재료는 실험실 안에 안 갖고 가기로 했다.

　자, 이제 재료가 모두 갖춰졌으니 실험할 시간이다. 오늘 실험은 실험실 바깥에서 하자. 냄새나니까.
　오늘도 평소대로 케이트가 있다. 있긴 한데…….
　"그건 절대로 폭발시키시면 안 돼요!"
　역시 경계해서 거리를 둔 모양이다.
　"나도 말똥을 뒤집어쓰기는 싫거든!"
　나는 실례라고 생각하며 커다란 나무통 앞에 섰다. 나무통 안에 부엽토를 넣은 다음 말똥을 추가했다. 그리고 영양제 한 병을 골고루 뿌렸다.
　좋은 흙이 되게 부드럽게, 조심스럽게……. 제발 폭발하지 말아 줘!

나는 내 키만 한 나무 막대로 마력을 담아서 한 바퀴 저었다.

[비옥한 흙?]
분류: 흙
품질: 저품질
세부 사항: 발효가 부족하다. 그냥 재료를 섞기만 했다.

두 번, 세 번 섞어도 결과는 비슷했다.
……냄새나! 흙이 무거워! 하지만 밭을 만들기 위해서야, 힘내자!
다섯 살의 몸에 채찍질을 하며 빙글빙글 열 바퀴를 저었을 때였다. 나무통 안이 반짝반짝 빛났다.

[비옥한 흙]
분류: 흙
품질: 양질
세부 사항: 이걸 밭에 섞으면 좋은 작물이 자랄 것이다.

됐다! 완성됐어!
그 후 어머니에게 말이 포션을 먹더니 몸이 좋아졌다고 전하자, 어머니가 "그럼 포션비를 줄게." 하고 또 동화 열 닢을 주셨다.
왠지 내가 집에 도움이 되는 것 같아서 기뻐!

◆

"완성됐어! 이걸 섞으면 좋은 밭이 될 거야!"

나는 신이 나서 단에게 보고하러 갔다.

"그럼, 밭을 만들어 볼까요."

단이 그렇게 말하더니 괭이와 삽을 들고 밭 예정지인 내 실험실 옆까지 왔다.

"우선은 이렇게 삽으로 흙을 대충 파 줍니다."

밭 예정지의 흙을 한 줄 정도 파냈다.

"나도 훗날 아틀리에 열 때를 대비해서 하는 법을 배워 두고 싶어."

"오, 아가씨는 벌써 장래의 꿈이 있으신 겁니까?"

단은 그렇게 물으며 나에게 삽을 건네주었다.

"응. 언젠가 훌륭한 연금술사가 돼서 왕도에 아틀리에를 열고 싶어!"

단이 그 말을 듣고 흐뭇한 표정으로 웃었다.

"그럼 열심히 해야겠군요."

"맞아! 이영, 차!"

밭이 꽤 단단하다. 다섯 살 아이에게는 상당한 중노동이다. 하지만 스스로 하지 않으면 방법을 배울 수 없으니까. 그렇게 생각하며 어떻게든 흙을 한 줄 파냈다.

"잘하셨습니다, 나머지는 제가 하겠습니다."

단은 그렇게 말하며 익숙한 손놀림으로 흙을 파냈다.

"다음으로 파낸 밭을 괭이로 갈아 줍니다."

단이 그렇게 말하더니 또 한 줄 시범을 보여 주었다.

"자, 해 보세요."

알겠어, 하고 고개를 끄덕이고서 무거운 괭이를 든 나는 열심히 밭을 갈았다. 한 줄이 끝났을 때 교대해서 나머지를 단이 갈았다. 그리고 아직 덜 된 곳이 조금 남아서 둘이서 함께 갈았다.

"단, 이걸 흙에 섞어서 영양분으로 삼고 싶어!"

나는 그렇게 말하며 갓 만든 '비옥한 흙'이 든 나무통을 보였다.

"호오, 이게 아가씨가 만드신 비료로군요."

단은 흥미로운 듯이 나무통 안을 들여다보았다.

그리고 "영차." 하고 기합 소리를 내며 나무통을 들어 올리더니 방금 간 밭 위에 골고루 뿌렸다.

"이제 섞어 줍니다."

나는 골고루 말이지, 하고 흙과 '비옥한 흙'을 섞었다. 그리고 주위에 이랑을 만들어서 모양을 다듬는 건 단이 해 주었다.

그리하여 내 실험실 옆에 어른 한 명 크기의 밭이 완성됐다!

"풀은 어떻게 심으면 좋을까? 난 여기를 약초밭으로 만들고 싶은데……."

나는 고개를 갸웃거리며 단에게 물었다.

"으음, 밀 씨앗 같은 건 취급하는 곳이 있겠지만 풀은 잘 모르겠군요."

그렇다. 포션의 재료가 되는 풀은 야생에서 스스로 채집하거나, 위험한 지역에 있는 거라면 모험가 길드에 채집을 의뢰해서 얻는 게 보통이다.

덧붙여서 내가 처음으로 얻었던 치유초 잎은 '약초 가게'가 위와 같은 방법으로 얻어서 판매하고 있었다. 풀 씨앗 같은 경우에는 시중에서 팔지 않는 것도 많다.

"참고로 아가씨는 어떤 씨앗을 원하시는지요?"

"치유초와 마력초는 집 뒤편 숲에 있으니까 괜찮은데 새 포션을 만들기 위한 '약초'와 '마도사의 허브'가 필요해."

"그거라면 왕도 북쪽 시냇가에 피어 있을 겁니다. 저라도 괜찮으시다면 같이 가 드리겠지만 나리와 마님의 허가가 필요하겠군요."

그러면 아버지와 어머니에게 상담해야겠네…….

"그럼 일단 치유초와 마력초부터 캐러 갈까요?"

응? 집 뒤편 숲이라면 나 혼자서도 갈 수 있는데?

"뿌리째로 뽑아 와서 심으면 되는 거 아니야?"

내가 그렇게 말하자, 단이 그럴 줄 알았다는 표정으로 웃으며 고개를 저었다.

"화초를 옮겨 심을 때는 조심스럽게 다루지 않으면 뿌리가 끊어져서 말라 버립니다. 같이 가서 방법을 알려 드리겠습니다."

나는 날이 저물기 전에 단과 함께 가서 치유초와 마력초 두 그루씩을 밭에 옮겨 심었다.

그날 저녁, 일을 마치고 돌아오신 아버지에게 밭이 완성된 것을 보고했다.

그리고 앞으로 품질이 좋은 마나 포션을 만들기 위해 '마도사의 허브', 하이 포션을 만들기 위해 '약초'가 필요하다고 전했다.

"품질이 좋은 마나 포션이라니, 완성되면 우리 사단에서 사고 싶을 정도구나."

마도사단 부마도사장인 아버지가 내 이야기에 혹한 듯했다.

"맞아요. 좋은 마나 포션이 있으면 아버지에게 도움이 되지 않을까 해서……. 하지만 그런 풀은 왕도 북쪽 시냇가에서 찾아야 한대요. 단이랑 같이 다녀와도 될까요?"

아버지와 어머니가 얼굴을 마주 보았다.

"그곳이라면 몬스터가 나와도 슬라임 정도일 테니 허락하마. 다만, 만일을 위해 포션을 가지고 가려무나."

나는 고개를 끄덕였다.

"그리고 마나 포션을 만들려면 마석이 필요한데 하나 받을 수 있을까요?"

마석이란 마물이 체내에 지닌 돌로, 그 이름대로 마력을 머금고 있다.

"하나만 있으면 되니?"

아버지는 마나 포션 제작에 흥미가 있는지 나에게 확인을 받았다.

"'연금술 입문'에 따르면 포션 하나를 제작할 때 꼭 마석 한

개를 소모하는 게 아니래요. 포션에 변화를 일으킬 때 필요할 뿐이고 녹아서 없어지지는 않기 때문에 여러 번 쓸 수 있대요. 그래서 마석은 한 개면 되지만 최대한 품질이 좋은 걸 받고 싶어요."

"내 딸이지만 이 이해력과 논리적인 설명 방식을 보면 다섯 살이 한 말이라고는 믿기지 않는걸. 역시 데이지는 천재일지도 몰라."

그렇게 말하며 어머니에게 웃어 보인 아버지는 창고로 마석을 가지러 가기 위해 자리에서 일어났다.

나는 감정을 써서 아버지가 가져오신 마석 중 제일 품질이 좋은 것 하나를 골라서 받았다.

제5장 첫 소재 채집

오늘은 단과 함께 왕도 북쪽 시냇가에 가기로 했다.

나는 어머니께 받은 배낭에 포션과 손수건을 넣고 손에는 작은 손잡이가 달린 삽이 든 상자를 들었다.

……으음, 채집 갈 때 입을 옷을 준비해야 했을지도 모르겠네. 짐이 너무 많아.

나는 그런 생각을 하며 단과 나란히 걸었다.

나는 아직 신분증이 없어서 문지기와 만났을 때 아버지가 직접 써 주신 편지를 보여 줬더니 바로 통과됐다.

왕도 도읍을 나와 문을 지나자, 그곳에는 온통 푸릇푸릇한 초원이 펼쳐져 있었다. 그리고 평원 위로 구름 한 점 없는 초여름의 파란 하늘이 끝없이 이어졌다.

"대단하다!"

나는 양팔을 크게 벌리고 깊게 심호흡을 했다. 공기도 마을 안과는 달리 맑은 느낌이었다.

"아가씨, 시냇가는 이쪽입니다."

단이 내 손을 잡고 걸었다. 내가 숲과는 다른 식물이 잔뜩 자란 걸 보고 한눈팔아서 자꾸 딴 길로 새려 했기 때문이다.

그때, 조금 신경 쓰이는 식물을 발견했다.

[만년초]
분류: 식물류
품질: 양질
세부 사항: 영양분이 특출하게 풍부하다. 잎과 뿌리에 영양
분이 포함되어 있다. 싱싱하다.

이거 어쩌면 엄청 좋은 풀이 아닐까. 뿌리를 재료로 삼은 적
은 없지만 영양제의 품질을 높일 수 있을지도……

"있잖아, 단."

나를 이끌고 걷는 단의 손을 세게 잡아끌었다.

"무슨 일이신지요?"

단이 발을 멈췄다.

"이것도 가져가고 싶어. 영양이 아주 많아 보여. 음, 밭에 심는
용이랑 실험용으로 세 포기. 세 포기 전부 뿌리째 가져갈래."

"그럼 파내야겠네요."

단은 "어떻게 하는지 잘 보세요."라고 하더니 흙을 조금씩
파헤치며 최대한 뿌리가 상하지 않게 풀을 파냈다.

"이건 뿌리가 제법 단단히 박혀 있군요. 그럼, 아가씨도 한
포기 파내 보시지요."

그 말에 나도 조금씩 흙을 파헤쳤다. 옆에서 한 포기를 더 파
내는 단의 모습을 보며 파냈더니 일단 합격을 받았다. 그 세

포기의 풀을 내 상자에 넣고 다시 시냇가로 향했다.

시냇가에 도착했다. 졸졸졸 흐르는 시내는 물이 투명해서 태양 빛을 반사하며 반짝반짝 빛났다.

"그럼 찾아볼까요."

단의 재촉에 내가 원하는 풀을 찾으려 했을 때였다.

"앗! 아가씨, 위험합니다!"

단이 그렇게 말하며 내 등을 감쌌다.

"운 나쁘게도 킬러 래빗이 있군요!"

그건 몸체가 내 몸만 한 제법 큰 마수였다.

[킬러 래빗]

분류: 마수

품질: 양질

세부 사항: 강한 앞니를 가졌다. 뒷발차기가 강렬하다.

단이 나이프로 응전했지만, 고전하는 듯 보였다.

심지어 마수가 앞니로 살짝 깨물었는지 팔에서 피가 흘렀다.

이대로라면 단이……!

어떡하지……! 나는 공격 수단이 없는데……. 맞아, 마법! 마법이라면 쓸 수 있을지도 몰라!

오라버니랑 연습했잖아. 그때는 못 썼지만 오라버니처럼 하면 분명 쓸 수 있을 거야! 나도 프레스라리아 가문의 아이니까!

"에어 커터! 에어 커터! 단을 구하고 싶어! 제발 발동해! 에어 커터!"

그때 오라버니의 이미지를 필사적으로 떠올리며 소리를 지르자, 마지막으로 외쳤을 때 한 발이 발동해서 진공의 칼날이 킬러 래빗을 향해 날아갔다!

"단, 피해!"

단은 등 뒤에서 들려오는 내 목소리를 듣고 몸을 옆으로 움직였다. 그리고 내가 쏜 마법이 때마침 운 좋게 킬러 래빗의 양다리 힘줄을 갈랐다.

"이건……! 아가씨, 감사합니다!"

기쁜 듯이 외친 단은 움직일 수 없게 된 킬러 래빗의 목덜미를 누르고 경동맥을 끊었다.

"아가씨 덕분에 해치웠습니다. 아가씨가 무사하셔서 정말 다행입니다."

단은 킬러 래빗의 다리를 밧줄로 빙글빙글 묶더니 거꾸로 들어서 피를 뺐다.

나는 배낭 안에서 포션을 한 병 꺼내서 단에게 건넸다.

"팔에 상처가 났네, 이거 써."

"신경 쓰지 않으셔도 되는데. 감사합니다."

단은 팔의 상처에 포션을 뿌렸다.

"아가씨의 포션은 정말 효과가 좋군요. 게다가 마법으로 저를 구하셨죠. 아직 다섯 살인데 훌륭한 재능이십니다."

단은 완전히 말짱해진 팔을 쓰다듬으며 기쁘게 웃었다.

우리는 잠시 쉰 다음 다시 풀 찾기를 시작했다.

[약초]
분류: 식물류
품질: 양질
세부 사항: 그냥 으깨기만 해도 상처나 병을 치료하는 효능이 있다. 싱싱하다.

[마술사의 허브]
분류: 식물류
품질: 양질
세부 사항: 공기 중의 마나를 흡수해서 잎에 저장한다. 싱싱하다.

원하던 풀을 찾아낸 우리는 그 풀을 파낸 후, 목적을 달성하고 도읍으로 돌아가기로 했다.

[데이지 폰 프레스라리아]
자작 가문의 차녀
체력: 20/20
마력: 175/180
직업: 연금술사
스킬: 연금술(3/10), 감정(4/10), 바람 마법(1/10)
상벌: 없음

내가 첫 바람 마법을 성공시키자 스킬에 바람 마법 항목이 생겼다.

"열심히 집중하긴 했지만 진짜로 발동하다니. 연금술사도 마법을 쓸 수 있구나……. 그러면 마법 연습도 해 두는 편이 좋으려나?"

나는 첫 마법을 발동시킨 내 손을 지긋이 바라보았다. 나에게도 몸을 지킬 수단이 필요해.

그날 저녁 식사에는 나와 단이 해치운 킬러 래빗이 메인 요리로 식탁에 올랐다.

한창 자랄 나이인 오라버니가 크게 기뻐했다.

"오늘은 이렇게 큰 고기가 나오다니, 호화롭네!"

킬러 래빗은 지방이 적지만 고기가 부드럽고 달아서 맛있다.

"오늘 데이지가 단과 약초를 채집하러 갔는데, 우연히 킬러 래빗이랑 마주쳤대요. 하지만 데이지의 바람 마법으로 킬러 래빗이 움직이지 못하게 된 틈을 타서 단이 마무리 지었다네요."

어머니가 단에게 들은 보고를 가족들에게 전했다. 언니도 맛있는 고기에 기분이 좋아졌는지 "다섯 살인데 마수를 사냥하다니 대단해!" 하고 대놓고 나를 칭찬했다.

"어라, 데이지가 마법 연습을 했던가?"

오라버니와 언니가 나를 칭찬하는데 아버지가 갸웃거렸다.

"오라버니가 옆에서 흉내를 내면서 연습하긴 했어요. 실제로 성공한 건 오늘이 처음이에요. 단이 무척 위험한 상황이어서, 필사적으로 오라버니가 발동시켰던 마법을 상상했더니 몇 번째인가에 겨우 발동됐어요."

나는 아버지의 질문에 대답했다. 그리고 생각하던 것을 입 밖으로 꺼냈다.

"아버지, 어머니. 저도 오라버니나 언니처럼 마법 훈련을 받고 싶은데, 안 될까요?"

부모님은 얼굴을 마주 보았다.

"앞으로 연금술사로서 일하려면 어쩔 수 없이 소재를 채집하러 밖에 나가는 일이 많을 거예요. 마도사가 안 되더라도 마법 재능이 조금이라도 있다면 몸을 지킬 수단을 갖고 싶어요."

아버지는 팔짱을 끼고 잠시 고민했다.

"데이지의 말은 지당해. 게다가 재능이 있는데 내버려 두기는 아깝지."

그 말과 함께 나는 마법 연습하는 것을 허가받았다.

"직업이 다른데도 제대로 마법을 쓰다니 대단해. 역시 우리 여동생이야!"

가족 모두가 언니의 말을 듣고 고개를 끄덕였다. 왠지 무척 낯간지럽고 기뻤다. 직업은 달라도 다른 가족들처럼 마법을 쓸 수 있다니. 정말 기뻐!

제6장 첫 마법 연습

내 일과에 아침저녁으로 밭에 물 주기와 마법 훈련이 추가되었다.

지금 밭에 심은 건 치유초, 마력초, 만년초, 약초, 마도사의 허브 다섯 가지. 옮겨 심은 지 일주일이 지나자 풀의 잎이 잘 자라났다. 잎은 따서 사용하고 씨앗을 채집해서 품질을 올릴 예정이다.

'영양을 듬뿍 받고 자란 풀 → 좋은 씨앗을 채집한다 → 좋은 씨앗을 심는다 → 영양을 듬뿍 주며 키운다 → 더 품질이 좋은 풀이 된다 → 이하 반복'

이렇게 되지 않을까 하는데, 어떠려나?

지금보다 품질이 좋은 풀이 생기면 모두에게 더 많은 도움이 될 거야!

아침에 물 주기를 마치고 다 같이 아침밥을 먹고 나면 오전 중에 마법 훈련을 한다. 우리 저택 정원에는 아이들이 마법을 연습할 때 쓰는 마법을 맞추는 표적이 놓인 연습장이 있어서, 그곳에서 마법 연습을 한다.

가르치는 분은 마도사 유리아 선생님이다. 유리아 선생님은 결혼한 후 은퇴한 전 궁중 마도사인데 아이들이 독립할 무렵에 동료였던 아버지에게 가정 교사 의뢰를 받았다고 한다.

"데이지입니다. 오늘부터 잘 부탁드립니다."

나는 꾸벅 고개를 숙이며 인사했다.

"오랜만이구나. 다시 한번 소개할게, 유리아라고 해. 오늘부터 정식으로 함께 노력해 보자꾸나."

유리아 선생님은 그렇게 말하며 내 머리를 쓰다듬어 주었다. 연한 하늘색 머리카락과 눈동자를 지닌 다정해 보이는 선생님이었다.

"레무스와 달리아는 오늘은 어제 걸 복습하고 있어 주렴."

그렇게 말한 선생님은 표적을 보고 선 오라버니와 언니에게 말을 걸었다.

"네!"

"네!"

오라버니와 언니가 표적을 향해 마법을 쏘기 시작했다. 선생님은 다시 내 쪽으로 몸을 돌렸다.

"데이지는 몸 안의 마력을 느낀 적이 있니?"

선생님이 "최근에 말이야."라고 말하며 내 배꼽 아랫부분을 만졌다. 거기는 연금술로 마력을 넣고 섞을 때 따뜻한 느낌이 드는 곳인데? 그래서 그대로 선생님에게 대답했다.

"어머, 다섯 살인데 벌써 연금술을 하는 거니?"

선생님이 놀란 듯이 눈을 크게 떴다.

"저는 세례식 때 직업으로 '연금술사'를 하사받았거든요. 그래서 연금술 공부를 시작했어요. '마도사'여서 마법 연습을 하는 오라버니와 언니랑 전혀 다를 게 없어요."

선생님은 싱긋 웃으며 그래그래, 하고 고개를 끄덕였다.

"헨리 님은 정말 아이들의 교육에 열정적이시구나. 마법 연습을 해 두면 마법을 쓰는 것뿐만 아니라 너에게 도움이 될 거야. 마력을 잘 조절하는 기술을 익혀 놓으면 분명 연금술을 할 때도 쓸모 있을 테니까."

마법 공부가 연금술에도 도움이 된다니 놀랐어! 열심히 해야겠다!

"네! 열심히 하겠습니다!"

그리하여 그날은 마법을 쏘지 않고 기본이라는 마력 조작을 연습하기로 했다.

사람 몸 안에 심장과 혈관이 있듯이, 마력도 배꼽 아래에 온몸으로 마력을 흘려서 순환시키기는, 사람의 심장에 해당하는 기관이 있다고 한다. 다만, 보통 마력은 피와는 달리 멋대로 흐르지는 않기에 의식해서 움직여야 몸 안을 순환한단다.

"그럼 배꼽 아래부터 시작해서 따뜻한 느낌을 빙글빙글 돌려 보자."

으음, 이거 좀처럼 움직이질 않네.

……전혀 모르겠다.

"선생님, 안 움직여요."

나는 아무리 해도 모르겠다고 말했다.

"그럼 연금술에서 마력을 넣을 때나 예전에 에어 커터를 사용했을 때 느낌을 떠올려 볼래?"

선생님이 다시 배꼽 아랫부분을 손으로 만졌다.

"여기서부터 손까지 따뜻한 게 흘러가지 않았니? 잘 떠올려 보렴."

그 말에 나는 눈을 감고 그때의 일을 회상하기도 하고, 재현하듯이 이미지를 떠올리기도 했다. 그러자 내 오른손 쪽으로 따뜻한 것이 스르륵 흘러오는 감각이 느껴졌다. 나는 선생님에게 그 사실을 알렸다.

"그래! 그게 마력 조작이야!"

선생님이 내게 잘했다고 말하며 머리를 쓰다듬었다. 기뻐진 나는 헤실거리며 웃었다.

나는 마력을 열심히 돌리며 몸 안 어디까지 보낼 수 있는지 탐색했다. 참고로 마력 조작을 하는 것만으로도 마력이 소비되는 모양이라, 내 안의 마력이 점점 줄었다.

감정으로 '마력' 항목을 확인하면 이렇다.

[데이지 폰 프레스라리아]
자작 가문의 차녀
체력: 20/20
마력: 160/180
직업: 연금술사
스킬: 연금술(3/10), 감정(4/10), 바람 마법(1/10)

상벌: 없음

지금 보니까 마력이 160까지 줄어 있었다. 그러는 동안에도 점점 줄어서 마력이 0에 가까워졌고…….

나는 정신을 잃었다.

나는 오후가 되어 정신을 차렸다.

"어머, 정신이 드니? 마력을 다 써서 정신을 잃었단다."

어머니가 내 머리를 어루만지며 지켜보고 계셨던 모양이다.

어라……?

마력을 다 써서 정신을 잃었을 때는 최대 마력량이 180이었는데, 깨어 보니 183으로 늘어 있었다.

나는 놀라서 그 사실을 어머니에게 알렸다.

"어머, 그게 정말이라면 대단한 일이야. 아버지가 돌아오시면 보고하자꾸나!"

어머니는 무척 흥분하셨다.

저녁이 되어 돌아온 아버지도 몹시 흥분해서 "그게 정말이라면 대발견이야!"라고 말씀하셨다.

"레무스, 달리아, 데이지. 오늘 밤 마력을 다 쓴 다음에 자거라, 알겠지!"

그날 밤, 우리 남매는 마력 조작을 한 뒤에 잠들었다.

다음 날 아침, [감정]으로 확인하니 오라버니는 마력량이 3,

언니는 2, 나도 2 늘어 있었다.

아버지는 매우 기뻐하셨다.

"지금부터 이 방법을 도입하면 장래에 아이들의 마력량이 얼마나 늘어날지 상당히 기대되는걸!"

그리고 우리 세 남매는 매일 마력을 다 쓰고 자라는 명령을 받았다.

제7장 더 다양한 포션을 만들자

왕도 북쪽 시냇가에 풀을 채집하러 간 지 2주가 지났다. 가끔 상황을 보고 영양제가 든 물을 준 내 약초밭은 매우 건강했다.

[만년초]
분류: 식물류
품질: 양질(+2)
세부 사항: 영양분이 특출하게 풍부하다. 잎과 뿌리에도 영양분이 포함되어 있다. 싱싱하고 잎이 두껍다.

[마력초]
분류: 식물류
품질: 양질(+2)
세부 사항: 마력이 있어 약제의 재료로도 사용된다. 싱싱하고 잎이 두껍다.

영양제 재료를 찾으러 갔다가 뜻밖에 채집해 온 만년초를 슬슬 사용할까 싶던 참이어서 마력초는 잎만 몇 장 수확하고 만년초는 통째로 뽑아서 실험실로 향했다.

으음, 뿌리를 쓰는 건 처음이네.

평소처럼 순서대로 밑 작업을 한 만년초와 마력초를 잘게 다졌다. 뿌리는 다지기만 하고 전부 증류수에 넣었다. 그리고 마도구 가열기 위에 비커를 올리고 가열했다. 비커 안쪽에 작은 기포가 생기기 시작했다.

[영양제]
분류: 약품
품질: 보통(-1)
세부 사항: 유효 성분이 적다.

잠시 후, 기포가 서서히 커졌다.

[영양제]
분류: 약품
품질: 보통(-1)
세부 사항: 유효 성분이 약간 적다.

여기까진 평소와 거의 똑같네. 안심하고 지켜봐도 되겠어.

시간이 더 지나자 기포가 보글거리기 시작했다.

[영양제]

분류: 약품

품질: 양질(+1)

세부 사항: 잎의 유효 성분이 충분히 추출되었다. 뿌리의 성분은 아직 충분히 추출되지 않았다.

……어라? 뿌리는 고집이 센 걸까?

으음, 어쩌지. 끓여 볼까? 하지만 지금까지 그렇게 해서 잘된 적이 없었는데…….

일단은 마도구의 가열 온도를 내려서 끓지 않게 온도를 유지했다.

그대로 방치한 채 내가 가진 모래시계를 여섯 번째 뒤집고서 모래가 다 떨어졌을 때였다.

[영양제]

분류: 약품

품질: 고품질

세부 사항: 잎과 뿌리의 유효 성분이 충분히 추출되었다. 매우 품질이 좋다.

됐다! 처음으로 고품질 영양제를 만들었어!

으음, 하지만 어째서일까. 품질이 양질(+2)인 재료에서 그걸 뛰어넘는 고품질의 영양제가 나왔다. 아직 감정으로 볼 수 없는 요소가 있는 걸까?

다시 검증하거나 감정 레벨이 오르는 걸 기다려야겠네⋯⋯.
이 내용을 노트에 메모했다. 더 많이 감정하면 언젠가 또 감정
레벨이 오를 거야.

아, 그렇지. 아버지가 마나 포션을 기대하셨던가. 마나 포션을
만들려면 마도사의 허브와 물, 마석과 마력초가 필요하다. 이번
에는 마석을 촉매로 사용하는 새로운 조합 방법에 도전하자!

나는 바로 밭을 보러 갔다.

[마도사의 허브]
분류: 식물류
품질: 양질(+2)
세부 사항: 공기 중의 마나를 흡수해서 잎에 저장한다. 잎이
두껍고 싱싱하다.

이 정도 품질이라면 괜찮겠지!
나는 마도사의 허브와 마력초의 잎을 뜯어서 실험실로 갔다.

[마석]
분류: 보석류
품질: 고품질(+2)
세부 사항: 마물의 체내에서 획득한 마력 결정. 작지만 마력
이 잘 응축됐다.

어디 '연금술 입문'을 확인해 볼까…….

'마도사의 허브, 마석, 마력초를 물에 넣고 가열한다. 마석 위에서 추출된 성분이 잘 변화하게 부드럽게 젓는다.'

해 보자!

밑 작업을 한 마도사의 허브와 마력초를 잘게 다지고 마석과 함께 전부 증류수에 넣었다. 그리고 마도구 가열기 위에 비커를 올려 가열했다. 비커 안쪽에 작은 기포가 생기기 시작했다. 그 뒤로 계속 조심스럽게 천천히 저어 섞었다.

[마나 포션]
분류: 약품
품질: 저질
세부 사항: 유효 성분이 적다.

잠시 후, 기포가 서서히 커졌다.

[마나 포션]
분류: 약품
품질: 보통(-2)
세부 사항: 유효 성분이 약간 적다.

……이 부분은 항상 비슷한 느낌이네. 약을 만들기 좋은 온도가 정해져 있는 걸까?

시간이 더 지나자 물이 조금씩 보글거리기 시작했다.

[마나 포션]

분류: 약품

품질: 보통(-1)

세부 사항: 잎의 성분이 충분히 추출되었다. 유효 성분이 아직 조금 적다.

더 끓일 필요는 없을 듯해서 가열 온도를 낮추고 액체의 온도를 안정시켰다.

그리고 감정으로 계속 확인하면서 휘젓자 점점 품질이 올랐다! 좋은 기세야!

[마나 포션]

분류: 약품

품질: 고품질

세부 사항: 마력 회복량이 뛰어나다. 보통 품질 포션의 1.5배다.

됐다!

일단은 비커에서 여과하고 병으로 옮겼다. 실험 단계라 적은 분량으로 만들어서 이걸로 대충 포션 다섯 병분이다.

"아버지가 원하는 좋은 품질의 마나 포션이 완성됐어! 분명 기뻐하실 거야!"

참고로 내 밭에서 채집한 잎을 사용해서 포션을 만들어 보니 이런 느낌이었다.

[포션]
분류: 약품
품질: 고품질
세부 사항: 보통 품질 포션의 1.5배 회복량을 자랑하는 일품. 부드러운 단맛이 느껴진다.

좋은 재료를 사용하면 좋은 포션이 완성된다는 내 가설이 또 증명됐어!

"보통의 1.5배라고? 훌륭하구나!"

돌아온 아버지에게 보고했더니, 나를 극찬하셨다.

듣자 하니 마도사단과 기사단 사람들은 보통 우리 나라에 나타나는 마수들을 솎아 내거나, 각 영지에서 들어온 마수 토벌 의뢰를 받고 원정 나가는 게 임무라고 한다(전쟁 같은 게 일어나지 않는다면 말이지⋯⋯).

토벌 시에 고전해서 마력이 고갈되면 마법을 못 쓰니까 마도사에게 큰 문제다. 그런 상황에서 마나 포션을 마시는데, 포션 한 병의 회복량 차이가 매우 큰 모양이다.

뭐, 당연히 고전할 때 두 병이나 따서 느긋하게 마시는 것보다는 한 병으로 끝나는 편이 낫겠지.

"그런데 데이지, 어떻게 데이지만 그렇게 좋은 포션을 만드는 거니? 우리 나라의 다른 연금술사 중에 그런 포션을 만드는 사람은 없을 텐데."

아버지가 의문이 드신 듯했다.

"채집하고 시간이 지나서 시든 품질이 좋지 않은 재료로 맛있는 요리를 못 만들듯이, 시든 재료로 품질이 좋은 포션을 못 만들겠다 싶었어요. 그래서 스스로 좋은 재료를 키우려고 한 거예요."

아버지는 그제야 이해한 듯이 끄덕였다.

"그래서 밭을 갖고 싶다는 말을 꺼냈구나."

"네. 그래서 저는 제 밭을 만들어서 영양을 듬뿍 주고 재료를 키웠어요. 그 영양을 듬뿍 먹고 자란, 갓 채집한 재료를 이용해서 조합했더니 제 가설대로 고품질의 포션이 완성됐어요."

내가 대답하자, 아버지가 마치 여우에 홀린 듯한 표정을 지었다.

"네 가설이라고? 역시 다섯 살이라고는 믿기지 않을 만큼 머리가 좋아. 혹시 뒤처진 우리 나라의 연금술을 향상시키기 위해 신이 선택한 아이가 아닐까? 아니, 아무리 그래도 그건 너무 팔불출 같은 생각인가……."

아버지가 정신을 가다듬듯이 헛기침을 하고 다시 질문했다.

"데이지, 이거 정기적으로 만들 수 있는 거니?"

"제 밭 잎을 따서 만드는 거니까, 한 주에 한 번꼴로 드릴 수 있어요."

그 대답에 아버지는 만족한 듯이 고개를 끄덕였다. 그리고 "내일 이걸 나라에서 사들이게 교섭해 보마!"라고 힘차게 선언했다.

그런 아버지에게 지금이 기회라고 생각한 나도 교섭을 시도했다.

"정기적으로 재료를 얻게 밭을 넓히고 싶은데요……."

오늘의 아버지는 무르다. 단박에 확장 허가가 내려왔다.

신난다!

◆

저번에 단과 같이 채집하러 간 뒤로 아직도 못 만드는 게 있다. 바로 하이 포션이다. 하이 포션은 약초, 영양제, 마력초로 만든다. 만드는 방법은 포션과 거의 똑같다.

하지만 효력이 다르다. 포션은 베인 상처를 치료하는 정도지만, 하이 포션은 절단된 지 얼마 안 된 팔이나 다리도 다시 붙여서 원래대로 돌릴 만큼 대단한 약이다.

……그렇게 대단한 약을 만드는 방법이 정말 포션이랑 똑같을까?

조금 걱정되긴 했지만, 나는 고품질이 된 약초와 마력초를 뜯어서 실험실로 갔다.

참고로 재료 중 하나인 영양제는 항상 재고가 부족하지 않게 하고 있다. 필요하면 밭에 물을 줄 때마다 섞어서 같이 뿌리기 때문이다.

실험실에 도착한 나는 밑 작업을 한 약초와 마력초를 잘게 다져서 전부 영양제에 넣었다.

그리고 마도구 가열기 위에 비커를 올리고 가열하자 안쪽에 작은 기포가 생기기 시작했다.

[하이 포션]
분류: 약품
품질: 저품질
세부 사항: 유효 성분이 거의 추출되지 않았다.

잠시 후, 기포가 서서히 커졌다.

[하이 포션]
분류: 약품
품질: 저질(+2)
세부 사항: 유효 성분이 적다.

시간이 더 지나자, 물이 조금씩 보글거리기 시작했다.
……평소대로 계속 가열했다.

[하이 포션]

분류: 약품

품질: 보통(-2)

세부 사항: 약의 유효 성분이 불충분하다.

그리고 끓기 전에 마도구의 출력을 낮추고…….

모래시계를 꺼냈다. 그 뒤로 모래시계가 여섯 바퀴를 돌 시간이 지났다. 시간을 알리는 교회의 종이 한 번 울릴 시간이다. 좀 길지 않아?

[하이 포션]

분류: 약품

품질: 보통(-1)

세부 사항: 약의 유효 성분을 아직 더 추출할 수 있다.

……아무리 그래도 너무 긴데. 더 빨리 추출하는 방법은 없을까? 이래서는 하룻밤 내내 보고 있어야 할지도 몰라. 나는 다섯 살짜리 어린애라서 밤을 샜다간 분명 혼날 거라고!

뭔가 좋은 방법이 없으려나. 그런 생각에 '연금술 입문'을 살펴봤다.

어디 어디…….

'마력을 주입해서 추출 속도를 조절할 수 있다.'

또 설명이 대충이야…….

나는 제작 중인 액체를 잘 저어서 질을 균등하게 만들고 세 비커에 나눠 담았다.

대기하던 케이트가 뒷걸음질 치는 기척이 났다. 뭐, 또 시행착오를 일으켜서 폭발하지 않을까 경계한 거겠지. 너무해!(흥이다!)

일단은 첫 번째 비커를 쓰자. 남은 두 개는 두꺼운 천으로 감싸서 보온했다.

마력을 조작할 때의 요령으로 내 양손에 마력이 모이게 의식했다.

'으음, 스르르르륵. 배어 나와라~'하고 속으로 주문을 외듯 말해 보았다.

음…… 변하는 게 없네. 게다가 어쩐지 어린애 주문 같아서 부끄럽다. 물론 나는 어린애가 맞지만!

[하이 포션]
분류: 약품
품질: 보통(−1)
세부 사항: 약의 유효 성분을 아직 더 추출할 수 있다.

수수께끼의 주문을 외는 걸로는 품질이 전혀 변하지 않았다.

나는 책상 위에 이마를 대고서 어떻게 할지를 고민했다.

그러고 보니 마법을 가르치는 유리아 선생님이 말씀하셨지.

'마법이란 마력으로 상상한 것을 현실로 만드는 거야. 그러니 마법이 일어나는 과정이나 이론보다는 자세한 결과를 상

상해야 일어나는 현상이 바뀐단다.'

그런 부분은 연금술사의 마법도 마도사의 마법과 똑같지 않을까?

구체적인 상상이라…….

나는 마음을 다잡고서 비커에 양손을 대고 마력을 주입했다.

잎에 포함된 진액이 점점 영양제 안으로 녹아든다…….

[하이 포션]

분류: 약품

품질: 보통

세부 사항: 잎의 유효 성분을 아직 더 추출할 수 있다.

어라? 마이너스가 한 단계 낮아졌네……?

[하이 포션]

분류: 약품

품질: 보통(+1)

세부 사항: 잎의 유효 성분을 아직 더 추출할 수 있다. 하지만 일반적인 포션보다 품질이 좋다.

좋아, 역시 품질이 점점 오르고 있어!

[하이 포션]

분류: 약품

품질: 보통(+2)

세부 사항: 잎의 유효 성분을 아직 더 추출할 수 있다. 그래도 흔히 널린 포션보다 낫다.

조금만 더!

[하이 포션]

분류: 약품

품질: 고품질

세부 사항: 보통 품질 포션의 1.5배의 회복량을 자랑하는 일품. 부드러운 단맛이 느껴진다.

해냈다! 됐어! 게다가 일품이래!

유리아 선생님은 대단해! 선생님이 말한 대로 마법을 공부하니까 연금술을 할 때도 쓸모가 있네!

마찬가지로 남은 비커에도 마력을 넣어서 고품질 포션을 얻었다. 그 결과, 포션 다섯 병 분량의 하이 포션이 완성되었다.

그날 저녁, 어제 "내일 이걸 나라에서 사들이게 교섭해 보마!"라고 힘차게 선언했던 아버지가 풀이 죽어서 돌아오셨다. 교섭이 잘 안됐다기보다는, 기사단 사람들에게서 간섭이 들어온 모양이었다.

'왜 마도사단만 그렇게 좋은 포션을 구입하는 건데! 우리도 품질 좋은 포션이나 하이 포션을 사고 싶어!'

……기사단 측에서 이런 어린애가 할 것 같은 불만이 나왔다고 한다.

"뭐, 서로 목숨 걸고 싸우고 있으니 좋은 포션을 원하는 건 알겠지만……."

아버지가 한숨을 내쉬며 중얼거렸다.

"그러고 보니 오늘 겨우 고품질 하이 포션을 완성했는데……. 보통 품질의 1.5배예요. 일반 포션도 고품질로 만들었어요."

나는 고개를 푹 숙이고 테이블에 엎드려 계시던 아버지에게 그렇게 말씀드렸다.

"그거다!"

아버지가 고개를 번쩍 들었다.

"너도 오거라, 데이지! 내일 한 번 더 교섭을 시도하자꾸나!"

나는 내일 아버지와 함께 왕성에 가기로 했다.

다음 날, 나는 아직 다섯 살이라 드레스가 아니라 소녀가 입을 법한 원피스를 입고 가게 되었다. 내 아쿠아마린색 눈동자에 맞춘 연한 하늘색 원피스다.

케이트가 옷을 입히고, 옆머리를 예쁘게 땋아서 하나로 모아 핀으로 고정했다. 그리고 약간 자리에 안 어울릴지도 모르지만, 샘플용 포션을 넣으려고 가죽 핸드백을 뗐다.

"자, 귀엽게 마무리됐네요!"

나도 전신 거울을 보고 확인했다. 내가 봐도 귀엽게 마무리됐는걸.

……아버지를 위해서라도 오늘 최선을 다하자!

나는 왕성에 도착해서 아버지와 함께 마차에서 내려 아버지의 손을 잡고 말없이 뒤를 따라갔다. 그리고 어느 방의 문 앞에서 발을 멈췄다.

"마도사단의 부 마도사장님 아니십니까. 이쪽입니다, 들어가시지요."

방 앞을 지키던 경비병이 문을 열었다. 방 안에는 이미 여러 사람이 의자에 앉아 있었다. ……당연하지만 어른들뿐이라 긴장된다. 심지어 다들 군인이라 조금 무섭다.

"헨리, 그 아이는 누구지?"

콧수염을 기른 사람이 의아한 듯이 아버지에게 물었다.

"네, 군무경님. 이 아이가 저의 차녀 데이지이자 포션 제작자입니다. 본인을 데려오는 편이 설명하기도 쉬울 것 같아서 같이 왔습니다."

아버지가 대답하자 사람들이 술렁였다. '부 마도사장, 머리가 어떻게 됐나. 딸을 팔아먹을 셈인가?' '설명이라니 저 아이가?' 하는 목소리가 들려왔다.

"아가씨, 몇 살이지?"

방에 있던 남자 중 한 명이 나에게 물었다.

"데이지 폰 프레스라리아, 다섯 살입니다."

나는 치마 끝을 가볍게 잡고 여성의 예절인 인사 자세를 했다.

"이런 몸짓을 하고 다섯 살이라니, 보기와는 다르게 어른스러운 아이군. 우리 애도 본받았으면 좋겠는걸. 아, 인사를 받았으니 자기소개를 하지 않으면 실례겠지. 나는 오스카 폰 보이르슈. 기사단장을 맡고 있네."

나에게 질문한 기사단장이라는 남자가 내 몸짓을 보고 당황해서 눈을 크게 뜨며 자기소개를 하고 군무경에게 눈짓했다.

"다섯 살인 데이지 양이 정말로 포션을 만들 수 있을지 아직 약간 의문이기는 하지만…… 일단 두 사람 다 앉게."

군무경의 재촉에 나는 아버지와 나란히 의자에 앉아 이 자리에서 지위가 가장 높을 듯한 인물을 찾아보았다. 역시 착석을 허가한 저분이겠지.

"발언해도 될까요?"

그리고 군무경을 똑바로 바라보며 허가를 구했다.

"오오, 나를 똑바로 바라보다니. 겁 없는 어른스러운 아이로구나. 발언해도 좋다."

나는 "네."라고 대답하고는 핸드백에 넣어 온 포션, 하이 포션, 마나 포션 병을 테이블 위에 올려놓았다.

"어제 아버지로부터 기사분들도 좋은 품질의 포션을 원한다는 의견이 나왔다고 들었습니다. 그래서 오늘은 포션과 하이 포션도 가지고 왔습니다. 이쪽도 마나 포션과 마찬가지로 성능은 일반적인 것보다 1.5배 더 회복합니다."

"오, 오오……."

군무경들이 놀람과 기쁨, 그리고 '정말로 다섯 살짜리 아이가 만든 건가?' 하는 곤혹스러움이 섞인 목소리를 냈다.

"이걸 감정해 봐도 될까, 데이지 양."

군무경의 질문하자 나는 네, 하고 끄덕였다.

"하인리히, 이 세 병을 확인해라. 그대는 제작자도 '볼' 수 있었지?"

"네."

아직 젊은 하인리히라고 불린 청년이 고개를 숙였다. 아마 이 청년도 감정 스킬 보유자인 듯했다. 하지만 하인리히는 나와 달리 제작자까지 알아내는 모양이었다.

……사람에 따라서 '보이는' 내용이 다르기도 하구나.

하인리히가 테이블에 올려 둔 내 포션 세 병을 차례대로 확인하던 그때.

"나도 실례하지."

갑작스러운 손님이 찾아왔다.

"폐하!"

실내에 있던 자들이 모두 자리에서 일어났다. 나도 주위 사람들을 따라 일어섰다.

폐하라고 불리는 사람은 우리 나라에서 국왕 폐하 한 명뿐이다. 폐하는 살짝 뻗친 짧고 아름다운 금발 머리에 에메랄드색 눈동자를 지닌, 아직 30세도 안 되어 보이는 남자였다.

"아, 앉아도 상관없다. 전의 그 납품 이야기를 하고 있다길

래, 흥미가 생겨서 와 보았다. 그런데 이 면면들을 보니……
설마, 아직 어린 자네가 제작자인가?"

"네. 헨리 폰 프레스라리아의 차녀, 데이지라고 합니다. 존
안을 뵙게 되어서 영광입니다."

나는 다시 숙녀의 예절을 지켰다. 그러자 폐하가 어안이 벙
벙한 표정을 지었다.

"이거 놀라운데. 아주 어른스러운 아이로구나. 마치 예의범
절을 제대로 배운 숙녀 같군. 같은 나이 또래의 우리 왕자는
가정교사에게서 도망쳐 다니는 게 일상인데, 프레스라리아
자작 딸은 대단한걸."

폐하가 놀란 표정을 지은 채 자리에 앉았다. 나도 폐하를 따
라서 자리에 앉았다.

"그래서 이야기가 어디까지 진행되었나?"

폐하가 군무경에게 물었다.

"예, 지금 데이지 양이 샘플로 준 포션을 감정하던 참입니다."

군무경이 폐하에게 가볍게 고개를 숙였다.

"그래서 결과는 어떻게 됐지?"

"예. 감정한 결과 포션, 하이 포션, 마나 포션 모두 고품질로
일반적인 것보다 1.5배 높은 회복량을 가졌다는 사실이 판명
되었습니다. 그리고 제작자는 데이지 양이 맞습니다."

하인리히가 대답하자 감탄과 함께 술렁임이 일었다.

"다섯 살밖에 안 됐는데 어떻게 이런 실력을……! 천재가 아
닌가, 훌륭하구나!"

"마도사단은 마수 토벌 시에 위험하다고 판단했을 때를 위해 이걸 구입하고 싶다고 했었지."

군무경의 질문에 아버지와 그 상사로 보이는 사람이 "예." 하고 고개를 끄덕였다.

"그리고 기사단장은 그렇다면 기사단에서도 고품질의 포션과 하이 포션을 구입하고 싶다는 이야기였고."

"예." 하고 기사단장이 대답했다.

"데이지 양, 이것들을 정기적으로 납품하는 게 가능한가?"

폐하가 나에게 물었다.

"네, 원료가 되는 약초류는 모두 제가 영양이 풍부한 밭을 만들어 그곳에서 직접 기르고 있습니다. 그러니 재료가 고갈되는 일 없이 안정적으로 납품할 수 있습니다."

"호오, 영양이 풍부한 밭 말인가. 그래서 이런 품질의 포션이 나오는 건가?"

"네, 마을에선 시든 저품질의 재료만 얻을 수 있기에 제가 스스로 기르기로 했습니다. 영양이 풍부한 밭에서 기른 갓 채집한 고품질의 신선한 재료가 좋은 약이 되고 있습니다."

내가 폐하의 질문에 대답하자, 폐하가 만족스럽게 고개를 끄덕였다.

"설명도 논리적이고 명확하군. 하인리히가 감정해서 이 아이가 제작자라는 사실도 확인되었다. 아직 어린 귀족 영애임에도 불구하고 품질 향상을 위해 스스로 밭을 일구어야겠다는 결론에 다다르다니. 기술력만이 아니라 높은 사고력과 향상심까지 아주 훌륭하구나."

그리고 폐하는 방에 대기하던 군인이 아닌 것 같은 또 다른 남자를 향해서 명령을 내렸다.

"재무경, 이 아이의 포션을 사들이는 것을 인정하겠다. 나중에 자세한 사항을 정리해 오게. 아 그렇지, 성능을 충분히 고려한 정당한 가격으로 사거라."

재무경이라고 불린 중년 남자가 고개를 숙였다. 그리고 폐하가 다시 내 쪽으로 몸을 돌렸다.

"데이지, 어린 나이에도 연금술사로서 높은 품질을 위해 노력하는 그 자세와 열정이 아주 멋지구나. 뭔가 바라는 것은 없느냐? 대금과는 별도로 포상으로서 원하는 것이 있느냐?"

갑자기 원하는 게 있냐는 말을 들은 나는 잠시 고민에 빠졌다. 아버지는 내가 무슨 대답을 할지 조금 조마조마한 듯했다.

"저는 초급 연금술 교본밖에 없습니다. 만일 포상을 받는다면 더 높은 수준의 상급 교본을 받고 싶습니다."

내 대답에 폐하가 만족스럽게 고개를 끄덕였다.

"우리 나라의 연금술은 뒤처져 있다고 해도 과언이 아니지. 그런데 이런 유망한 인재가 있다니, 정말 기쁘구나. 그 부탁을 들어주마. 분명 이 나라에도 도움이 될 것이니."

그렇게 말씀하신 폐하는 만족스럽게 웃으며 방에서 나갔다.

그 후, 매입은 다음과 같이 진행되었다.

하이 포션은 한 주에 세 병, 다른 건 한 주에 열 병씩. 가격은 품질을 고려해서 일반적인 포션의 세 배가 되었다.

※ 일반적인 가격→ 이번 가격 [통화 단위]
· 포션⋯⋯대동화 한 닢→ 대동화 세 닢 [3천 릴레]
· 하이 포션⋯⋯대은화 한 닢→ 대은화 세 닢 [30만 릴레]
· 마나 포션⋯⋯대동화 세 닢→ 대동화 아홉 닢 [9천 릴레]

나는 다섯 살에 한 주에 120만 릴레, 금화 한 닢과 은화 두 닢을 받게 되었다.

참고로 우리 나라의 통화 단위와 화폐 가치는 이렇다.

1릴레=철화 한 닢

철화 열 닢=소동화 한 닢

소동화 열 닢=동화 한 닢

동화 열 닢=대동화 한 닢

대동화 열 닢=은화 한 닢

은화 열 닢=대은화 한 닢

대은화 열 닢=금화 한 닢

금화 열 닢=대금화 한 닢

대금화 열 닢=백금화 한 닢

백금화 열 닢=대백금화 한 닢

식사는 별도에 잠만 잘 수 있는 중가급 정도 여관 숙박비가 대동화 다섯 닢 전후, 귀족이 아닌 일반 관리직의 연 수입이 약 금화 네 닢. 그러니까 다섯 살 아이 수입치고는 상당한 금액이라서 나 스스로도 약간 놀라고 말았다. 이렇게 돈을 많이 벌면 책에서 본 원심 분리기 같은 것도 내 돈으로 살 수 있을지 몰라!

참고로 고가로 책정된 이유는 하이 포션 때문이다. 하이 포션이 절단된 팔도 제자리에서 붙이는 물건이라 고액에 팔리는 것이다.

폐하도 동석하셨던 거래 협상(?) 후, 약 일주일 뒤에 폐하가 약속하셨던 연금술 책이 우리 집에 도착했다. 도착한 책은 '연금술 교본' 상, 중, 하권. 거기에 더해 '연금술로 만드는 맛있는 식탁'까지 총 네 권이었다.

……마지막 한 권은 부탁하지 않았는데. 폐하께서 관심이 있으신 걸까……?

어머니와 받은 책을 보는데, 어머니가 "감사장을 보내야겠구나." 하고 알려 주셨다. 그런 건 최대한 빨리 보내야 감사의 마음이 전달된다고 한다.

"편지와 함께 보낼 게 포션밖에 없어요."라고 어머니에게 상담했더니, "오히려 네 실력을 기대하고 계시니 그게 좋지 않을까?"라는 조언을 받았다. 그래서 감사하다는 문구와 폐하의 건강을 기원한다는 말을 적은 편지에 포션을 첨부해서 답장을 보냈다.

그리고 앞으로 받을 포션비는 내가 훗날 독립할 때 필요하기도 하고, 앞으로 고가의 재료가 필요할지도 모르니 아버지가 우리 가문 돈과 병행해서 관리하시기로 했다.

……아무리 그래도 어린아이의 저금통에 금화를 넣을 수는 없는 노릇이니까.

◆

그리고 보니 아버지에게 허가받았지만 아직 밭을 넓히지 않았다. 게다가 꽃눈이 나기 시작한 풀들이 있어서 씨앗을 채집하고 뿌려야 한다.

주 1회 정기 납품이 있으니까 이번 주는 주중의 1~2일을 납품 물품 제작에 쓰고 남은 시간을 밭 확장 작업에 쓸 예정이다. 영양제에 사용하는 만년초는 줄기가 땅속으로 자라는 모양인데 그 사실을 모르고 심었더니, 빈번하게 수확하는데도 불구하고 조금만 방심하면 자기 땅을 옆으로 늘리려고 한다. 밭을 넓히려면 식물도 다시 배치해야 한다.

그리고 다음 주부터는 주중의 1~2일을 납품 물품 제작에 쓰고, 남은 시간을 새로운 것의 연구에 쓸 생각이다. 하지만 우선 새로 받은 책을 읽는 게 먼저겠지. 음, 한동안 신규 개발은 미뤄질 듯하다.

장래를 위한 자금원은 확보했지만, 다섯 살짜리 어린아이치고는 상당히 바쁜 스케줄이 됐네!

밭 확장은 단과 상담해서 우선 구획을 정하는 것부터 시작했다.

먼저 만년초는 독립된 공간에 심기로 했다. 줄기가 땅속으로 자라는 식물은 자기 뿌리를 마구 뻗치며 다른 식물의 뿌리가 자라는 것을 방해하기 때문이다.

그 외 치유초, 약초, 마력초, 마도사의 허브는 같은 구획에 새로 씨를 뿌리기로 했다.

그리고 기존 1구획. 여기에는 최대한 풀을 수확한 뒤에 땅을 정리해서 다시 씨를 뿌릴 것이다.

구획을 정한 뒤에는 새로운 2구획을 위해 '비옥한 흙'을 만들었다. 말똥 모으는 데도 시간이 필요해서 이틀이 걸렸다. 그리고 단과 한 구획씩 맡아서 밭을 갈기로 해서, 내가 맡은 밭을 가는 데에 이틀이 걸렸다.

다음 날 아침에 엄청난 근육통이 있었지만 순식간에 낫는 포션이 있어서 다행이었다. 그건 그렇고 겨우 근육통 정도에 가볍게 포션을 쓰다니 너무 사치스럽잖아! 이것도 밭에서 안정된 재료를 얻을 수 있어서지만.

그리고 씨앗 채집. 식물에 따라서는 뭐가 씨앗인지 언뜻 보면 알기 힘든 게 있었지만 [감정] 스킬이 확인을 도왔다.

[치유초 씨앗]
분류: 종자류
품질: 고품질

세부 사항: 영양을 듬뿍 머금은 통통한 씨앗.

[마력초 씨앗]
분류: 종자류
품질: 고품질
세부 사항: 영양을 듬뿍 머금은 통통한 씨앗.

[마도사의 허브 씨앗]
분류: 종자류
품질: 고품질
세부 사항: 영양을 듬뿍 머금은 통통한 씨앗.

영양을 듬뿍 주고 키워서 채집한 씨앗은 고품질이 되어 있었다. 이 씨앗들이 다 자랐을 때의 품질이 기대되는걸! 물론, 가끔 이런 것도 있긴 하지만…….

[마도사의 허브의 씨앗]
분류: 종자류
품질: 조악함
세부 사항: 안이 텅텅 비었다. 심어도 싹이 나지 않을 것이다.

이런 건 안타깝지만 버리자. 미안해.
나는 좋은 품질의 씨앗을 새로운 구획의 토지에 간격 여유를 두고 뿌렸다. 그리고 씨앗을 뿌린 뒤 며칠이 지나자 싹이 나기 시작했다. 나는 좋은 품질의 싹을 제외하고 다 솎아냈다.

[마력초 싹]
분류: 식물류
품질: 고품질
세부 사항: 크게 자랄 생각으로 가득하다.

[마력초 싹]
분류: 식물류
품질: 저품질
세부 사항: 살아남기에는 기력이 살짝 부족하다.

상황을 보고 남길 싹을 정했다.
……여기까지 해서 파종이 끝날 무렵이 되자, 나는 여섯 살을 앞두고 있었다.

제8장 여섯 살 생일과 새로운 친구

나는 여섯 살이 되었다. 그리고 오랜만에 [감정]을 썼더니 변화가 있었다.

[데이지 폰 프레스라리아]
자작 가문의 차녀
체력: 45/45
마력: 460/460
직업: 연금술사
스킬: 연금술(4/10), 감정(5/10), 바람 마법(4/10), 흙 마법(2/10), 물 마법(1/10), 은폐
상벌: 없음
재능: 식물의 정령왕의 가호

은폐 스킬을 습득했고, '감정' 스킬 레벨이 하나 올랐고, 새로 생긴 '재능'이라는 항목에 '식물의 정령왕의 가호'라는 게 붙어 있었다. 이건 뭘까?

요정이나 정령은 하늘을 자유롭게 날고 자연의 힘을 빌려서 마

법을 사용하는, 전설이나 이야기에서 나오는 작고 귀엽고 멋진 존재 아닌가? 만나고 싶긴 하지만 만난 적은 없을 텐데…….

왜 만난 적도 없는데 가호를 받은 걸까?

그건 나중에 생각하고, 예전에 어머니가 감정 스킬을 노린 유괴범이 있을지 모른다며 걱정하셔서 바로 은폐 스킬로 감췄다.

[데이지 폰 프레스라리아]

자작 가문의 차녀

체력: 45/45

마력: 460/460

직업: 연금술사

스킬: 연금술(4/10), (감정(5/10)), 바람 마법(4/10), 흙 마법(2/10), 물 마법(1/10), (은폐)

상벌: 없음

재능: 식물의 정령왕의 가호

아침 몸단장을 마치고 아침 식사 자리에 앉으며 '은폐' 스킬을 습득한 덕분에 '감정' 스킬을 은폐했다고 보고했다. 그러자 시녀와 함께라면 외출해도 된다는 허가가 떨어졌다.

신난다!

'식물의 정령왕의 가호'라는 재능의 힘은 물 주기 시간에 알게 되었다.

내 밭에 뭔가 있어……. 그곳에는 흙 위에 납작 엎드리거나 잎 위에 앉은, 초록색 몸통에 등에 날개를 단 생물이 바글거렸다!

"어라……?"

너무 놀라서 말문이 막혔다. 그러자 저쪽이 먼저 말을 걸었다.

"데이지! 드디어 우리를 발견했구나!"

"늦어!"

"맞아!"

그 생물들이 내 주위를 팔랑팔랑 날아다녔다.

"어어, 너희는……?"

나는 그 생물들을 보고 고개를 갸웃거렸다.

"당연히 식물의 요정이지!"

"당연히 식물의 요정이지!"

"당연히 식물의 요정이지!"

요정들이었나 보다……, 잠깐, 뭐? 뭐라고? 이야기 속에나 나오는 그 전설의 요정?

"나 참! 지금까지 그렇게나 도와줬는데 모르고 있었다니!"

여자아이 같은 개체가 내 주위를 날아다녔다.

"도와줬다니 뭘?"

애초에 나는 요정이 안 보였기에 뭘 해 줬는지 전혀 알 수 없었다. 그래서 날아다니는 여자아이에 솔직하게 물어보았다.

"제초 말이야!"

"잎을 갉아먹는 벌레도 치웠다고!"

……그러고 보니 내 밭은 제초나 벌레 제거도 별로 안 했지.

단이 눈치껏 해 주는 줄 알았는데 요정들이 해 준 거라니……!

왠지 나, 이야기 속 주인공이 된 것 같아!

요정들 말론 내가 단을 도와 장미를 돌볼 때부터 이미 있었다고 한다. 내가 열심히 돌보는 식물이 싱싱해서 살기 좋았다나.

그러던 와중에 내가 밭을 만들자 요정이 나를 따라왔다. 그리고 이번에는 밭이 마음에 들어서 정착해 도와준 모양이다.

그런데 나는 아무리 시간이 지나도 요정의 존재를 눈치채지 못했다. 속이 탄 요정들이 내가 식물 요정을 보게 해 달라고 식물의 정령왕님에게 울며 매달린 결과, 정령왕님이 나에게 재능으로 '식물의 정령왕의 가호'를 내리셨다고 한다. 그래서 이제야 의사소통을 하게 됐다고 흥분하는 게 지금 상황인 듯하다.

"지금껏 도와줘서 고마워! 답례로 뭔가 받고 싶은 거 있어?"

역시 도움을 받았으니 답례가 필요하겠지.

"괜찮아! 우리는 네가 만드는 영양제를 아주 좋아하거든! 하지만 단것도 좋아해!"

단걸 좋아하지만 평소에는 물에 섞은 영양제를 살짝 받아먹는 정도로 충분하다는 모양이다.

"맞아! 너 오늘 생일이지? 선물이 있으니 바구니를 들고 와!"

여자아이 요정이 갑자기 그렇게 말했다. 나는 그 말대로 바구니를 들고 왔다. 그러자 "이쪽으로 와." 하고 여자아이 요정 한 명이 팔랑거리며 집 뒤편 숲에 들어갔다. 나는 그 뒤를 따랐다.

"여기야!"

요정이 어느 식물 앞에서 멈췄다. 그곳에는 열매가 빼곡히

열린 블랙베리 나무가 있었다!

"우와! 엄청 많다!"

나는 감동해서 탄성을 질렀다. 요정은 기뻐하는 나를 보며 만족스럽게 웃었다.

나는 바구니 한가득 블랙베리를 담아서 집으로 돌아왔고, 내 생일 식탁에는 블랙베리 잼이 듬뿍 올라간 디저트가 나왔다.

그리고 나는 자기 전에 몰래 작은 접시에 잼을 담아서 밭 옆에 두고 왔다. 요정들이 모여들어서 기쁘게 잼을 핥았다.

◆

멋진 친구가 느는 와중에도 내 평화로운 여섯 살 나날은 계속됐다.

그날 나는 국왕 폐하께 받은 '연금술로 만드는 맛있는 식탁'을 두근거리는 마음으로 읽고 있었다.

……역시 누구나 맛있는 음식을 먹고 싶은 법이지!

'폭신폭신 빵'은 분명 오라버니와 언니도 좋아할 거야. 이름만 들어도 맛있어 보여. 폭신폭신 빵을 응용한 '데니쉬'라는 것도 있네. 버터 맛이 은은하게 느껴지는 빵은 어떤 느낌이려나!

우리가 먹는 빵은 밀가루로 만든 이스트를 반죽한 다음 자연스럽게 방치해서 발효하는 것이 보통이지만 별로 폭신폭신하지 않다. 아니, 솔직히 말해 대부분이 납작하고 맛도 별로 없다. 만약 이름대로 '폭신폭신' 하다면 분명 가족들도 좋아할 거야!

책에 의하면 '폭신폭신 빵'을 만들려면 효모가 필요하고, 그 효모는 과일 같은 걸 연금술로 발효시켜서 만든다고 한다.

그럼 내일 요정들이 알려 준 블랙베리 자생지에 가서 신선한 열매를 따자!

[블랙베리]
분류: 식재―음식
품질: 고품질
세부 사항: 딱 먹기 좋을 때. 과즙이 많고 달다.

요정들이 알려 준 과일은 역시 품질이 좋아!
나는 주방에서 벌꿀을 받아 왔다.

[벌꿀]
분류: 식재―음식
품질: 양질(+1)
세부 사항: 다양한 들꽃의 꿀을 모아서 만든 벌들의 노력의 결정. 부드러운 맛이다.

블랙베리와 같은 무게의 물을 살균 소독한 병에 넣고 벌꿀을 두 스푼 정도 넣는다.

병뚜껑을 닫고 연금 발효를 하면서 병을 부드럽게 흔들었다.

[효모???]

분류: 식재?

품질: 저품질

세부 사항: 블랙베리가 떠 있는 꿀물. 단지 그뿐이다.

뭐, 아직은 그렇겠지. [감정]의 말투가 좀 매섭긴 하지만……

계속 연금 발효를 시키자 서서히 거품이 떠오르기 시작했다.

[효모]

분류: 식재

품질: 저품질(+1)

세부 사항: 블랙베리가 떠 있는 효모가 되어 간다.

……일단 반응은 제대로 일어나네. 괜찮아.

더 발효시키자 기포가 마구 떠오르는 액체가 완성됐다.

[효모]

분류: 식재

품질: 양질

세부 사항: 블랙베리 효모. 완전히 발효가 끝났다.

이걸 깨끗한 천으로 걸러서 액체만 남겼다.

여기에 재료를 추가해서 더 강한 효모로 만들 것이다.

방금 만든 발효액을 병에 넣고 물을 살짝 부었다. 벌꿀은 아까보다 약간 적은 정도를 넣었다. 그리고 처음과 같은 양의 블랙베리를 넣고 뚜껑을 닫았다. 그 후의 과정은 아까와 같다.

[효모]
분류: 식재
품질: 양질(+1)
세부 사항: 블랙베리 효모액. 또 발효가 시작됐다.

흔들흔들……. 좋아, 또 발효가 시작됐네.

[효모]
분류: 식재
품질: 양질(+1)
세부 사항: 블랙베리 효모액. 완성되기까지 조금 남았다.

……흔들흔들. 좋아, 이제 조금 남았대.

[효모]
분류: 식재
품질: 고품질
세부 사항: 블랙베리 효모액. 재료가 추가되어 높은 발효력을 자랑한다.

여기서 멈추고 깨끗한 천으로 걸러서 액체만 남겼다.

됐다! 나머지는 이걸 사용해서 빵을 만들기만 하면 돼!

나는 효모액이 든 병을 들고 주방으로 향했다.

"안녕, 밥."

주방으로 들어가서 안에 있던 주방장 밥에게 인사했다.

"아, 안녕하십니까 아가씨. 이번엔 무슨 일로 오셨는지요?"

밥은 스스럼없이 내 용건을 물었다.

"이번에는 이 마법의 액체로 '폭신폭신 빵'을 만들려고 해. 그러니 잠시 주방을 빌려줄 수 있을까?"

나는 효모액이 든 병을 밥에게 들어 보이며 부탁했다.

"빵이 '폭신폭신' 하다고요……? 모처럼이니 저도 만드는 과정을 봐도 되겠습니까?"

"저도 보고 싶어요!"

밥과 주방 일 담당인 마리아까지 구경하고 싶다고 했다. 나는 주방 상황을 잘 모르니, 오히려 같이 있어 주는 편이 고맙다.

"응, 물론이지! 그럼 장소 좀 빌릴게. 나중에 빵을 굽게 오븐을 데워 줄 수 있을까?"

"네, 물론이죠!"

밥과 마리아가 흔쾌히 내 부탁을 받아들였다.

커다란 그릇에 밀가루, 벌꿀, 소금 약간을 넣고 잘 저었다. 그리고 효모액과 뜨거운 물을 넣고 가루와 물을 하나로 섞었다. 재료의 분량은 '연금술로 만드는 맛있는 식탁'에 적힌 그대로 따랐다.

"조리대가 높아서 힘드시죠?"

어느새 마리아가 발돋움한 나를 위해 살며시 발 받침대를 내밀었다. 기쁘다.

"고마워, 마리아."

나는 싱긋 웃으며 마리아에게 고맙다고 인사했다.

반죽을 열심히 조리대에 내리치며 계속 반죽하자 매끄러워지기 시작했다. 이때 버터를 추가해서 반죽에 스며들게 했다. 둥글게 뭉친 반죽을 잠시 따뜻한 곳에서 자연 발효시켰다.

빠르게 연금 발효를 시키고 싶지만 밥과 마리아를 위해서 참자. 나중에는 두 사람에게 빵 만들기를 부탁하게 될 테니까.

[빵 반죽]
분류: 식재
품질: 고품질
세부 사항: 발효는 충분하다. 다음으로 가스를 빼자.

어라. [감정] 스킬이 만드는 순서를 알려 주네…….

밥과 마리아는 지금껏 본 적 없는 모양으로 부푼 반죽을 보고 깜짝 놀라고 있었다. [감정]이 알려준 대로 가스를 빼고 12개로 나눠서 둥글게 뭉쳤다. 그리고 젖은 헝겊을 씌워서 잠시 휴지시킨 다음…….

"자, 이걸 구울 거야!"

오븐에 넣는 건 밥에게 부탁했다. 아무리 나라도 오븐 사용 방법까지는 잘 모르니까.

"구우면 더 부풀 테니까 널찍하게 띄어서 놔."

내가 그렇게 부탁하자 두 사람은 여기서 더 부푸는 거냐며 깜짝 놀랐다.

반죽은 두 배 크기로 부풀었고 노릇노릇한 갈색이 됐을 때 밥이 오븐에서 꺼냈다.

"시식하자!"

두 사람은 황송해했지만, 내가 한 개씩 건네서 셋이 갓 구운 빵을 손에 들었다.

빵을 반으로 주욱 찢었다. 그러자 과일향이 확 피어올랐다. 우와, 이런 건 처음 먹어 봐!

"폭신폭신할 뿐만 아니라 향도 무척 좋네요."

마리아가 황홀한 표정을 지었다.

빵을 한 입 베어 물자, 그 향이 입안 가득 퍼졌다.

"아주 맛있는데요! 이런 걸 먹으면 더 이상 기존의 빵은 못 먹을 겁니다!"

밥이 몹시 흥분했다.

'폭신폭신 빵'은 대성공!

남은 아홉 개의 빵은 다시 데워서 오늘 밤 우리 집 식탁에 올리기로 했다.

"이건…… 빵이니?"

먼저 아버지가 동그란 빵을 집어 들고 고개를 갸웃거렸다.

"네, 연금술로 만든 '폭신폭신 빵'이에요. 무척 맛있으니까 드셔 보셨으면 좋겠어요."

내 말을 듣고 가족 모두가 빵을 베어 물었다.

"맛있어! 폭신폭신해!"

"맛있어! 폭신폭신해!"

제일 먼저 그렇게 외친 사람은 어린아이인 오라버니와 언니였다.

"어머, 향이 아주 좋구나. 뭔가 과일 향 같은 게 나는데……."

어머니가 고개를 갸웃거렸다.

"부풀어 오르게 하는 액체의 재료로 블랙베리를 사용했으니까 그 향일 거예요."

내가 그 의문에 대답했다.

"음, 아주 맛있구나. 이 빵이 아니면 더 이상 못 먹겠는걸."

아버지도 만족스러운 듯했다.

"나도 이 빵이 아니면 싫어!"

"나도 이 빵이 아니면 싫어!"

오라버니와 언니가 나란히 합창했다. 그리고 빵을 하나 더 집어서 맛있게 우물거렸다. 많이 만들어 두었던 빵을 두 사람이 차례로 먹어 치웠다.

"이제 이것 말고는 못 먹겠어."라는 의견에 따라 우리 집에서 먹는 빵은 '폭신폭신 빵'으로 고정되었다. 해냈다, 대성공이야!

그리고 내가 밥과 마리아에게 효모와 빵 만드는 방법을 알려 줘서, 앞으로 두 사람이 만들게 되었다.

◆

'폭신폭신 빵'이 가족에게 호평을 받아서 내 정기 작업에 효모액 만들기가 추가되었다.

으음, 점점 나 혼자하기에는 힘들어지는걸.

뭐랄까. 배부른 소리일지도 모르지만 내가 [감정]에 의지해서 연금술 결과물의 품질을 확인하는 이상, 아무리 해도 같은 [감정] 스킬을 가진 사람이 아니면 품질을 유지할 수 없을 것 같다. 그리고 무엇보다 여러 타이밍을 언제 확인해야 하는지 전달하기가 힘들다.

그 때문에 일손을 충원해야 한다는 문제가 계속 뒤로 밀렸다.

게다가 여섯 살짜리 연금술사의 제자(?)가 되고 싶은 사람도 없을 테고…….

그런 고민에 시달리는 와중에도 오늘은 아침 시장이 열리는 날이라 다음으로 만들 음식의 재료를 사러 케이트와 함께 마을로 나왔다. 오전 중에 있는 마법 연습은 오늘만 쉬기로 했다.

그런 사정을 안고서 거리를 걸을 때였다.

"이런 품질 안 좋은 것밖에 못 만드는 가게에서 제자 같은 걸할까 보냐!"

나와 비슷한 나이 또래의 남자아이가 쾅, 하고 가게의 문을 거칠게 열고 나왔다.

"품질이 안 좋다니 누가 들으면 어쩌려고 그런 소리를 해! 이쪽이야말로 너 같은 놈은 파문이야!"

가게 안에서 소년의 말을 듣고 분노한 남자의 고함 소리가 들려왔다. 그리고 가방 하나가 바깥으로 내던져졌다. 분명 소년의 짐이겠지.

그 가게 간판을 올려다보니 연금술사의 가게였다.

……품질이 좋고 나쁨을 그렇게 간단하게 알 수 있던가?

'품질이 안 좋다'고 한 그 사람의 말이 너무 신경이 쓰여서 조금 미안하긴 하지만 [감정]으로 확인했다.

[마커스]

평민·장남

체력: 50/50

마력: 170/170

직업: 연금술사 견습……이었다.

스킬: 감정(3/10)

상벌: 없음

역시 [감정] 스킬 보유자였어! 거기다 연금술사 견습이래! 게다가 과거형이야!

저 아이밖에 없어! 인재 발견!

나는 내던져진 가방을 주우러 가는 소년에게 달려가 손을 덥석 붙잡았다. 혼자 방치된 케이트가 무슨 일인가 하고 깜짝 놀라고 있었다.

"난 연금술사 데이지라고 해. 잠시 이야기할 수 있을까?"

"뭐어? 이런 꼬맹이가 연금술사라고? 무슨 말을 하는⋯⋯ 아, 진짜네."

처음에는 의심하는 표정이었던 소년이 나를 가만히 바라보더니(아마 감정을 써서 확인했겠지.) 놀라서 눈을 휘둥그레 뜨며 중얼거렸다.

그런데 그때, 그 소년의 배에서 '꼬르르르르르륵' 하는 커다란 소리가 났다.

"배고파?"

얼굴이 새빨개진 소년에게 물었다.

"아침밥도 먹기 전에 스승님이랑 말다툼을 하는 바람에, 못 먹었어."

그렇게 말하며 한 손으로 배를 누른 소년이 다른 쪽 손으로 머리를 긁적였다.

"저기, 케이트. 이런 시간에는 문을 연 음식점이 없겠지?"

뒤에서 멍하니 있는 케이트에게 물어보았다.

"아직 이른 아침이니까요."

케이트가 고개를 끄덕였다.

"하고 싶은 이야기도 있으니까, 우리 집으로 와! 아침밥은 줄게."

그렇게 말하며 케이트에게 괜찮냐고 물었다.

"밥에게 부탁해 볼까요?"

케이트가 어쩔 수 없다는 듯이 고개를 끄덕였고, 나는 장보기를 포기하고 그 아이와 함께 집으로 돌아가기로 했다.

집으로 돌아와서 그 아이를 잠시 현관에서 기다리게 한 뒤, 어머니에게 집으로 들여도 될지 허가를 받았다.

"어머니, 제가 꼭 연금술 조수로 삼고 싶은 남자아이가 있는데, 그 아이가 오늘 아침에 예전 직장에서 쫓겨나서 배가 고프대요. 집으로 초대해서 식사를 대접해도 될까요?"

어머니는 "좋아." 하고 싱긋 웃으며 고개를 끄덕였다.

"네 조수가 될 아이라면 나중에 나와 아버지에게 제대로 얼굴을 보여 주렴."

이렇게 못을 박아 두긴 하셨지만.

드디어 마커스를 집 안으로 들인 나는 함께 주방으로 향했다. 주방에 밥은 없었지만 마리아가 있었다.

"저기 마리아, 이 아이가 아직 아침밥을 못 먹어서 배가 고프대. 뭔가 먹일 만한 게 없을까?"

"마침 저희 사용인 중 한 명이 쉬어서 빵 하나와 스프가 남았어요. 다시 데워 올게요."

마리아가 그렇게 말하며 음식을 준비하러 이동했다.

우리 두 사람은 주방 안에 있는 사용인용 테이블에 앉아서 기다렸다.

"뭐야 이 빵! 엄청 맛있어!"

마커스가 빵을 먹고 놀랐다. 그 '폭신폭신 빵'이다. 우리 집에서는 사용인도 포함해서 빵은 '폭신폭신 빵'을 먹는다.

"그것도 연금술로 폭신폭신하게 만든 거야."

나는 빵을 맛있게 베어 무는 마커스를 바라보며 말했다.

"그리고 이런 것도 만들 수 있어."

나는 핸드백에 넣어 둔 포션과 하이 포션을 테이블 위에 올려놓고 마커스에게 보여 주었다.

"뭐야! 이렇게 질 좋은 건 처음 봐! 네가 만든 거야?"

마커스가 포션 두 병을 보고 놀랐다.

"응, 그 외에 마나 포션도 만들어서 우리 나라 군대에 납품하고 있어."

마커스가 나라에 납품한다는 말을 듣고 더욱 놀랐는지 눈을 반짝였다.

"넌 보기와는 다르게 대단하구나. 아, 나는 마커스야. 일곱 살이고, 보면 알겠지만 평민이야."

아침 식사를 마친 마커스가 드디어 자기소개를 했다.

"응, [감정]으로 봐서 알아. 아까는 위장해서 안 보였을지도 모르지만, 나도 [감정]을 쓸 수 있거든. 나는 데이지, 여섯 살이야. 잘 부탁해."

나는 싱긋 웃으며 소개했다.

그리고 테이블 위에 올려놓았던 포션 병을 핸드백에 집어넣은 다음 마커스를 밖으로 안내했다.

"이건 내가 만든 재료 밭이야. 연금술을 이용해서 밭의 흙은 영양이 풍부하게 유지하고 있어. 심어 놓은 재료의 품질을 「감정」으로 확인해 봐."

나는 밭 귀퉁이에서 발을 멈추고 마커스를 재촉했다.

"뭐야, 이렇게 좋은 재료를 만들어서 쓴다고? 아니, 그보다 귀족 아가씬데 밭을 만든 거야?"

마커스는 여러 재료를 감정할 때마다 놀랐다.

"지금까지 견습으로 고용되어 갔던 곳의 연금술사들은 대부분 그냥 가게에서 파는 시든 재료를 사용해서 만들었는데."

마커스가 "대단해! 나도 이렇게 고급스러운 치유초로 포션을 만들어 보고 싶다!"라고 중얼거리며 내 밭을 부럽다는 듯이 바라보았다. 이제 슬슬 권유해도 될 것 같다.

"그럼 우리 집에서 일하지 않을래?"

나는 밭에 푹 빠진 마커스에게 제안했다.

"그러면 조악한 포션이 아니라 질 좋은 포션을 만드는 법을 배울 수 있는데."

마커스의 얼굴이 확 밝아졌다.

"그런데 데이지가 나를 고용할 수 있어?"

뭐, 여섯 살짜리 아이니까 그런 질문이 나올 만도 하지.

"응, 나라의 군대에 포션을 납품하니까 너를 고용할 돈은 있어. 하지만…… 여섯 살짜리 아이가 고용주라는 말을 들으면 부모님께서 걱정하시겠지……."

그 부분에서 곤란해하는데 갑자기 현관 쪽이 시끄러워졌다.

왜 그러나 했는데 우연히 오전 근무였던 아버지가 돌아오신 듯했다. 그럼 아버지와 어머니에게 상담해 보자!

나는 마커스를 데리고 아버지와 어머니에게로 달려갔다.

그리고 아버지와 어머니에게 지금까지의 경위를 설명했다.

"그러니까 데이지는 옆에 있는 마커스 군을 고용하고 싶은데, 어린아이인 네가 계약하면 마커스 군의 부모님이 걱정하실 걸 우려하는 거로구나."

객실 소파에서 아버지가 나에게 확인했다.

"확실히 데이지의 판단은 옳아."

어머니도 수긍하셨다.

"세바스찬, 우리 저택의 사용인 방 중에 빈방이 있었나?"

아버지가 옆에서 대기하던 집사 세바스찬에게 확인했다.

……나는 마음만 앞서고 그런 건 생각하지도 못했어!

"네, 아직 빈방이 있습니다. 한동안 쓰지 않은 방이라, 이틀 정도 시간을 주시면 준비를 마칠 듯합니다."

"마커스 군은 더부살이해도 괜찮을까? 그리고 데이지를 돕는 게 일이 되겠지만 고용주는 나로 해두려는데 괜찮겠니?"

귀족 어른 두 명을 앞에 두고 긴장한 표정을 한 마커스에게 아버지가 다정하게 미소 지으며 확인했다.

"네, 감사할 따름입니다!"

마커스는 힘차게 고개를 푹 숙였다.

"그럼 나중에 제대로 계약서를 작성해야겠구나. 그런데 마커스 군은 왜 그 나이에 벌써 일하고 있는 거지? 집에 뭔가 사정이 있니?"

우리 나라에서 평민 아이들이 일하는 게 드문 일은 아니지만, 역시 그런 사람은 나름대로의 이유가 있는 가정이 많다. 아버지는 그것을 걱정함과 동시에 확인하고 싶으신 듯했다.

"저희 집은 2년 전에 아버지가 사고로 돌아가셔서 어머니뿐이에요. 그런데 어머니도 병으로 일할 수 없게 되셨어요. 제 밑으로 아직 어린 남동생과 여동생이 있어서 제가 일해야만 해요. 어머니의 약값도 빨리 벌고 싶고……."

마커스가 침통한 얼굴로 집안 사정을 설명했다.

"어머니의 병세가 많이 안 좋니?"

아버지가 걱정스러운 표정으로 물었다.

"의사에게 진찰받았는데 하이 포션이나 교회의 하이 힐을 써야 낫는 병이래요. 그러니까 제가 돈을 벌어야만 해요……."

그 말을 들은 아버지가 으음, 하고 잠시 턱을 쓰다듬으며 생각에 잠겼다.

"데이지, 하이 포션이 지금 집에 있을까?"

"네."

나는 바로 고개를 끄덕였다.

"마커스 군, 이렇게 하지 않을래? 네 어머니의 병은 일단 데이지의 하이 포션을 사용해서 치료하자. 중병을 방치해서 좋을 게 없어. 그리고 너는 아직 그 대금을 지불할 수 없을 테니 후불 할부로 해서, 너의 매달 봉급에서 생활이 곤란하지 않을 정도로 조금씩 갚는 건 어떻겠니?"

아버지는 맞잡은 손 위에 턱을 올리고 마커스의 얼굴을 들여다보았다.

"그렇게 비싼 물건을 후불로 사도 괜찮다니……. 만난 지 얼마 되지도 않은 저를 신용하시는 거예요?"

마커스는 도저히 믿을 수 없다는 얼굴이었다.

"왜냐하면 너는 지금까지 연금술사 가게에서 일했잖아? 마음만 먹으면 하이 포션을 훔칠 수 있었을 거야. 하지만 그 유혹에 지지 않고 성실하게 일한 거지?"

아버지는 진지하게 마커스를 바라보았다.

"아버지. 마커스는 상벌에 절도가 붙어 있지 않아요."

나도 마커스의 어머니를 돕고 싶어서 마커스의 인간성에 문제가 없다고 주장했다.

아버지는 그래, 하고 고개를 끄덕였다.

"그럼 그 내용을 포함해서 계약서를 작성할까."

아버지는 일단 집무실로 이동했다.

마커스는 아버지의 배려와 어머니의 병을 치료할 수 있다는 사실에 감격했는지 한동안 팔로 얼굴을 가리고 울었다.

그 후, 아버지는 변제금 내용을 포함한 계약서를 써서 방으로 돌아왔다. 그리고 계약의 자세한 내용과 조건을 마커스에게 알려주었다.

마커스가 어린아이인 점을 감안해서 계약 금액은 우리 저택에서 일하는 일반 사용인의 봉급에서 조금 깎은 액수인 듯했지만, 지금까지 일했던 어느 가게보다 좋은 모양인지 마커스는 그 금액에도 감사해했다.

"그럼 모레까지 너를 위한 방을 깨끗하게 청소해 둘 테니 모레 아침, 교회의 첫 번째 아침 종이 울릴 시각에 집으로 와 주겠니? 그리고 이 계약서는 여기에 네 사인, 여기에 어머니의 사인을 받아서 가져오려무나."

그리고 마커스는 계약서와 하이 포션을 가지고 집으로 돌아갔다.

"아버지, 마커스의 임금은 제가 낼게요."

마커스가 돌아가자, 나는 아버지에게 그렇게 선언했다.

"아니. 자식에게 필요한 경비를 지불하는 건 부모의 의무란다, 데이지. 나는 이런 건 아이의 장래를 위한 투자라고 생각하니 네가 걱정할 필요는 없어. 그리고 매달 갚는 포션비는 데이지가 맡긴 돈에 보태마."

아버지는 그렇게 말하며 내 머리를 가볍게 쓰다듬고서 방으로 돌아가셨다.

이틀 뒤 아침, 마커스가 사인을 마친 계약서와 마커스의 어머니가 우리 아버지 앞으로 쓴 편지를 들고 찾아왔다. 그리고 내 하이 포션으로 어머니의 병이 나았다고 기쁘게 보고하며 고맙다고 말했다.

마커스의 어머니가 쓴 편지에는 하이 포션에 대한 감사 인사와 아들을 아무쪼록 잘 부탁한다는 내용의 아이를 걱정하는 말이 쓰여 있었다고 나중에 아버지가 알려 주셨다.

마커스는 막 왔기 때문에 오늘은 일단 집사가 맡게 되었다. 새로운 사용인은 이 집에서 일하기 위해 제일 먼저 몸가짐을 단정하게 한 다음(몸을 깨끗이 씻는다든가, 머리를 자른다든가) 옷을 지급받는다. 그리고 이 집에서 일하기 위한 규칙과 저택 및 사용인이 머무르는 구역에 관한 설명을 듣는다.

또 점심 식사를 하며 다른 사용인의 얼굴을 익힌다. 이 역시 중요하다. 뭐, 마커스는 거의 나에게만 붙을 테니 다른 사용인과 다른 부분이 있지만, 우리 집 사용인이 되려면 반나절 남짓 진행되는 세바스찬의 교육은 필수다.

나는 오전 마법 훈련을 마친 다음, 마커스에게 맡기고 싶은 일을 어떤 순서로 가르칠지 생각했다.

일단은 물. 증류수 만드는 법을 가르쳐서 내가 마법 연습을 하는 오전 중에 모든 것의 기본인 증류수를 만들어 두게 하면 효율이 좋겠는걸. 하지만 증류기 같은 유리 기구는 고가다. 아마 평범한 평민의 연금술 가게에서는 견습 1년 언저리의 어린아이에게 그런 기구를 못 만지게 했을 것이다. 사용 방법을 가르쳐야겠지.

다음으로 밭을 보면서 잠시 멈춰서 물 주기는 어떻게 할까 고민했다.

"데이지, 왜 그래? 고민이라도 있어?"

식물의 요정이 포르르 날아와 내 어깨 위에 앉았다.

"으음, 새료 내 견습이 된 남자아이야 같이 일하게 됐는데 물 주기를 부탁할지 말지 고민 중이야.”

나는 요정들에게 내 손끝을 내밀며 상담했다. 요정들이 내 손끝에 걸터앉았다.

“뭐 그렇지. 물 주기는 의외로 어려우니까. 너무 많이 줘도 뿌리가 썩고, 부족하면 시들거나 마르고…….”

요정들도 내 고민에 동감하는지 같이 고민했다.

“그 아이도 나처럼 요정들을 보면 너희에게 지도를 부탁하면 될 텐데.”

나는 문득 떠오른 생각을 중얼거렸다.

“우리가 견습 아이를 지도한다고?”

그때 요정들의 머릿속에서 뭔가가 번뜩인 모양이다. 손을 꿈틀거리는 게 무섭다.

“식물을 소중히 키울 사람을 늘리는 일도 우리에게는 소중한 사명이지! 맡겨 줘, 데이지!”

응? 하지만 마커스에게는 너희가 안 보이는걸?

“너희가 안 보이는 사람을 어떻게 지도할 건데?”

“보이게 하면 돼!”

그 여자아이 요정은 그렇게 말하더니 순식간에 사라졌다.

그날 저녁, 세바스찬의 첫날 교육을 마친 마커스가 밭에 찾아왔다.

“으악! 밭에 뭔가 초록색의 이상한 게 있어!”

마커스는 그렇게 외치며 허리에 힘이 빠졌는지 땅바닥에 엉덩방아를 찧고 말았다.

그 여자아이 요정과 정령왕님이 재빠르게 마커스에게도 식물의 요정이 보이게 한 모양이다. 일 처리 한번 빠르네…….

그때 고민 상담을 해 줬던 여자아이 요정이 포르르 날아와 내 어깨 위에 앉았다. 내 기분 탓인가 마치 좋은 일을 했을 때처럼 가슴을 편 것 같은데…….

"마커스 안심해. 그 아이들은 식물의 요정이야. 이 밭을 지켜 주고 있어."

나는 마커스의 손을 잡아서 일으켜 주며 설명했다.

"너에게 이 밭에 아침저녁으로 물을 주는 역할을 맡기고 싶어. 처음에는 양 조절이 어렵겠지만 괜찮……."

"우리가 제대로 가르쳐 줄게!"

"우리가 제대로 가르쳐 줄게!"

"우리가 제대로 가르쳐 줄게!"

마커스를 교육할 생각으로 가득 찬 요정들이 내 말을 가로막았다.

"일단은 오늘 저녁 물 주기부터! 자, 이쪽으로 와. 물뿌리개를 가지러 가자!"

요정들은 마커스에게 달라붙어서 그 아이를 끌고 갔다.

"데, 데이지……."

마커스가 도움을 요청하는 듯한 당황이 섞인 시선을 보냈다.

"다녀 와, 힘내, 마커스!"

그러나 나는 무정하게도 끌려가는 마커스를 웃으며 배웅했다.

다행이다……! 이제 내 밭은 안심이야!

"잠깐! 물뿌리개에서 떨어지는 물을 밭에 흘리면 안 되지!"

"물은 골고루, 조심스럽게 뿌리는 거야!"

"감정 스킬을 가지고 있잖아! 식물을 직접 확인해서 어느 정도 물이 필요한지 물어봐!"

요정들, 의욕이 넘치네!

그건 그렇고 꽤 많이 가르친 것 같은데……. 증류수 만들기 강의는 내일로 미뤄야 하나. 나는 마커스의 오늘 교육은 요정들에게 맡기기로 했다.

다음 날 아침. 내가 마법 연습을 마치고 밭으로 찾아가자, 후배가 생겨서 의욕이 넘치는 표정의 요정 무리와 물 주기를 마치고 진이 다 빠진 모습의 마커스가 있었다.

"좋은 아침, 마커스. 밭에 물을 줘서 고마워."

나는 마커스에게 다가가며 아침 인사를 했다.

"그래, 요정들이 아주 친절하고 정중하게 알려 줘서 오늘 아침도 무사히 끝났어……."

마커스는 의욕이 넘치는 얼굴로 밭 주위를 날아다니는 요정들을 바라보고 웃으면서 어깨를 움츠렸다.

"오늘은 새로운 일을 하나 가르치려고 해."

마커스가 "일?" 하고 고개를 갸웃거렸다.

"증류수라고 알아?"

나는 잠긴 실험실 방의 문을 열며 마커스에게 질문했다.

"아니, 몰라."

마커스는 고개를 저었다.

"그럼 일반적인 물이란 어떤 물일까?"

내 질문에 마커스가 으음, 하고 고개를 갸우뚱거렸다.

"그럼 있잖아, 이 물통에 우물물을 퍼올래? 그리고 [감정]으로 보고 어떤지 확인해 봐."

나는 빈 물통을 마커스에게 건네며 물을 퍼오게 시켰다.

잠시 후, 마커스가 흥분한 표정으로 돌아왔다.

"우물물에는 다양한 것들이 들어 있구나!"

마커스는 처음으로 물을 [감정]한 모양이었다.

"그래. 그래서 이 물은 이대로는 연금술에 쓸 수 없어."

마커스에게 물통을 방 안에 넣으라고 지시하고 유리 기구가 늘어선 테이블 쪽으로 안내했다.

"그럼 어떤 물을 쓰는데?"

역시 마커스는 유리 기구를 눈앞에 두고도 어디에 쓰는 건지 몰랐다. 아마 지금까지 연금술사 일을 거의 못 해 봤기 때문이겠지.

"대답은 네 눈앞에 있는 유리 기구에 있어. 그걸로 증류수라는 순수한 물을 정제하는 거야."

내 말에 마커스는 본 적은 있지만 사용해 본 적은 없는 유리 기구를 보며 눈을 반짝였다.

"새로운 일이라는 건…… 혹시 이걸 쓰게 해 주는 거야?"

마커스가 머뭇거리면서도 기대가 담긴 눈으로 나에게 물었다.

"응. 이걸로 증류수를 만드는 게 네 아침 업무야!"

의자가 두 개 있어서 하나에는 내가 앉고, 마커스에게 나머지 하나에 앉으라고 재촉했다.

"일단은 내가 먼저 할 테니까, 잘 봐."

"응!"

마커스가 호기심으로 가득 찬 눈으로 기구를 바라보며 고개를 크게 끄덕였다.

"먼저 깨끗한 플라스크…… 플라스크란 건 이렇게 밑이 둥글고 목이 긴 병을 말해. 여기에 우물물을 넣고 증류기에 장착하는 거야. 반대편에는 깨끗한 빈 플라스크를 설치해."

나는 한쪽 플라스크에 물을 넣고 그 플라스크를 증류기에 장착했다.

"그리고 그냥 물이 든 플라스크 밑에 있는 가열기 마도구와, 위에 있는 냉각용 마도구 스위치를 올려."

그리고 마도구 스위치를 올렸다. 플라스크 가장자리에 서서히 기포가 생겨났고, 물이 끓기 시작하자 플라스크 안에 수증기가 일면서 냉각기 부분에 물방울이 고여 유리관을 지나 반대편 플라스크로 흘러 들어갔다. 나는 그렇게 고여서 흘러 떨어지는 물을 가리키며 "이게 증류수야." 하고 마커스에게 알려 주었다.

잠시 후, 거의 반대편으로 이동한 듯해서 스위치를 껐다.

"자, 양쪽 플라스크에 든 물을 비교해 봐."

[물]

분류: 액체

품질: 양질

세부 사항: 증류수. 순수한 물.

처음에 물을 넣어 뒀던 플라스크는 이랬다.

[물]

분류: 액체

품질: 보통(-2)

세부 사항: 불순물이 농축된 물. 폐기물.

"물이 깨끗한 것과 더러운 것으로 나뉘었어!"

마커스가 몹시 흥분했다.

"이제 매일 할 테니까 진정해. 그럼 다음은 마커스 차례야."

 나는 아직 뜨거운 우물물이 든 플라스크를 두꺼운 장갑을 끼고 증류기에서 치운 뒤에 물을 버렸다. 그리고 증류수는 커다란 실험용 물병 안으로 옮겼다.

"더러워진 기구는 이렇게 씻어 줘."

 나는 플라스크가 식은 뒤, 물병에 든 증류수를 그 안에 살짝 넣고 빙글빙글 돌리며 세척했다. 그다음 물을 버리고 건조시킬 기구를 넣는 상자 안에 플라스크를 넣었다. 그리고 깨끗한 플라스크를 두 개 들고 마커스에게 건넸다.

"자, 해 봐."

마커스는 후우, 하고 깊게 심호흡하며 흥분하는 자신을 진정시켰다.

그리고 내가 먼저 보여 줬던 순서대로 기구를 장착하고 증류기를 작동시켰다. 본 것을 그대로 재현해서 증류를 완료하고 증류수를 물병으로 옮겼다.

마커스의 뺨이 달아올랐다. 처음으로 연금술사다운 일을 해서 감동으로 가슴이 벅찬 듯했다.

"있잖아, 데이지! 언젠가 나한테도 포션 같은 걸 만들게 해 줄 거야?"

마커스는 아직 흥분이 가라앉지 않은 모습으로 눈을 반짝반짝 빛내며 나에게 물었다.

"물론이지! 앞으로 잘 부탁해!"

"나야말로!"

우리는 그렇게 말하며 굳건하게 악수를 나누었다.

제9장 선물을 만들자

 어느 날 밤, 나는 '연금술로 만드는 맛있는 식탁'을 거실로
들고 가서 아버지와 어머니에게 상담했다.
 "이거, 폐하께 받은 책인데요……. 부탁한 책에 이 책이 같
이 들어 있었어요. 직접 말하는 건 삼가고 계시지만, 혹시 폐
하께서 관심 있거나 기대하시는 바가 있어서 제게 이 책을 주
신 게 아닐까 싶어요."
 나는 예전부터 신경 쓰였던 점을 말했다.
 "으음, 그렇구나. 색다르고 맛있는 것에 관심이 있는 사람은
많으니까."
 어머니도 뺨 위에 손을 올리고 같이 고민하셨다.
 "데이지의 '폭신폭신 빵'은 정말 맛있긴 하지만 너무 일상
용이라서 폐하께 헌상하기에는 안 맞을 것 같기도 해."
 아버지도 함께 끙끙거리며 고민하셨다.
 "술은 어떨까?"
 가슴 앞으로 손뼉을 친 어머니가 '이거다!' 하는 듯한 표정
을 지었다.
 "그래, 그거 괜찮겠는걸. 폐하는 술을 즐기시는 분이니까

분명 포도주를 좋아하셨던 걸로 기억해."

아버지도 고개를 끄덕였다.

……으음, 그러면 미성년자인 나는 못 마시잖아?

"저는 미성년자라서 맛볼 수가 없어요. 그러니 아버지와 어머니가 대신 맛봐 주시겠어요?"

"물론!"

"물론이지!"

부모님의 얼굴이 어째선지 기뻐 보였다.

와인용 나무통을 주문하고 어느 날 아침, 나는 케이트와 마커스를 데리고 아침 시장에 나갔다. 다양한 품종의 포도를 사기 위해 전원이 커다란 바구니를 들었다.

나와 마커스의 아침 일정은 미뤘다. 밭에 물 주기는 단에게 부탁하고 왔다.

마을의 큰길까지 오자 중앙 광장을 중심으로 잔뜩 줄지은 노점에서 떠들썩한 소리가 들려와서 가슴이 설레었다.

"케이트, 마커스, 대단해! 저렇게 북적이다니!"

나는 신이 나서 광장 중앙에서 한 바퀴 빙글 돌았다. 그리고 과일을 취급하는 가게가 모인 곳으로 향했다.

"오, 아가씨. 뭔가 찾는 거라도 있니?"

과일을 가져온 아주머니가 나에게 말을 걸었다.

"와인을 만들려고 포도를 사러 왔어요. 알맞은 포도가 있을까요?"

나는 아주머니에게 물어보며 진열된 형형색색의 과일을 둘러보았다.

"그렇다면 이쪽 줄 제일 안쪽에 있는 바소 할아버지에게 묻는 게 제일 빨라."

아주머니는 그렇게 말하며 줄지은 가게의 안쪽을 가리켰다. 아주머니 말대로 할아버지 한 명이 있었다.

"감사합니다!"

나는 아주머니가 알려 준 가게로 이동했다.

"안녕하세요. 와인을 만들 때 알맞은 포도가 있을까요?"

바소 할아버지라고 불린 남자에게 말을 걸었다.

내가 말을 걸자, 할아버지는 의문스럽다는 표정으로 고개를 들었다.

"아가씨가 만들려고……?"

할아버지가 의아하다는 표정으로 내 얼굴을 들여다보았다.

"네, 아주 소중한 분에게 드릴 선물로 와인을 만들고 싶어요."

나는 솔직하게 목적을 말했다.

"그럼 고급스러운 와인을 만들 수 있는 품종을 골라 주마."

할아버지가 엇차, 하고 일어서서 내가 있는 가게의 바깥쪽까지 다가왔다.

"바구니를 세 개 가져왔으니까 세 종류가 있으면 좋겠어요."

"흐음, 세 종류 말이지. 어디보자 그러면……. 일단 이건 페노 루와르라고 해서 이 근방의 대표적인 품종이야. 섬세하고 고급스러운 와인을 만들 수 있지."

[포도(페노 루와르)]

　분류: 식재-음식

　품질: 고품질

　세부 사항: 와인 만들기 딱 좋은 시기에 수확한 일품. 숙성 정도에 따라 제비꽃 같은 향기가 나는 고급스러운 와인이 될 것이다. 마개는 여유 있게 일찍 개봉하는 것을 추천한다.

　"이것도 괜찮지⋯⋯. 메롤로다. 과일의 풍미가 느껴지는 와인이 될 게야."

[포도(메롤로)]

　분류: 식재-음식

　품질: 고품질

　세부 사항: 와인 만들기에 딱 좋은 타이밍에 수확된 일품. 와인으로 만들면 부드럽고 목 넘김이 좋은 순한 맛과 블랙커런트나 플럼 같은 향기가 날 것이다.

　"남은 하나는 와인의 제왕 브로로의 재료인 이 포도가 좋겠구나. 이건 오늘 특별히 주문해서 도착한 거야."

[포도(네테올로)]

　분류: 식재-음식

　품질: 고품질

세부 사항: 와인 만들기에 딱 좋은 타이밍에 수확한 일품. 와인으로 만들면 중후하고 제왕의 품격을 지닌 맛이 될 것이다. 마개는 여유 있게 일찍 개봉하는 것을 추천한다.

으음, 멋진걸. 와인에도 여러 종류가 있는 모양이다. 개성적인 이 아이들로 와인을 만들고 싶어졌다.

"할아버지, 추천해 주신 포도 세 종류 다 살게요!"

우리는 포도를 가득 담은 바구니를 들고 귀갓길에 올랐다. 새……생각보다 무겁네. 결국 나는 마커스가 바구니에 붙인 손잡이 한쪽을 들어 줘서 무게를 분산하고 나서야 겨우 바구니를 들고 돌아갈 수 있었다.

자택으로 돌아온 우리는 와인 만들기를 개시했다.

포도가 세 종류나 있어서 도중에 마커스와 케이트까지 도와주기로 했다. 세 종류의 포도를 나무통 세 개에 전부 털어 넣었다. 참고로 포도는 씻지 않는다. 씻으면 물 때문에 당도가 내려가서 맛이 없어진다. 그래도 손은 깨끗하게 씻어야 한다.

"먼저 줄기 같은 부분을 전부 제거하고……."

포도알 사이를 이은 부분을 떼어냈다.

"상당히 섬세한 작업이네요."

케이트가 중얼거리면서도 묵묵히 작업했다.

그리고 포도알을 으깼다.

"으아, 언제 끝나는 거야!"

마커스도 투덜거렸다.

주위에서 뭐라고 계속 종알거리기는 했지만 으깨기를 무사히 마치고 발효 작업으로 들어갔다. 케이트는 잠시 휴식했다. 케이트는 약간 안심한 표정으로 앉아서 우리를 지켜봤다.

으깬 포도가 든 나무통에 말린 포도로 만든 효모액을 넣었다 (지금은 블랙베리 수확이 끝나서 다른 걸로 효모액을 만든다).

참고로 마커스도 매일 효모액을 만들다가 연금 발효를 터득해서 다음 공정인 발효를 돕기로 했다. 우리는 순서대로 마력을 넣으며 발효를 재촉했다.

[와인???(페노 루와르)]
분류: 식재-음식
품질: 저품질
세부 사항: 포도를 으깬 것. 발효가 막 시작됐다. 효모가 열심히 일하고 있다.

[와인???(페노 루와르)]
분류: 식재-음식
품질: 저품질
세부 사항: 포도를 으깬 것. 발효가 많이 진행되었다. 효모가 아직 열심히 일하는 중이다.

[와인???(페노 루와르)]

분류: 식재-음식

품질: 저품질

세부 사항: 포도를 으깬 것. 알코올 발효가 시작되어 껍질에
있는 색소와 탄닌이 과즙으로 옮겨 가고 있다.

……확실히 술 냄새가 짙게 풍기기 시작했네.

이 과정을 두 번 더 실행했다. 그게 끝나자 큰 포대에 넣고 꽈
악 짜서 껍질과 씨앗을 거른 뒤 통 세 개에 나눠 담았다.

그다음 한 번 더 발효시켰다.

[와인??(페노 루와르)]

분류: 식재-음식

품질: 저품질

세부 사항: 발효된 포도즙. 산이 두드러져서 시큼하다.

[와인??(페노 루와르)]

분류: 식재-음식

품질: 저품질

세부 사항: 발효된 포도즙. 순한 맛. 그래도 아직 부족하다.

……술 냄새가 나기 시작했어. 그리고 산미가 없어진 것 같아.

이번에는 '연금 숙성'을 실행할 차례다. 이건 처음 해 보는

방법인걸. 기대된다!

책에 따르면 와인이란 원래 아주 오랜 시간에 걸쳐서 자연스럽게 숙성시켜야 하지만, '연금 숙성'은 마력으로 숙성을 촉진시켜서 단시간에 숙성을 마친다고 한다.

과연 잘되려나?

[와인?(페노 루와르)]
분류: 식재-음식
품질: 보통(-3)
세부 사항: 발효된 포도즙. 나무통의 향이 액체에 조금씩 스며들고 있다. 숙성되어 풍미도 복합적으로 변하고 있다.

[와인(페노 루와르)]
분류: 식재 · 음식
품질: 보통(-2)
세부 사항: 갓 완성된 어린 와인. 산미가 강하다. 복합적인 맛이 아직 부족하다.

……와인의 맛이 복합적일수록 맛있다고 평가하나? 하지만 그 전에 시큼하면 당연히 맛없겠지. 의문이 남았지만 책에 쓰여 있는 순서대로 세 종류의 포도를 모두 처리했다. 그리고 천으로 걸러서 불순물을 제거한 뒤 병에 담았다.

코르크 마개를 닫고 나니 마침 세 종류의 와인이 각 두 병씩,

총 여섯 병의 와인(?)이 완성됐다.

[와인(메롤로)]

분류: 식재-음식

품질: 보통(-1)

세부 사항: 갓 완성된 어린 와인. 단순한 주스 같은 느낌. 복합적인 맛이 아직 부족하다.

……이건 단 주스 같다는 뜻인가?

[와인(네테올로)]

분류: 식재-음식

품질: 보통(-2)

세부 사항: 갓 완성된 어린 와인. 탄닌 성분이 강하다. 즉, 떫다. 복합적인 맛이 아직 부족하다.

……이쪽은 떫고 단순한 맛이라는 뜻이구나.

[감정]에서 '복합적인 맛이……' 라는 말이 자주 나왔지. 하지만 방금 완성된 것들은 모두 맛이 단순하다고 [감정]이 평가했다. 그렇다는 건 다음 공정인 병에 넣은 상태로 하는 '연금 숙성' 이 '복합적인 맛' 을 더한다는 뜻일까?

그래, 여기부터 우리 나라에서 마시는 와인과 달라진다. 와인은 완성해서 병에 담았을 때 빠르게 마시는 것이 일반적이다. 우리가 만드는 와인은 거기서 한층 더 숙성시킨 와인이다.

그런 생각을 하면서 다음은 병에 담긴 상태로 다시 연금 숙성을 실행했다. 나는 술맛을 아는 나이가 아닌지라 그냥 책에 쓰여 있는 대로 따르기로 했다.

먼저 페노 루와르부터.

[와인(페노 루와르)]

분류: 식재–음식

품질: 보통(-2)

세부 사항: 갓 완성된 어린 와인. 산미가 강하다. 복합적인 맛이 아직 부족하다.

[와인(페노 루와르)]

분류: 식재–음식

품질: 보통

세부 사항: 약간 안정된 와인. 아직 산이 강하다. 점점 복합적인 맛이 생기고 있다.

[와인(페노 루와르)]

분류: 식재–음식

품질: 최고급품

세부 사항: 마시기 딱 좋게 숙성된 와인. 제비꽃 향과 라즈베리 같은 과일 향에 더해 희미하게 무두질한 가죽 향이 뒤섞인

복합적인 향이 난다. 마시기 전 여유 있게 개봉해서 공기와 접촉시키면 산미가 가라앉을 것이다.

……어? [감정]이 절찬하네?

다음은 메를로. 이건 그렇게까지 숙성할 필요가 없었다.

[와인(메를로)]

분류: 식재-음식

품질: 보통(-1)

세부 사항: 갓 완성된 어린 와인. 단순한 주스 같은 느낌. 맛의 복합성이 아직 부족하다.

[와인(메를로)]

분류: 식재-음식

품질: 고급품

세부 사항: 블랙커런트나 플럼 등을 잘 숙성시킨 듯한 풍미와 과일 향이 풍부하게 느껴지는 와인. 호불호 갈리지 않고 마시기 편하다.

……이건 많이 숙성시킬 필요가 없구나. 여기서 멈추자.

그리고 마지막으로 네테올로다.

[와인(네테올로)]

분류: 식재 · 음식

품질: 보통(-2)

세부 사항: 갓 완성된 어린 와인. 탄닌 성분이 강하다. 즉, 떫다. 복합적인 맛이 아직 부족하다.

[와인(네테올로)]

분류: 식재-음식

품질: 보통

세부 사항: 약간 안정된 와인. 그래도 떫다. 점점 복합적인 맛이 생기고 있다.

[와인(네테올로)]

분류: 식재-음식

품질: 최고급품

세부 사항: 딱 마시기 좋게 숙성된 와인. 중후한 제왕의 품격을 지닌 맛. 벨벳과 같은 매끄러움 속에 단단함이 감춰져 있고 그윽한 향과 세련된 풍미로 마무리된다. 마개는 여유 있게 일찍 개봉해서 공기에 접촉시키면 떫은맛이 가라앉을 것이다.

……와인의 제왕이 탄생했어!

이걸로 세 종류의 와인이 완성됐다.

"됐다!"

내 말에 마커스는 병을 들여다보며 감정하고서는 호들갑을 떨었고, 케이트는 애매한 표정을 지었다. 자, 아버지와 어머니에게 시음을 부탁하자! 여섯 살인 나는 술맛을 모르니까.

집사 세바스찬에게 와인의 특징을 적은 종이를 보여 주며 이 걸 저녁 식사 때 아버지와 어머니가 시음 겸 마셨으면 한다고 전했다.

"호오, 아가씨가 직접 만드신 와인입니까!"

부모님이 평소에 식사하실 때 마시는 술에 맞춰서 식사의 균형을 잡는 일을 맡은 게 세바스찬이다.

"국왕 폐하께 헌상품으로 바칠 예정인데, 그 전에 부모님께 맛보여드리기로 약속했거든……. 하지만 이런 음료는 식사와의 궁합이란 게 있잖아? 항상 세바스찬이 그걸 고려한다고 들어서 상담하러 왔어."

"과연, 그렇군요……. 그건 그렇고 재밌네요. 메롤로라는 건 과일 향이 느껴진다고 하니 평소에 친근한 맛이라는 게 상상이 갑니다만…… 다른 두 와인은 무척 흥미롭군요."

세바스찬은 턱수염을 쓰다듬으면서 생각에 잠겼다.

"알겠습니다. 아가씨가 적으신 맛대로라면 메롤로는 돼지고기나 간을 세게 한 닭고기 정도가 어울리려나요. 그리고 페노 루와르는 더 담백한……. 그렇지, 닭이나 오리고기 정도가 좋겠습니다. 네테올로는 꽤 묵직한 맛인 듯하니…… 으음, 꿩이나 사슴고기 정도면 와인의 맛에 밀리지 않고 잘 어우러지겠네요!"

세바스찬은 와인과 음식의 조합을 상상하며 흥분했는지 상당히 신이 났다.

"재료는 아침에 구입할 테니 오늘 중으로 주방장 밥에게 전달해 두겠습니다. 그리고 내일부터 사흘 동안 저녁 식사 때 나리와 마님께 시음을 부탁드리지요."

이리하여 의욕 넘치는 세바스찬이 시음 계획을 정리했다.

첫 번째 날.

메롤로로 만든 와인과 곁들일 메인 요리는 돼지고기 향초 구이였다. 와인을 한 모금 마신 아버지와 어머니가 맛있다고 호평하셨다.

"음, 항상 마시던 것도 과일 향이 나서 좋지만 이건 맛이 안정적이고 깊이감이 있어서 맛있구나. 숙성된 플럼 같은 맛이야."

아버지는 만족스럽게 끄덕였다.

"난 이거라면 매일 마실 수도 있어! 과일의 풍미가 있고 농후함이 느껴지는데 계속해서 마셔도 질리지가 않아!"

어머니가 매일 마시고 싶다는 말까지 하셨지만 무리예요!

두 번째 날.

페노 루와르로 만든 와인과 곁들일 메인 요리는 오리고기 콩피였다.

……그건 그렇고 [감정]이 충고한 대로 일찍 마개를 열자마자 식탁 주위에 향긋한 꽃향기 같은 게 가득 차서 소란스러워

졌다.

"뭔가 좋은 냄새가 나는데, 이건 뭐니?"

아버지와 어머니가 다가오자 세바스찬이 고개를 숙이며 대답했다.

"아가씨가 만드신 와인을 개봉했을 때 난 향기가 방 안에 가득 찬 모양입니다."

세바스찬의 부름으로 그 자리에 와 있던 나도 꽃향기를 맡고 깜짝 놀랐다.

"이렇게 향긋한 냄새가 퍼지는 와인이 있다니······."

아버지와 어머니가 놀라서 얼굴을 마주 보았다.

식사가 시작되자 부모님이 와인을 맛보고 아주 극찬했다.

"제비꽃 같은 향기에 라즈베리인가, 과일 향도 느껴져. 게다가 뭔지는 모르겠지만 마지막에 차분한 향도 느껴지는걸. 정말 로맨틱한 와인이라 나는 마음에 들어!"

어머니가 몹시 흥분하셨다.

"음, 나도 같은 감상이야. 산미가 있으면서도 차분해. 정말 향긋한 와인이구나."

아버지도 호평하셨다.

세 번째 날.

오늘의 메뉴는 네테올로로 만든 와인과 꿩 소테였다.

"이건 중후한 와인이구나. 장미, 타르 향에 더해서 다크 체리와 허브 향까지······ 아주 맛있어. 나는 이게 제일 마음에 드는걸."

"난 원래 중후한 와인은 잘 못 마시지만…… 이건 마시기 편하네. 내가 제일 마음에 드는 건 어제 마신 와인이야!"

와인 맛을 모르는(정확히는 마실 수 없는) 나는 부모님의 3일간의 반응을 보고 아마 괜찮겠지? 라고 생각하면서도 물어보았다.

"그래서 이번 와인은 폐하께 바칠 헌상품으로 어울릴까요?"

"물론이지!"

"물론이지!"

해냈다!

나는 부모님의 인정을 받고 가슴을 쓸어내렸다.

그리고 집사 세바스찬은 주인에게 내놓기 전에 확인한다는 명목으로 와인을 실컷 맛보았다.

◆

국왕 폐하께 와인을 헌상할 날짜를 정해 달라고 아버지에게 부탁했다.

"데이지, 헌상품에 '폭신폭신 빵'도 추가하지 않겠니?"

근무를 마치고 돌아오신 아버지가 뜻밖의 말을 꺼냈다.

우리는 대화 장소를 거실의 소파로 바꿨다.

"어라? 빵은 헌상하지 않기로 했잖아요?"

나는 소파에 앉으며 의아해서 고개를 갸웃거렸다.

"폐하의 시종장에게 면담 일정 조율을 부탁하려는데 마침 폐하께서 몸소 오셨거든. 그래서 와인을 헌상하고 싶다는 이야기를 직접 전했어. 그랬더니 '그 책을 보고 만든 건 와인뿐인가? 데이지는 그 책을 별로 좋아하지 않나?' 라고 물으시더라고."

아버지는 사정을 이야기하며 지친 모습으로 소파의 등받이에 몸을 묻었다.

"그래서 폐하께 '폭신폭신 빵' 이야기를 했다는……."

내 말을 듣고 아버지가 고개를 끄덕였다.

"폐하의 가족은 왕비 전하, 제1왕자 전하, 제1왕녀 전하 네 분이었던가요?"

"그래, 맞아. 여섯 살과 세 살이 되는 왕자, 왕녀님이 계셔."

그러면 '폭신폭신 빵' 으로도 괜찮겠지만 어린 분들께서 기뻐하실 만한 것을 만들고 싶다는 욕심이 생겼다(왕자님은 나와 같은 나이지만!).

참고로 헌상 날은 폐하의 일정이 비는 일주일 뒤로 정해졌다는 듯하다.

"그렇게 돼서 헌상할 빵은 총 여덟 개인데 그중 반은 뭔가 공들여 만든 빵으로 하고 싶어."

나는 실험실 의자에 걸터앉아 사과를 베이스로 한 효모액이 든 병을 흔들며 마커스에게 상담했다. 오늘은 좋은 사과를 얻었다.

"어린 두 전하께서 좋아하실 만한 것…… 단것? 둥글넓적한 빵에 올릴까? 아니면 반죽에 섞을까? 아니, 그것도 나름대로 맛있긴 하겠지만 뭔가 아닌데."

마커스가 천장을 올려다보며 생각에 잠겼다.

"빵과…… 단것…… 달다고 하면 잼이려나?"

내가 대답했다.

"그래! 빵 사이에 잼을 발라서 굽는 거야!"

마커스가 "이거다!" 하고 책상을 손바닥으로 내리쳤다.

"그리고 한 입 먹고서 깜짝 놀라는데 안에서 달콤한 잼이 나타나는 거지!"

마커스가 황홀한 표정으로 말을 이었다.

"밥한테 만들어 보라고 하자!"

"밥한테 만들어 보라고 하자!"

우리는 효모액을 들고 주방으로 달려갔다.

그 빵을 오전 티타임에 어머니와 오라버니와 언니에게 간식으로 내서 시식하게 했다.

"우와! 빵에서 딸기잼이 나왔어!"

"나는 블루베리야!"

"나는 시나몬을 뿌린 사과잼인가 보네. 이런 빵은 처음이야."

'놀라게 한다'는 의미로 보면 아이디어는 대성공인 듯했다.

그러나…….

"으음, 홍차가 없으면 입안이 텁텁해져."

언니가 그렇게 말하며 시녀에게 홍차를 더 달라고 부탁했다.

"조금 더…… 잼뿐만 아니라 뭔가 촉촉한 걸 추가할 수는 없을까?"

어머니도 뭔가 하나가 부족하신 모양이었다.

첫 번째 시제품은 이렇게 과제를 남겼다.

으음…… 아쉽네.

이번에는 주방에서 밥과 마리아를 포함해 넷이 반성회를 열었다.

"확실히 수분이 필요하네요."

밥도 한 입 먹고서 물을 마셨다.

"촉촉하게 만든다고 해도 반대로 물기가 너무 많으면 빵이 눅눅해질 거예요."

마리아는 뺨 위에 손을 올리고 고민하는 표정을 지었다.

"잼을 넣는 게 확정이면 추가하는 재료는 단맛이 적은 게 좋겠지……. 푸딩은 좀 단단해서 별로고 그릇에 담아서 굽는 그거…… 커스터드 타르트? 그건 촉촉하고 부드럽지 않았나?"

"그 크림 말입니까?"

밥이 고개를 갸웃거렸다.

"그건 걸쭉해서 빵으로 감싸기는 어렵지 않을까요?"

마리아도 그게 가능하겠냐는 얼굴을 했다.

"저거야!"

나는 '냉장고'를 가리켰다. 냉장고래도 커다란 얼음을 넣어서 안을 차갑게 만들었을 뿐인 단순한 구조의 보존기지만…….

"만든 커스터드 크림을 트레이에 올려놓고 차갑게 만들면 약간 단단해지잖아. 그걸 납작하게 만든 빵 위에 올리고 잼을 올리는 거야. 그런 다음 위를 덮고 모양을 다듬으면 커스터드 크림과 잼이 든 빵이 완성되는 거지!"

"그럼 그걸로 두 번째 시제품을 만들어 보지요! 내일 오후 티타임에 맞춰서 만들겠습니다!"

밥과 마리아가 승낙했다!

다음 날은 휴일이라 오후 티타임에는 아버지도 계셨다.

어린 왕자, 왕녀님을 위한 시제품의 시식을 부탁하며 또 차와 함께 달콤한 빵을 선보였다.

"와, 안에서 크림이 나왔어!"

제일 먼저 빵을 베어 문 오라버니가 입가에 크림을 묻힌 채 놀랐다.

"어라, 이건 빵 자체가 살짝 촉촉하네."

퍼석퍼석한 느낌이 싫었던 언니도 이건 마음에 든 모양인지 감상을 말한 다음 다시 한 입 베어 물었다.

"커스터드가 너무 달지 않아서 나도 먹기 편한걸."

아버지도 괜찮으신 듯했다.

"나도. 내 요청을 들어줘서 만족이야. 아주 맛있어."

어머니도 싱긋 웃었다.

해냈다……! 빵은 눈 깜짝할 사이에 없어졌고 모두가 크게 호평했다. 이거라면 분명 어린 두 전하도 기뻐하실 거야!

이리하여 드디어 헌상 날에 바칠 물건이 정해졌다.

◆

　드디어 국왕 폐하께 헌상하는 날이 찾아왔다.

　이럴 때면 나는 언니한테 물려받은 원피스가 아니라 나만을 위한 새 원피스를 입을 수 있어서 기뻤다. 오늘은 애플그린색 머리카락에 맞춰서 그보다 연한 연두색 시폰 원피스를 입었다. 머리에는 내 눈동자 색인 아쿠아마린으로 만든 작은 꽃 모양 머리핀을 장식했다.

　"아가씨, 정말 귀여우세요."

　옷을 입혀 준 케이트가 눈웃음을 지으며 칭찬했다.

　기분이 아주 좋다. 오늘은 힘내자!

　끈으로 단단히 묶은 와인 세 병은 무거우니 아버지가 들어 주셨고, 빵은 새로 산 바구니 안에 담고 천으로 덮어서 내가 들었다.

　그리고 둘이서 마차를 타고 왕성으로 향했다.

　알현은 제법 성 안쪽에 있는 작은 방에서 이루어지는 듯했다. 헌상이라고는 하지만 다른 귀족들이 보는 앞에서 호들갑스럽게 알현하지는 않았다. 아직 어린 나를 배려한 걸까?

　시종에게 방을 안내받아 아버지와 둘이서 와인과 빵이 든 바구니를 테이블 위에 올려놓고 폐하가 오시기를 기다렸다.

이윽고 국왕 폐하와 왕비 전하, 그리고 제1왕자 전하와 왕녀 전하로 보이는 아이가 시녀의 품에 안겨서 방으로 들어왔다. [감정] 스킬 보유자인 하인리히도 뒤이어 입실했다.

"대인원이라 미안하구나. 오늘은 예의를 차리지 않아도 괜찮으니 편하게 있거라."

국왕 폐하는 방에 들어오자마자 우리에게 자리에 앉으라고 손짓했다.

"'폭신폭신 빵'이 있다고 했더니 윌리엄이 먹고 싶다면서 통 말을 안 듣는 바람에……."

왕비님이 왕자 전하를 바르게 고쳐 앉히고 살짝 쓴웃음을 지었다.

"하지만 어머니, 빵이 폭신폭신하다니 들어본 적 없는걸! 나는 지금 당장에라도 먹어 보고 싶단 말이야!"

왕자 전하는 그렇게 말하더니 유치하게 입을 삐죽거리며 어머니에게 항의한 다음 내 쪽으로 몸을 돌렸다.

"네가 빵을 만들었다는 데이지야?"

에메랄드색 눈동자가 생글생글 웃으며 나를 가만히 바라봤다.

"네. 지금 바로 시식하시겠어요?"

왕자 전하에게 웃는 얼굴로 물어보며 국왕 폐하와 왕비 전하 쪽을 바라보았다. 내 마음대로 줄 수는 없으니까.

국왕 폐하는 눈짓으로 하인리히에게 지시를 내렸다. 나는 테이블 위에 올려 둔 빵이 든 바구니를 덮은 천을 치웠다. 하인리히는 바구니 안의 빵을 일일이 시간을 들여 확인하더니 끝으로 폐하께 고개를 숙였다. 아마 '몸에 해가 되는 것은 들어 있지 않다' 는 뜻이겠지.

"데이지, 내 아들이 지금 하나 먹어 봐도 되겠느냐?"

"네, 그러면 이쪽에 있는 네 개 중 하나를 골라 드시는 게 어떨지……."

나는 그렇게 말하며 바구니 안에 든 빵 중 그 '달콤한 빵' 을 가리켰다.

"윌리엄, 어떤 걸 먹겠니?"

폐하는 바구니를 향해 몸을 내미는 아들의 몸을 붙잡았다.

"난 이걸로 할래!"

왕자 전하가 빵을 덥석 움켜쥐었다.

"와……. 빵이 말랑말랑해."

전하는 놀란 표정으로 빵을 뚫어져라 쳐다보았다. 그리고 한 입 베어 물었다.

빵 옆구리에서 잼과 커스터드 크림이 살짝 비어져 나와 전하의 입가에 묻었다. 그 얼굴이 몹시 사랑스러웠다.

그러나 시녀가 급히 손수건을 꺼내서 전하의 입가를 닦았다.

"와! 부드럽고 촉촉한 크림이 들었어, 아버지!"

입에 든 것을 우물거리다가 꿀꺽 삼킨 전하는 호들갑을 피우며 폐하에게 보고했다.

"맛있니? 윌리엄."

한 입 더 베어 무는 왕자 전하의 머리를 부드럽게 쓰다듬은 폐하가 그 모습을 누웃음 띤 얼굴로 지켜보며 물었다.

왕자 전하는 쉴 새 없이 고개를 끄덕이며 정신없이 빵을 먹었다.

그리고 또 한 명의 작은 전하가 작게 중얼거렸다.

"크림……."

왕녀 전하는 왕비 전하의 옷소매를 잡아당기며 혀 짧은 말투로 졸랐다.

"데이지 양, 마가렛도 먹고 싶다고 해서 하나 가져갈게."

왕비 전하가 작은 전하의 요청에 곤란한 표정을 지으며 나에게 말씀하셨다. 나는 마가렛 왕녀 전하가 짧은 혀로 먹고 싶은 걸 조르는 모습이 귀여워서 그저 싱긋 웃으며 "네."라고 대답했다.

왕비 전하는 '달콤한 빵'을 하나 집어 들고 작게 찢었다.

"어머, 정말 부드럽네."

왕비 전하가 빵을 찢을 때 손에 느껴진 감촉에 눈을 깜빡였다. 작은 빵이 너무 끄트머리에 있는 조각이라 크림이 안 묻었는지 큰 쪽에 든 잼과 크림을 찍어 왕녀 전하의 입에 넣으셨다.

"크림, 달아……."

기분 좋은지 얼굴에서 힘을 빼고 웃는 전하가 무척 귀여웠다.

그런 전하의 모습에 달콤한 빵을 추가해서 다행이라는 생각이 들어서 나는 진심으로 기뻤다.

작은 전하 두 분이 완전히 방의 중심인물이 되고 말았다. 그때, 폐하가 멋쩍은 듯이 우리 부녀로 화제를 돌렸다.

"이 '폭신폭신 빵'도 그렇고 와인도 그렇고 진귀한 선물 고맙구나. 답례라고 하기는 뭐하지만, 데이지가 지금 원하는 게 있느냐?"

으음…… 있기는 한데 시험 삼아 여쭤볼까?

"실은 '원심 분리기' 라는 기구를 찾고 있는데요……."

"'원심 분리기' ? 들어본 적 없는 이름이구나."

폐하가 고개를 갸웃거리셨다.

"그럼 혹시 그걸 판매하는 가게나 제작 가능한 장인을 안다는 정보가 들어오면 저에게 알려 주시면 정말 감사하겠습니다."

……역시 안 되겠지. 나도 찾아봤지만 발견하지 못했으니까.

"참고로 데이지. 그 '원심 분리기' 로 뭘 할 수 있지?"

폐하는 그 미지의 기구의 쓰임새가 궁금하신 듯했다.

"소와 같은 동물의 젖을 성분이 짙은 크림이라는 부분과 연한 부분으로 나눌 수 있다고 합니다. 그 크림에 설탕을 넣어서 거품을 내면 '휘핑크림' 이라는 아주 농후하고 부드러운 디저트가 만들어진다고 책에 쓰여 있어서…… 먹어 보고 싶습니다."

먹을 것을 향한 의지가 가득 담긴 듯한 내 발언이 부끄러워서 볼이 빨개졌다.

"과연, 그렇구나. 확실히 그건 맛보고 싶군. 그렇지, 왕비?"

"그러게요, 어떤 디저트일까요?"

왕비님이 폐하의 말에 대답하듯이 고개를 끄덕였다.

"부하에게 찾아보게 하마."

폐하가 잠시 기다리라고 말씀하셨다.

그 뒤에는 결국 왕자, 왕녀님이 빵을 다 드실 때까지 짧은 잡담을 나누다가 해산했다.

그리고 며칠 뒤, 폐하께 와인과 빵의 답례와 편지를 받았다.

와인이 고맙다는 말과 함께 각기 다른 맛과 향에 관한 감상이 적혀 있었다. 폐하와 왕비 전하는 둘이서 각자의 취향과 평가를 이야기하며 즐거운 시간을 보내셨다고 한다.

선물을 좋아해 주셔서 다행이야!

그 뒤로 '폭신폭신 빵'을 왕가의 식탁에도 내놓고 싶다는 폐하의 의뢰가 들어와서 정기 납품 물에 '연금 효모'를 추가함과 더불어 밥이 왕실 조리사에게 '폭신폭신 빵'을 만드는 법을 알렸다. 왕자님과 왕녀님은 빵이 '폭신폭신 빵'으로 바뀐 것을 무척 기뻐하셨다고 한다.

제10장 일곱 살 생일과 새로운 친구

나는 일곱 살이 되었다.

국왕 폐하는 시간이 조금 걸리긴 했지만 약속대로 '원심 분리기'를 찾아내서 내 일곱 살 생일에 선물하셨다.

정말 기쁘다. 이제 꿈에 그리던 '휘핑크림'을 만들 수 있겠어!

그리고 올해는 마도사 단장님과 기사단장님에게 '해독초' 모종을 선물 받았다. 아버지의 설명에 따르면 마물 원정 사냥으로 이런 약초가 있는 곳에 갔는데 '항상 납품받는 답례로 가지고 가서 선물하자'는 이야기가 나왔다고 한다.

그런데 어떻게 내가 모종을 원하는지 안 걸까? 아, 상담할 때 밭에서 재료를 키운다고 말했었지.

생일 선물이 원심 분리기와 해독초 모종이라……

세상에는 이런 영애도 있구나……. 그 영애가 바로 나지만.

뭐 나는 아직 어린아이라 채집하러 갈 수 없는 게 문제이기는 했다. 그 덕에 새로운 포션을 만들지 못했다는 게 사실이라 고마운 선물이다. 두 그루 있으니까 우리 밭 흙에 익숙해져서 질이 좋아지면 바로 사용해야지.

아~! 빨리 채집하러 갈 나이가 되고 싶다!

현재의 불만은 일단 넣어 두고, 나는 선물을 주신 모든 분께 감사 편지를 쓰고 포션을 첨부해서 보내기로 했다.

◆

그 뒤로 나는 선물 받은 '해독초' 때문에 작은 욕심이 생기고 말았다.

이왕 만들 거면 강력 해독 포션을 만들고 싶은걸.

평범한 해독 포션은 해독초, 물, 마력초로 만든다. 그런 건 시장에서도 많이 판다. 하지만 이걸로 치료하는 건 일반적인 독뿐이다.

그리고 살다 보면 이걸로 해독 못 하는 독에 당할 때도 있다.

하나는 고레벨 몬스터의 독 공격에 당하는 경우. 다른 하나는 암살에 특화해 만든 강력하고 특수한 독에 당하는 경우다.

그런 독을 치료하려면 강력 해독 포션이 필요하다. 그러나 이건 시장에서는 팔지 않는다. 아니 존재하지 않는다. 왜냐하면 재료로 '만드라고라 뿌리' 가 필요하기 때문이다.

만드라고라는 몹시 희귀한 마물로 꽃처럼 흙에서 자란다. 하지만 뿌리를 얻으려고 흙에서 뽑아내면 아주 무시무시한 비명을 지르는데, 그 비명을 들은 사람은 죽는다고 한다.

그런데 나를 친절하게 대하는 마도사단과 기사단 분들은 강력 해독 포션을 원하는 것 같단 말이지. 일반적인 해독 포션은 쉽게 얻을 테니까.

그래서 나는 선물 받은 모종을 밭의 빈 공간에 심고 그 앞에 쪼그려 앉아서 영애답지 않은 모습으로 한숨을 내쉬었다.

"무슨 일이야? 데이지."

식물의 요정이 포르르 날아와 내 어깨 위에 앉았다.

"그게…… 만드라고라 뿌리가 필요해. 하지만 나는 아직 어린아이라서 만드라고라를 토벌하러 가겠다고 허락을 받을 수도 없고…… 애초에 만드라고라의 비명을 들으면 죽잖아?"

나는 양손으로 얼굴을 괴고서 한숨을 내쉬었다.

"잠깐만 데이지! 만드라고라는 요정의 동료야! 토벌? 죽이다니 당치도 않아!"

당황해서 내 주위를 빙글빙글 날아다니는 요정들.

"어라, 요정이야? 그럼 너희의 친구네. 더 입수하기 힘들겠는걸……. 곤란하게 됐네."

"으음, 기다려 봐. 어떻게든 해 줄게!"

요정은 그렇게 말하며 하늘 높이 날아가 버렸다.

며칠 뒤.

누군가가 마음대로 내 밭의 빈 공간에 무언가 두 그루를 심어 놓았다. 하나는 빨간색, 다른 하나는 파란색의 마거리트를 닮은 꽃이었다. 두 꽃 모두 어째선지 귀여운 사람 얼굴이 달렸고 작은 입으로 즐겁게 노래를 부르고 있었다. 나는 놀라서 땅바닥에 엉덩방아를 찧었다.

"어, 얼굴이…… 노래하고 있어……."

나는 떨리는 손가락으로 그 꽃을 가리켰다.

"안녕, 데이지. 우리가 필요하단 이야기를 듣고 찾아왔어!"

파란 꽃이 말을 했다!

"이 밭은 정말 멋져. 전에 살던 정령 나무 주변도 좋았지만 여기에서는 땅에 묻혀 있으니까 더 기분이 좋네!"

뒤이어 빨간 꽃도 말을 했다! 나는 아직도 엉덩방아를 찧은 채 멍하니 있었다.

"만드라고라를 데리고 왔어."

그때 그 식물의 요정이 나타났다.

"있잖아, 저 아이들이 여기 흙이 마음에 들었대. 그래서 이 흙에 익숙해지면 뿌리가 튼튼해질 테고, 그렇게 되면 나눠 줘도 괜찮대."

요정의 말을 듣고 열심히 고개를 끄덕이는 얼굴 달린 마거리트들.

"하지만 마음대로 뽑지는 말아 줘! 우리가 스스로 뽑아서 나눠 줄 테니까!"

"무리하게 뽑으면 깜짝 놀라서 비명을 지를지도 모르거든~!"

"그건 안 돼~!"

덧붙여서 강제로 뽑히면 비명을 지르긴 하지만 들은 상대가 깜짝 놀랄 뿐 죽지는 않는다고 한다. 상대가 놀라는 동안 뿌리를 다리로 만들어서 달려서 도망친다나. 그래서 가족에게는 위험하지 않다. 다행이야…….

나중에 들은 이야긴데 비명을 들으면 죽는다는 전설은 무분

별한 포획을 두려워한 만드라고라가 여러 요정에게 퍼트려 달라고 부탁한 거짓말이 널리 알려진 것이라고 한다.

이렇게 내 밭에 또 기묘한 친구가 늘었다.

한담 남쪽 숲의 이변

　데이지가 일곱 살 생일을 맞이하기 조금 전.

　왕도 주변에서 순찰 임무를 수행하던 병사들 중, 남쪽을 돌던 병단에서 이변을 알리는 보고가 제일 윗사람인 군무경에게까지 들어왔다.

　'왕도 남쪽 숲의 마수가 서로 싸우는 등의 이상 행동이 발견되어, 흥분 상태에 빠진 것으로 보입니다. 만일을 위해 마수가 왕도로 진격해 왔을 때 어떻게 대응할지 상정해 두셨으면 합니다.'

　그 보고를 받고 국왕과 군무경이 은밀히 대화를 나누었다.

　"군무경, 이 일을 어떻게 보는가."

　국왕이 군무경에게 의견을 구했다.

　"왕도 국민에게 알리기에는 시기상조로 보입니다. 슬쩍 왕도 부근의 경계를 강화하면 쓸데없이 국민에게 겁줄 일도 없을 것입니다."

　그 대답을 듣고 국왕이 고개를 끄덕였다.

　"아, 그렇지. 모험가 레티아와 마르크의 소재를 확인해 두게. 왕도에서 먼 곳에 있으면 귀환 명령을 내리게. 여차할 때

두 사람이 전력이 될 테니 말이야."

"알겠습니다."

두 사람의 은밀한 대화는 그렇게 끝났다.

제11장 식물의 정령왕과의 해후

나는 선물 받은 원심 분리기로 '휘핑크림'을 만들기 위해 마커스, 케이트와 함께 신선한 우유를 구하러 시장에 나갔다.

이른 아침의 선명한 아침 햇살, 어딘가의 나뭇가지에서 들려오는 새의 지저귐. 평소와 같은 상쾌한 아침의 시작이었다. 그런데 갑자기 무언가로부터 도망치듯이 많은 새 떼가 나무에서 하늘로 날아올랐다.

어라? 새들이 왜 저러지. 그리고 원래도 이렇게 경비하는 위병이 많았던가?

나는 위화감이 들어서 주변을 두리번두리번 둘러보았다.

"데이지 님, 왜 그러세요?"

케이트가 두리번거리는 날 걱정했는지 말을 걸었다.

"왠지 오늘 아침은 마을이 좀 어수선하지 않아?"

"으음, 그런 느낌은 별로 안 드는데요."

케이트는 그다지 신경 쓰지 않는 듯했다. 그럼 내가 너무 예민했나. 나는 그 이상 신경 쓰지 않고 마을 중앙에 열렸을 시장으로 발걸음을 옮겼다.

시장에 도착하자 방금 신경 쓰였던 어수선함이 거짓말인 것처럼 사람이 북적이고 있었다.

"과일은 어떠세요! 갓 수확해서 신선합니다!"

"채소! 채소라면 우리 가게가 제일 신선하죠!"

그런 목소리가 오가는 와중에 우리 세 사람에게 말을 건 아주머니가 있었다.

"아가씨들! 그거 우유병이야? 우리가 다양한 종류의 젖소를 키우니까 상담해 줄게!"

젖소에도 여러 종류가 있구나, 처음 알았다. 우리 셋은 눈짓을 나누고서 그 가게에서 우유를 사기로 했다. 적극적으로 상담에 응할 것 같아서다.

"안녕하세요. 전 크림을 만들려고 우유를 사러 왔어요."

나는 아주머니에게 시장에 온 이유를 설명했다.

"그렇구나. 그러면 지방이 많고 감칠맛이 나는 게 좋겠네."

그렇게 말하며 안쪽에 있는 남편으로 보이는 남자와 상의한 아주머니가 그릇 하나를 가리켰다.

"이건 붉은 털 소라는 종류의 젖소에게서 짜낸 우유인데 먹이를 듬뿍 먹인 소의 농후한 젖이니까 잘 어울릴 거야!"

"그럼 그걸 살……."

내가 그렇게 말하려 했을 때, 안쪽에 있던 남자가 나를 상대하는 아주머니에게 당황한 모습으로 말을 걸었다.

"무슨 일이지?"

나는 주위를 두리번두리번 둘러보았다. 시장 이곳저곳이 시끄러웠다.

"피난 명령이야!"

그런 목소리가 시장 곳곳에서 오갔고 시장 상인들은 분주하게 가게를 닫기 시작했다.

"아가씨들도! 피난 명령이 내려왔어! 빨리 집으로 가!"

아주머니가 갑자기 집으로 돌아가라고 재촉했다. 우리 세 사람은 서로의 얼굴을 마주 보았다.

그때였다. 한 위병의 고함이 들려왔다.

"남쪽에서 멀어져라, 마수가 다가온다! 마을 주민은 귀족 집에 들어가도 좋으니 북쪽으로 피난을 서둘러라!"

"싸울 수 있는 병사, 기사, 모험가는 응전을 준비해라! 서두르도록!"

마을 위병의 목소리에 이른 아침의 마을이 시끄러워졌다. 맨몸으로 가족과 함께 도망치는 자, 살림살이를 어떻게 정리할지 고심하는 자 등등 많은 사람이 있었다.

"저희도 서둘러 저택으로 돌아가야겠어요."

케이트가 황급히 나와 마커스를 재촉해서 우리는 저택으로 달려갔다.

"데이지 님, 빨리 피난 준비를⋯⋯!"

저택에 도착한 나는 케이트의 지시대로 피난 준비를 하려고 내 방으로 향했다.

향했지만⋯⋯.

도망친다고 해결될까⋯⋯? 문득 의문이 떠올랐다.

마수가 왕도에 온다는 건 전투가 벌어진다는 뜻이겠지. 그리고 전투가 벌어진다는 건 많은 부상자가 나올 수도 있다는 뜻이잖아. 당연히 아버지도 왕도에 가실 거야. 물론 아버지는 강하시지만 만일의 경우가 있을 수 있어.

그런 와중에 도망쳐서 편하게 보호나 받을 거야……? 그래, 원래 어린아이라면 그게 맞지.

하지만 어린아이라도 '나'에게는 할 수 있는 일이 있잖아.

그래!

나는 마음속으로 외쳤다.

나는 '연금술사'! 부상자를 구할 수 있어! 그렇다면 후방 지원 정도는 가능할 거야!

내가 할 수 있는 일이 있다면 그걸 할 거야. 설령 나중에 혼난다 해도 이것만은 양보할 수 없어. 행동하지 않아서 후회하기는 싫으니까!

나는 내 방으로 가는 것을 그만두고 케이트가 이끄는 방향과 다른 방향을 향해 회랑을 달렸다.

"데이지 님? 어디 가세요?"

나는 도망칠 때 가지고 갈 게 있다는 핑계를 대며 아버지의 방으로 들어갔다.

케이트…… 거짓말해서 미안해.

그리고 아버지의 옷장에서 큰 사이드 백을 가져온 나는 케이트의 눈에 띄지 않게 주변을 살피며 실험실로 달려갔다. 그리고 만들다 남거나 마커스가 연습 삼아 만든 포션을 있는 대로 가방에 쑤셔 넣었다.

"마커스! 마수가 온대! 포션과 하이 포션, 그리고 마나 포션 만드는 법은 기억하지? 넌 여기서 새로운 포션을 만들어 줘!"

마커스가 이 저택에 온 지 약 1년. 기본 포션을 만드는 법은 이미 가르쳤다.

"알겠어! 아씨는 어떻게 할 건데?"

마커스는 필요한 기재와 비커를 척척 준비하기 시작했다.

"나는 전선에 있는 사람들에게 포션을 나눠 주고 올게! 마커스는 어느 정도 만들고 나면 남문으로 가지고 와!"

"전선이라니 너, 위험……!"

나를 제지하는 마커스의 말을 무시하고 나는 마을 남쪽으로 달려갔다.

왕도 남문은 세 보이는 어른들이 바글바글 모여서 긴박한 분위기였다. 그때 갑자기 누군가가 등 뒤에서 내 어깨를 붙잡고 잡아당겼다.

"이봐! 어린애가 이런 곳에 있으면 안 되지!"

길고 아름다운 검은 머리에 검은 가죽 갑옷으로 몸을 감싼 여검사였다. 그 검사의 흑요석 같은 눈동자가 나를 나무랐다.

"저는 어린애지만 연금술사예요! 후방 지원을 하러 왔어요!"

그렇게 말하며 나는 사이드 백을 활짝 열고 안에 든 많은 포션을 보여 주며 검사의 강렬한 시선에 맞서듯이 노려보았다.

"레티아, 어린애를 너무 괴롭히지 마."

검사와 마찬가지로 모험가인 듯한 빨갛고 삐죽거리는 머리카락의 남자가 나를 혼내는 여자를 '레티아'라고 부르며 말렸다.

"마르크…… 나는 괴롭히는 게 아니야! 어린애라고! 여기에 있으면 안 되잖아!"

하지만 이런 곳에서 어린아이의 모습을 발견하고 욱했던 감정은 사그라든 모양이었다.

"절대 문밖으로 나가지 마. 위험해지면 제일 먼저 도망쳐. 알겠지?"

레티아라고 불린 사람은 그렇게 말한 뒤 인파 속으로 사라졌다. 아마도 문 앞 최전선에서 대기하러 간 거겠지. 그리고 마르크라고 불린 남자도 "무리하지 마라."라며 내 머리를 거친 손길로 쓰다듬고서 검사를 따라갔다.

"문을 연다! 전원, 즉시 진형을 갖춰라!"

그 목소리에 술렁이던 문 앞을 긴박한 고요함이 지배했다.

끼익, 하고 나무가 삐걱거리는 소리와 함께 남문이 양쪽으로 열렸다.

검사와 중갑 기사, 무도가 같은 전위직들은 문 바깥, 혹은 문을 경호하는 위치로 향했다. 마도사와 회복사들은 망루로 올라갔다.

그리고 사람들 틈새로 엿보이는 문 너머 초원에서 거대한 흙먼지가 이쪽을 향해 똑바로 피어오르는 것이 보였다. ……아마 적은 거대할 것이다.

그 마수는 인영을 보고 발을 멈췄다. 그 틈에 전위직이 마수 주위를 둘러쌌다.

마수의 핏발이 선 새빨간 눈이 분노로 불타고 있었다. 그리고 그 거구는 사람의 덩치를 가볍게 뛰어넘었다. 분노로 곤두선 체모는 날카로워서 사람의 피부 따윈 쉽게 상처 입힐 듯했다. 이마에 자라난 거대한 뿔과 입 양쪽으로 돋아난 두 개의 송곳니는 사람의 몸 따윈 순식간에 유린할 듯했다.

베히모스…… 그것이 저 마수에게 붙여진 이름이었다.

기사들에게 둘러싸인 마수가 두 다리를 들고 일어서서 그 거구를 뽐내듯이 드러내며 포효했다.

먼저 마도사들이 발을 묶었다.

"아이스 스톰!"

발밑을 노린 빙결 공격으로 발 묶기를 시도하는 마도사들.

얼음이 베히모스의 앞다리를 덮쳤다.

"성공했나!"

……그러나 그 얼음은 마수의 발길질에 허무하게 바스러져서 떨어져 나갔다.

"헤븐즈 선더!"

베히모스의 머리 위로 한 줄기의 번개가 번쩍이며 마비 및 기절 상태 이상을 시도했다.

머리 위로 번개가 떨어져서 가만히 굳어 버린 베히모스.

"지금이다!"

뒷다리를 노리는 검사 두 명이 양다리를 향해 달려갔다.

그러나 쿠궁 하는 둔탁한 소리와 함께 한 명은 배를, 다른 한 명은 어깨를 걷어차여 지면을 구르다가 남문에 부딪혀서 의식을 잃었다. 배를 공격당한 남자가 입에서 피를 흘리는 걸 보니 아마 내장이 손상됐나 보다. 어깨를 공격당한 사람은 뼈가 부러졌는지 팔이 이상한 방향으로 꺾인 채 축 늘어졌다.

"아무나 빨리 저 녀석들을 회복시켜!"

그러나 그 지시가 나올 즈음에는 이미 전장이 혼전 상태였고, 전위조는 마수를 베러 가다가 반격을 맞았으며 회복사는 그 전사들을 치료하느라 바빴다.

"저, 포션 있어요!"

나는 그렇게 외치며 배를 공격당해 무너진 문에 기댄 검사에게 포션을 먹였다. 그리고 어깨를 공격당한 검사의 어깨에 지금은 효과가 두 배로 늘어난 포션을 뿌렸다.

"아…… 살았…… 어린애?"

배를 공격당한 검사가 의식을 되찾고 피가 흐르는 입가를 닦았다.

"복부 통증은요?"

나는 검사에게 확인했다.

"없어……. 고마워, 은혜를 입었네."

그렇게 말하며 일어선 검사가 다시 전선으로 달려갔다. 어깨를 공격당한 검사가 의아한 표정으로 치료된 어깨를 돌리면서 나에게 고개를 숙이더니 전선으로 돌아갔다.

망루 위에서 목소리가 들려왔다

"벌써 마나 포션이 다 떨어졌어! 누가 좀⋯⋯!"

소리치는 여자 회복사의 발밑에서 나는 "이걸 써요!" 하고 마나 포션을 던졌다.

"뭐야 이거, 완전히 회복됐잖아⋯⋯."

내 포션을 마신 여자가 놀라서 중얼거렸다.

"다들, 저 아이의 포션이 아주 효과가 좋아! 포션이 떨어진 사람은 저 아이에게 부탁해!"

그 여자가 말하며 나를 가리키자 모두가 동시에 나를 보았다. 그중에는 망루 위에서 진을 친 아버지도 계셨다. 아버지는 이런 곳에 있어선 안 되는 내 모습을 발견하고 경악했다.

변명할 새도 없이 한 남자가 도움을 요청했다.

"저 녀석 뿔에 오른쪽 팔이 뜯겨 나갔는데 치료할 수 있겠어?"

서둘러 그 남자를 따라 팔이 뜯겨 힘없이 누워 있는 남자 곁으로 향했다. 나는 "해 볼게요!"라고 대답한 뒤 사이드 백에서 하이 포션을 꺼냈다.

그리고 누워 있는 그 사람의 몸 오른편의 팔이 있어야 할 곳에 뜯어진 팔을 놓았다. 그런 다음 팔과 뜯겨 나간 쪽 환부에 포션을 뿌렸다.

그러자 양쪽 절단면에서 뼈와 살, 근육이 부풀더니 이윽고 결합했고 신경과 혈관 같은 세세한 조직도 이어졌다. 그리고 새로운 피부로 덮여서 겉보기에는 완전히 회복되었다.

"대단한데⋯⋯. 너, 아프거나 위화감이 들지는 않나?"

나를 데려온 남자가 누워 있는 남자에게 물었다. 질문받은 남자는 방금 치료된 오른팔을 움직였다.

"아무 느낌도 없어……. 옛날 상처까지 다 나아서 전보다 상태가 좋을 정도야……."

그 남자가 이런저런 동작을 해 보더니 다시 검을 굳게 쥐었다.

"아가씨, 고마워. 답례는 저 녀석의 목숨으로 할게!"

그 사람은 그렇게 말하며 전장으로 달려갔다.

그 뒤로도 나는 기본적으로 문 안쪽에서 포션이 떨어진 사람이나 중상자를 살피러 돌아다녔다.

베히모스와의 전투는 장기화 양상을 띠었다. 인간 측에 이렇다 할 결정타가 부족했기 때문이다.

전투에 참가한 기사단, 마도사단, 모험가가 한데 뭉쳐서 싸우고 있지만, 전설급 마수인 베히모스에게는 좀처럼 치명상을 입히지 못했다. 그나마 다행인 점은 베히모스가 전설급 마수이기는 하지만 그중에서도 작은 개체라는 점이다.

그러나 베히모스의 최대 무기인 뿔과 송곳니는 아직 누구도 못 뺐고 발도 못 묶었다.

그런 와중에 선전하는 사람은 나를 문 앞에서 다그쳤던 레티아라는 여검사와 마르크라는 중갑 전사, 오른팔을 되찾고 다시 전장으로 향한 이름을 모르는 모험가였다. 아버지가 계시는 왕궁 마도사단 사람들도 열심히 응전했다.

나는 그 사람들을 조금이라도 돕는 데 필요한 포션을 요청받는 대로 무상으로 제공했다.

"인페르노!"

아버지가 외쳤다. 그러자 아버지가 치켜든 양손 안에 거대한 화염이 소용돌이치기 시작했다.

"베히모스 근처에 있는 전사들은 떨어져라!"

마도사단이 지시를 내리자, 베히모스 주위에 모인 전사들이 일제히 그 자리에서 물러났다.

아버지가 베히모스를 향해 양팔을 뻗어 소용돌이치는 화염을 발사했다. 그러자 화염이 베히모스를 둘러쌌다. 뿌리치려고 날뛰어도 집요하게 들러붙어 몸을 활활 태웠다. 주위에 마수의 털, 가죽, 살갗이 타는 냄새가 진동했다. 베히모스는 고통으로 괴로워하고 분노하며 발광했다.

겨우 그 몸에서 불꽃이 사라졌을 때, 베히모스는 눈동자의 수분을 빼앗겨 시력을 잃은 상태였다.

"역시 '겁염(劫炎)'의 헨리 님!"

마도사단에서 아버지의 마법 위력을 보고 환성이 일며 마도사들의 사기가 올라갔다.

아버지에게 이명이 있다니 몰랐다. 역시 아버지는 멋있으셔!

나는 아버지를 존경하는 눈빛으로 올려다보며 망루 아래에서 마나 포션을 내밀었다.

"고맙다……. 하지만 나중에 어떻게 된 건지 이야기를 들을 테니 그 알거라."

아버지는 손을 뻗어 마나 포션을 받아들면서도 그렇게 말씀하셨다.

역시 나중에 설교 확정이겠구나…….

"꺄아아아!"

그러나 환호성이 인 것도 잠시, 비명이 들려왔다. 시력을 잃고 격앙된 베히모스가 마구 날뛰기 시작한 것이다. 아직도 그 뿔과 송곳니가 건재해서 매우 위험하다. 베히모스는 그 흉기를 가진 채 눈도 안 보이는 상태에서 그저 인간의 기척만을 의지해 강력한 공격을 시도했다.

"위험해!"

마르크가 레티아에게로 달려가 베히모스의 강력한 공격에 휘말릴 뻔한 레티아를 감쌌다. 그때 마침, 운 나쁘게도 베히모스의 송곳니에 마르크의 배가 깊게 찔리고 말았다.

"크헉……."

마르크는 배를 부여잡고 고통으로 얼굴을 찌푸리며 비지땀을 흘렸다.

"마르크!"

마르크에게 보호받은 레티아가 지면에 엎드려서 베히모스의 강력한 공격이 지나가기를 기다렸다.

"미안해, 포션이 떨어졌어. 통증은 잠시만 참아 줘."

그렇게 말하며 안전을 확인한 레티아는 바로 마르크를 어깨에 짊어지고 문 안까지 대피했다.

"누가 좀! 아무나! 포션을……."

"제가 볼게요. 포션도 있어요!"

나는 도움을 요청하려는 레티아를 제지하고 마르크의 꿰뚫린 배를 보았다. 끔찍한 외견과 무시무시한 속도로 흘러나오는 피, 그리고 내장 냄새. 순식간에 토기가 치밀어 올랐지만 간신히 참았다. 지금은 그럴 때가 아니다.

"어린애가 뭘……!"

레티아가 나에게 항의했다. 하지만 어린아이라도 연금술사인 나에게는 지금 할 수 있는 일이 있다.

"맞아요, 저는 아직 어린애예요! 그래도 연금술사로서 할 수 있는 일이 있어요!"

나는 레티아가 아니라 나 자신에게 되뇌듯이 외쳤다.

"내장이 일부 떨어져 나갔으니까 하이 포션을 사용할게요."

그렇게 말한 나는 상처 위에 하이 포션을 뿌렸다. 그러자 떨어져 나갔던 내장이 부풀어 오르며 원래 형태를 되찾고서 깔끔하게 배 안으로 들어갔다. 그리고 근육과 살점, 지방, 표피 같은 것들로 덮여 무참했던 상처가 흔적도 없이 사라졌다.

"헉……!"

마르크는 격통이 사라져서 편해졌는지 크게 숨을 들이쉬었다. 거친 호흡을 몇 번 반복한 뒤 호흡이 서서히 진정되었다. 이제 괜찮아 보였다.

"마르크!"

레티아는 마르크를 끌어안고 어깨를 들썩이며 울었다.

"죽는 줄 알았어……."

마르크는 팔을 뻗어 레티아의 머리를 가볍게 쓰다듬었다.

"바보……. 내가 없으면 누가 널 돌보겠냐."

레티아는 마르크의 품에 얼굴을 묻었다.

"아씨!"

포션을 추가로 제작하던 마커스가 인파를 헤치고 달려왔다.

"마커스! 아직도 포션이 부족해! 너도 나눠 줘!"

나는 달려온 마커스에게 지시했다.

마커스가 주위 사람들의 목소리에 대응하며 포션을 나눠 주기 시작했다.

나는 다친 전사들을 보았다. 상처투성이인데도 전사들을 유린하며 날뛰는 마수를 보았다.

"요정들이여, 정령들이여, 정령왕님이시여……. 저는 다친 사람을 지켜볼 수밖에 없는 걸까요."

지금까지 치료했던 전사들의 애처로운 상처가 내 뇌리에 되살아났다. 내가 할 수 있는 일은 다친 후에 회복시키는 것뿐이다. 다친 사람들을 보는 건 괴롭다. 상처는 나아도 느꼈던 고통이 사라지는 건 아니다. 그 사람들의 고통이 내 고통 같아서 괴로웠다.

한 줄기의 눈물이 내 볼을 타고 흘러 발밑에 피어난 잡초나 다름없는 작은 잎 위에 툭 떨어졌을 때.

……머릿속에 그 목소리가 들렸다.

'데이지. 왜 그렇게 우는 것이냐.'

내 주위가 초록색 빛으로 감싸이며 근엄하면서도 다정한 목소리가 머릿속에 울려 퍼졌다.

나는 그 목소리에 대답했다.

"저에게는 모두를 지킬 힘이 없어요. 그게 분해요. 아직 어린 아이니까 어쩔 수 없는 걸까요? 하지만 모두가 다치고 괴로워하는 게 슬퍼서 견딜 수가 없어요."

나는 내가 펼친 양손을 내려다보고 손톱이 피부를 파고들 만큼 세게 움켜쥐었다.

……나는 무력해. 모두가 다치는 모습을 보고 있어야만 하는 게 슬프고 괴로워!

강렬한 초록색 빛은 이윽고 사람 형태를 띠더니 잎으로 된 날개가 돋아난 성인 남자의 모습으로 변했다. 긴 머리 위에는 새잎이 달린 나뭇가지를 엮은 관을 썼으며 등 뒤에서 눈부신 초록색 후광이 쏟아졌다.

'울지 말거라, 데이지. 그대는 무력하지 않다. 울지 말거라, 나의 상냥하고 사랑스러운 아이여……. 저 녀석은 인간과 마물의 영역을 가리지 않고 침범했으며 본래 이곳에서 살던 자들을 너무나 많이 다치게 했다. 나는 식물의 정령왕, 나는 그대의 수호자이니라. 그리고 내가 총애하는 아이의 비탄은 나의 비탄이기도 하다. 힘이 되어 주마.'

"정령왕, 님……이에요?"

내가 안 믿겨서 다시 확인하자, 정령왕님이 고개를 한 번 끄덕이고서 사랑스럽다는 듯이 눈웃음을 지으며 내 뺨 위에 손을 올렸다. 그 손은 크고 따뜻했으며 비명을 지르던 내 마음을 부드럽게 달랬다.

그리고 식물의 정령왕님이 '힘이 되어 주겠다'고 선언한 대로 주위의 나무, 화초, 온갖 '식물의 권속'이 초록색으로 빛나기 시작했다. 그리고 초록빛 생명이 숨 쉬는 땅과 거목에서 가시 돋은 덩굴이 자라나 일제히 베히모스에게 향했다.

가시덩굴이 베히모스의 온몸을 휘감고 움직임을 봉인했다. 베히모스가 덩굴을 뿌리치려고 발버둥 치면 칠수록 덩굴이 더욱 깊게 파고들었고 가시가 마수의 표피를 꿰뚫으며 괴롭혔다.

머지않아 베히모스는 최대 무기인 뿔과 송곳니도 못 움직이게 되었다.

"지금이다!"

마도사단과 모험가 마도사가 일제히 마법을 발사했다. 베히모스를 속박한 덩굴이 그 마법에 상처를 입었지만 다시 재생해서 마수에게로 향했다.

"마르크의 빛이다!"

다시 일어선 레티아가 달려서 속박당한 마수 앞까지 가더니 높이 뛰어올라 온 체중을 실어서 마수의 미간에 검을 깊숙이 꽂아 넣었다. 빠지직, 하고 딱딱한 것을 부수는 둔탁한 소리가 났다.

레티아의 칼날이 마침내 마수의 두개골을 관통하고 그 내부를 파괴했다.

쿵…… 하고 흙먼지를 일으키며 마수가 쓰러졌다.

그러자 베히모스를 속박하던 덩굴이 풀리며 땅속으로 돌아가더니 이윽고 지상에서 모습을 감췄다.

'데이지, 내가 총애하는 아이여. 이제 울 필요 없단다…….
그럼.'

"앗……."

내가 아쉬워서 작게 읊조리자, 초록색으로 빛나는 정령왕님
이 내 눈가에 남은 눈물을 손가락으로 살며시 닦고 이마에 따
뜻한 입맞춤으로 온기를 남긴 뒤에 공기 속에 녹아 들어가듯
이 사라졌다.

마수 베히모스가 쓰러지고 왕도에 평화가 찾아왔다.

전투에 임했던 사람들이 안도의 한숨을 내쉬었고, 그중에서
는 진이 빠졌는지 땅바닥 혹은 망루 바닥에 철푸덕 주저앉는
사람도 있었다. 이곳저곳에서 미소가 떠오르기 시작하며 환
희에 찬 목소리와 승리의 함성이 들려왔다.

나와 마커스는 전선에서 활약한 사람들 주변을 뛰어다니며
포션이 부족한 사람에게 포션을 나눠 주었다.

그때였다. 처음 보는 기사가 내 어깨를 붙잡았다.

"자네는 성녀인가……? 우리를 구한 덩굴이 베히모스를 포
박했을 때, 자네가 초록색으로 강렬하게 빛났지. 자네가 우리
를…… 나라를 지킨 건가?"

그 목소리에 주위의 시선이 일제히 나를 향했다.

"잠시 괜찮을까."

아버지가 인파를 헤치고 내 곁으로 다가왔다.

"아버……."

"쉿……."

아버지는 아버지라고 부르려던 내 입가를 가볍게 손바닥으로 막으며 제지했다.

"이 아이는 내가 아는 사람의 아이일세. 잠시 빌리지."

일개 기사가 마도사단의 부 마도사장에게 불만을 드러내는 일은 없었다. 나는 아버지에게 이끌려 그 자리를 떴다.

나는 마커스를 찾아서 기사에게 집으로 보내 달라고 한 뒤에 아버지와 함께 왕성으로 가는 마차에 탔다.

한동안 마차 안이 침묵에 휩싸였는데 아버지가 겨우 입을 열었다.

"그렇게 위험한 곳에 오다니! 네 모습을 발견했을 때 간이 떨어지는 줄 알았다!"

아버지는 내 머리에 꿀밤을 때렸다. 그리고…….

"무사해서 다행이구나. 너에게 무슨 일이 생길까 봐 얼마나 걱정했는지."

한숨을 내쉬듯이 흘러나오는 말과 함께 아버지의 커다란 몸이 나를 부드럽게 끌어안았다. 아버지의 희미하게 떨리는 손 끝에서 아버지가 나를 발견했을 때의 놀람과 내 몸에 무슨 일이 생기면 어쩌나 했던 공포 그리고 이렇게 무사히 품에 안은 안도와 기쁨이 느껴졌다.

"아버지. 걱정 끼쳐서 죄송해요……."

나를 아끼는 아버지의 마음을 온몸으로 느끼며 그런 아버지를 걱정시킨 것을 반성했다. 그리고 그런 내 마음을 담아 눈을 감고 아버지의 등에 팔을 둘렀다.

　긴 포옹이 끝나고 천천히 몸이 떨어졌다.

　"제대로 된 이야기는 나중에 듣기로 하고…… 먼저 확인하고 싶은 건 그 기사가 했던 말이야. 데이지, 너 성녀니?"

　아버지는 진지한 얼굴로 나에게 물었다.

　"아, 아녜요. 전 식물의 정령왕님 가호를 받았을 뿐…… 아."

　그때, 내 마음속에 뭔가 위화감이 들었다.

　'총애하는 아이'라고 하시던 정령왕님의 말.

　그것을 확인하려고 나를 감정했다.

[데이지 폰 프레스라리아]

자작 가문의 차녀

체력: 50/50

마력: 525/525

직업: 연금술사

스킬: (감정(5/10)), 연금술(4/10), 바람 마법(4/10), 흙 마법(3/10), 물 마법(2/10), (은폐)

상벌: 없음

재능: 식물의 정령왕이 총애하는 아이.

　"예전에는 분명히 가호를 받은 것뿐이었어요. 그런데 지금

[감정]으로 확인했더니 '식물의 정령왕이 총애하는 아이'라고……. 저는 그 자리에서 사람들이 다치는 모습을 보고만 있어야 하는 저 자신의 무력함이 괴로워서…… 울었더니, 정령왕님이 제 앞에 나타나서 소원을 들어주셨어요……."

"그렇구나, 데이지. 난 너를 지키고 싶단다. 그러니 네가 앞으로 어떻게 살아가고 싶은지 아빠한테 알려주지 않겠니? 다른 사람이 이 사실을 알기 전에 네 아버지로서 네가 진정으로 원하는 삶이 무엇인지 알고 싶어. 너의 진정한 마음을 지키기 위해서 말이야."

아버지의 손바닥이 내 뺨을 쓰다듬었다. 그대로 미끄러진 커다란 손이 내 작은 손을 단단히 움켜쥐었다.

"너의 '정령왕이 총애하는 아이'라는 재능은 마음만 먹으면 한 나라의 왕비 자리도 얻을 만큼 엄청난 재능이야. 아니, 누군가가 이용하려고 쟁탈전을 벌여도 이상하지 않아. 그래서 아빠는 네가 걱정된다."

아버지의 눈빛은 진지하면서도 자기 아이에게 주어진 너무나도 큰 축복에 대한 불안으로 흔들렸다.

"사실은 이런 고민을 하게 할 나이가 아닌데……."

뒤이어 작게 중얼거린 아버지가 아랫입술을 꽉 깨물었다.

"아버지, 제 장래의 소원은 이미 정했어요. 제 일로 그렇게 괴로워하실 필요 없어요."

나는 아버지에게 싱긋 웃어 보이며 아버지가 깨문 아랫입술을 소녀의 가녀린 손가락으로 어루만지며 지적했다.

"입술이 찢어지겠어요."

내 말에 아버지의 표정이 약간 부드러워졌다.

"네 장래의 소원은 뭐니?"

"제 소원은 이 나라의 개인 연금술사로 독립해서 아틀리에를 여는 거예요. 그 아틀리에는 누구나 귀천을 따지지 않고 찾아오게 평민 마을에 열 예정이에요. 그러기 위한 자금은 이미 충분히 있어. 그렇죠, '부 마도사장님'?"

일부러 거래 협상하는 느낌이 나게 직급을 불렀다.

"군과 거래 협상을 시작할 때부터 그런 생각을 하는 줄은 몰랐는데. 다섯 살 세례식 날의 시련이 없었더라면 네 오빠와 언니와 마찬가지로 너도 나이에 걸맞게 더 어린아이처럼 자랐을까. 그때 네게 결단을 바랐던 우리 부부가 너무 엄했던 걸까."

후회가 뒤섞인 아버지의 말에 나는 그렇지 않다고 고개를 저었다.

"아버지와 어머니가 그때 길을 제시하셨기에 지금의 제가 있는 거예요. 세례식 결과를 듣고 토라졌었다면 분명 저는 어떤 사람도 못 됐을 테니까요. 그리고 아틀리에를 열겠다는 꿈도 갖지 못했을 거고요. 하지만 지금 제게는 꿈꾸는 미래가 있어요. 그건 그날 아버지와 어머니가 저를 이끌어 주셨기 때문이에요."

아버지가 내 말을 듣고 고개를 끄덕였다.

"그렇다면 네가 꿈을 이루게 최대한 지원하는 게 아버지의 역할이겠지."

아버지가 이리 오라고 하듯이 양팔을 벌렸다.

"고마워요, 아버지. 사랑해요."

나는 그렇게 말하며 아버지의 품에 뛰어들었다.

◆

시간이 흘러, 이곳은 왕성의 알현실이다.

그곳에는 왕좌에 앉아 계신 국왕 폐하와 폐하를 모시는 이 나라 재상, 재무경, 군무경, 기사단장 및 부단장, 마도사단장 및 부 마도사장인 아버지 그리고 그 옆에 내가 있었다.

나와 아버지는 일단 집에 들러 알현에 걸맞은 정장으로 갈아입고 왔다. 나도 어린아이지만 익숙하지 않은 드레스 차림이다. 왠지 옷자락을 밟고 넘어질 것 같아서 무섭다.

애초에 나 혼자만 이 자리에 어울리지 않는 사람인걸……. 왜 여기에 있어야 하는지는 알지만.

"우선 마수를 토벌하느라 모두 수고했다. 그 정도 되는 마수를 왕도에 한 발자국도 못 들어오게 막고 일반 시민의 희생 없이 처리하다니. 그대들을, 대응한 무인들을 나는 이 나라의 자랑으로 생각한다."

"과분한 말씀이십니다."

군부 사람들이 예를 갖췄다.

"그리고 이번 마수 강습으로 목숨을 잃은 자가 있다. 그들에게는 신분과 지위를 막론하고 무공을 기리고 유족에게 위로

금을 아끼지 말게. 알겠나, 재무경."

폐하가 재무경 중 한 사람을 내려다보며 명령했다.

"알겠습니다."

재무경이 정중히 예를 갖췄다.

"그리고 데이지 폰 프레스라리아."

국왕 폐하가 내 이름을 불렀다.

"네."

나는 드레스 자락을 잡으며 공손히 인사를 했다.

"그대는 아직 어림에도 불구하고 위험을 무릅쓰고 연금술사로서 전장에 향한 자들에게 포션을 무상으로 전하러 갔다고 들었다. 그 숭고한 의지와 자애의 마음이 참으로 훌륭하구나. 그대 덕에 중상자와 사망자가 일반적인 경우보다 훨씬 적었다더군. 그대의 공헌에 깊이 감사한다."

"과분한 말씀이십니다."

나는 다시 예를 갖췄다.

"그런데 데이지 양, 마수를 제압한 수수께끼의 덩굴 말이다만, 그대가 관련됐다는 게 사실인가?"

국왕 폐하가 나를 내려다보며 물었다.

"아닙니다, 제가 관련된 부분은 아주 사소합니다. 저는 그자리에서 마수가 많은 사람을 다치게 하는 것을 보고 마음속으로 슬픔을 토로했습니다. 그것을 식물의 정령왕님이 듣고도와주셨을 뿐입니다. 오로지 정령왕님의 은총 덕분입니다."

나는 폐하의 질문에 사실대로 대답했다.

"'식물의 정령왕님'이라고 했지. 그분과 그대는 어떤 관계지? 왜 그대의 한탄을 그분이 들어주신 것인가?"

내 대답으로 의문이 완전히 풀리지 않았는지 폐하가 다시 질문했다.

"이곳에 몇 안 되는 분만 계시니 말씀드리겠습니다. 그것은 제가 '식물의 정령왕이 총애하는 아이'이기 때문입니다."

난 그렇게 말하며 고개를 숙였다.

이 사실을 숨기는 건 간단하겠지. 하지만 거짓말은 싫어하기도 하고, 오히려 이 자리에서는 말씀드리는 편이 일이 잘 풀리지 않을까 싶었다.

그리고 무엇보다, 아버지가 지켜 주겠다고 하셨으니까 분명 괜찮을 것이다.

그 순간, 그 자리에 있던 나와 아버지를 뺀 모든 사람이 술렁였다.

"그 말이 사실인가? 사안이 사안인 만큼 [감정]으로 확인하고 싶은데 괜찮겠나?"

폐하가 물었다. 나는 네 하고 끄덕였다.

급하게 [감정] 보유자인 하인리히가 호출되었다.

"급히 부르신다고 하여 찾아왔습니다."

하인리히가 폐하와 그 신하인 중신에게 예의를 갖췄다.

"이 자리에서 판명되는 사실은 일절 발설을 금한다. 발설하는 자는 엄벌에 처하겠다."

폐하가 먼저 일동을 입막음했다. 그 자리에 있던 자들은 모두 말없이 고개를 끄덕였다.

"하인리히, 데이지 폰 프레스라리아를 감정해서 '식물의 정령왕이 총애하는 아이'가 맞는지 확인해라."

폐하의 말에 고개를 끄덕인 하인리히가 가만히 날 바라봤다.

그리고 하인리히가 나를 향해 무릎을 꿇고 고개를 숙였다.

"데이지 양은 정말로 '식물의 정령왕이 총애하는 아이'가 맞습니다."

"뭐라고……!"

"우리 나라에 정령왕님의 총애를 받는 자가 나타나다니……."

하인리히의 대답에 주위에서 놀람과 기쁨과 경외가 뒤섞인 목소리가 들려왔다.

다른 정령왕도 아닌 '식물의 정령왕'이다.

정령왕이 '총애하는 아이'가 나라에서 건강하게 살아간다면, 그 나라는 풍요로운 식물의 은혜를 받아 풍족해질 것이다.

그러나 반면에 '총애하는 아이'를 불행하게 만들면 그 아이는 정령왕을 따라 정령의 나라로 떠나 그곳에서 보호받고 원래 있던 나라는 버려질 것이다. 그 나라는 풍요가 사라지고 사막처럼 변할 수도 있다.

국왕 폐하가 일어섰다. 왕좌를 벗어난 폐하는 어깨에 걸친 빨간 망토를 질질 끌며 계단을 내려왔다. 그리고 내 눈앞에서 잠시 멈추더니 무릎을 꿇고 고개를 숙였다.

"폐하, 고개를 드세요!"

내가 당황하며 부탁했다.

"그럴 수는 없다."

그러나 폐하는 고개를 젓고서 무릎을 꿇은 채로 나를 올려다보았다.

"지금 이 자리에서만은 우리 나라와 국민을 위해 그대에게 무릎을 꿇는 것을 허락했으면 한다. 그리고 내 소원을 들어주기 바란다. '식물의 정령왕'에게 총애받는 자여, 부디 우리 나라에 머무르며 이 나라를 사랑해 주겠나? 그러기 위해서라면 이 나라의 왕인 내가 그대의 바람을 반드시 이루겠다고 맹세하지."

아직 20대인 젊은 왕의 에메랄드색 눈동자에 담긴 강렬한 의지의 빛이 나를 향했다.

"제 소원은 언젠가 이 나라의 연금술사로 독립해서 아틀리에를 여는 것입니다. 가끔 재료를 채집하러 멀리 나가긴 하겠지만 제가 돌아올 나라는, 제가 사랑하는 나라는 부모님과 형제들이 있는 이곳입니다."

나는 그렇게 말하며 옆에 선 아버지를 올려다보았다. 아버지의 손이 내 손을 세게 움켜쥐었다. 나는 마지막까지 내 바람을 말하려고 입을 열었다.

"앞으로도 연금술사로 대해 주신다면 저는 더 바랄 것이 없습니다."

내가 그렇게 말하며 폐하에게로 시선을 돌리고 고개를 기로 젓자 폐하가 "욕심이 없구나."라며 웃으셨다.

그건 그렇고 나는 슬슬 폐하가 내 앞에서 무릎을 꿇고 계시는 게 거북하기 시작했다.

"폐하, 이제 왕좌로 돌아가세요. 일곱 살인 저에게는 너무 황송해서 서 있기조차 힘듭니다."

"맞습니다, 폐하. 딸의 무릎이 아까부터 숙녀의 태도를 유지할 수 없을 만큼 떨리고 있습니다."

아버지도 거드셨다. 단숨에 알현실 분위기가 누그러지며 다른 사람들에게서 웃음소리가 들려왔다.

폐하도 웃으며 내 부탁대로 왕좌로 돌아간 뒤에 선언하셨다.

"데이지 양, 그대의 소원은 똑똑히 들었다. 데이지 양이 이상으로 여기는 아틀리에를 무사히 경영하게 나도 멀리서나마 지켜보겠다고 약속하지."

폐하의 그 말을 끝으로 보고회가 끝났다.

나와 아버지는 집으로 돌아가려고 마차를 타려 했다.

그때, 베히모스와 싸울 때 구했던 마르크와 레티아가 나와 비슷한 또래인 연분홍색 머리카락과 하얀색 고양이 귀와 꼬리의 수인 여자아이와 함께 왕성 앞 '유족 접수처'라고 쓰여 있는 곳에 서 있는 것을 발견했다.

"아버지, 이야기하고 싶은 사람이 있으니 잠시만 시간을 주세요."

그 말을 남기고 나는 마차에서 멀어지며 그 사람들에게로 향했다.

"아, 그때 그……"

다가오는 내 모습을 보고 레티아가 먼저 반응했다.

"아! 날 구해 준 아이구나. 그때는 정말 고마웠어!"

다음으로 마르크가 크게 손을 흔들며 말을 걸었다. 마르크는 레티아와는 대조적으로 쾌활하고 싹싹한 성격인 듯했다.

"나는 마르크, 이쪽이 레티아랑 미나야."

마르크가 사람들을 소개했다.

"저는 데이지예요."

나도 그에 응해 이름을 소개했다.

"그건 그렇고 그 옷차림……. 귀족 아가씨였구나. 그런데도 전선에서 포션을 나눠주려고 찾아오다니."

레티아가 드레스 때문에 못 알아볼 뻔했다는 얼굴로 나를 바라보며 더욱 기가 막히다는 듯이 어깨를 움츠렸다.

"네, 그래서 조금 혼났어요."

나는 혀를 살짝 내밀며 웃고서 마찬가지로 어깨를 움츠렸다.

"그건 그렇고 다들 여기에 모인 이유가……."

내가 본론을 꺼내자 레티아와 마르크가 얼굴을 마주 보았고 미나는 고개를 숙였다.

"저기, 제 아버지와 어머니가 모험가셔서…… 오늘 남문에서 마수 토벌에 참가하셨는데……."

미나는 고개를 푹 숙인 채 대답하려 했지만 내뱉으려던 말은 눈물로 변했고, 그 눈물이 지면에 뚝뚝 떨어지며 원을 그렸다.

이곳에서 이야기하는 게 신경이 쓰였는지, 어느새 아버지가 내 등 뒤로 다가와 계셨다.

"갑자기 끼어들어서 죄송합니다. 데이지의 아버지입니다. 아가씨…… 아버지와 어머니가 이번 사건으로 돌아가신 거니?"

아버지는 내 옆에서 떨어져 미나의 정면에 쪼그려 앉으며 시선을 같은 높이로 맞췄다. 그리고 온화한 목소리로 물었다.

"네……. 저희 엄마랑 아빠는 가문에서 도망쳐서 모험가 생활을 했어요. 그런데 이제는 가족이 저, 전부 사라졌어요……."

그리고 또 감정이 북받쳤는지 울음을 터뜨리는 미나. 아버지는 그런 미나의 등을 그저 조용히 쓰다듬으셨다.

"미나는 어딘가 갈 데가 있니?"

아버지가 미나에게 다정하게 물었다. 미나는 눈물이 그렁그렁한 눈으로 고개를 저었다. 마르크와 레티아도 고개를 숙였다.

미나…… 너를 조금만 보여 줘.

멋대로 엿보는 걸 속으로 사과하며 미나를 감정으로 살폈다.

[미나]
평민 · 고아
체력: 25/25
마력: 50/50
직업: 없음
스킬: 요리(4/10), 세탁(3/10), 청소(3/10), 물 마법
(1/10), 불 마법(1/10)

상벌: 없음

나는 몰래 아버지에게 귀띔했다.

"미나는 처벌받을 만한 경력은 없어요. 그리고 요리를 필두로 가사에 재능이 있어요."

아버지는 그저 고개를 끄덕였다.

"미나, 이대로라면 넌 고아원에 가거나 스스로 살 방법을 찾아야 해. 혹시 괜찮으면 잠시 우리 집에서 천천히 쉬다가 어떻게 할지 정하지 않겠니? 만약 가사가 가능하면 우리 집 메이드가 돼도 좋고, 장래에 독립할 딸인 데이지 곁에서 일한다는 선택지도 있어. 그것도 싫다면 일할 곳을 찾는 데 협력하마. 어떠니?"

아버지의 제안에 마르크와 레티아는 표정이 밝아지며 안도한 표정을 지었다. 미나는 갑작스러운 제안에 뭐라 대답해야 할지 모르겠다는 듯이 당황했다.

"나는 헨리 폰 프레스라리아. 이 나라의 국왕을 섬기는 제대로 된 귀족이란다. 네 아버지와 어머니는 이 나라를 위해 목숨을 바친 영웅이야. 나는 그런 사람들의 아이인 너에게 결코 위해를 가하지 않아. 네가 앞으로 어떻게 살아갈지 결정할 때까지 우리 집에서 천천히 쉬는 게 어떨까? 사양하지 않아도 돼."

미나가 마르크와 레티아의 얼굴을 번갈아 바라보자, 두 사람은 고개를 끄덕였다.

그러자 조금 안심됐는지 미나의 다리 사이로 축 늘어져 있던 꼬리가 위로 올라갔다.

"예의범절 같은 건······ 전혀 모르지만 열심히 배울게요. 그러니까 잘 부탁드립니다."

미나는 아버지에게 꾸벅 인사했다. 아버지는 그래그래, 하고 미나의 머리를 쓰다듬으며 미소 지었다. 이리하여 나와 아버지는 미나를 데리고 집으로 돌아가게 되었다.

도중에 아버지가 마부에게 부탁해 미나가 당장 필요한 옷 등을 가져오려고 미나의 집에 들렀다.

그리고 미나가 짐을 정리하는 동안, 아버지는 같은 공동 주택에 사는 집주인에게 사정을 설명하고 미나가 결심이 설 때까지 부모와 살던 방을 계속 빌리겠다고 전하며 집세를 선불했다.

앞으로도 계속 살아가야 하는 미나가 부모님과의 추억을 정리할 상황이 될 때까지 부모님의 유품이 될 물건이 있는 이 집을 그대로 두기로 한 것이다.

그리하여 중간에 딴 길로 샜다가 귀가한 아버지는 먼저 집을 책임지고 관리하는 집사 세바스찬에게 미나의 사정과 앞으로의 방침을 알렸다. 미나는 일단 객실에서 지내기로 했다.

미나는 평민이지만 아버지가 신변을 맡기로 한 손님이다. 세바스찬이 객실까지 미나를 안내하고 그렇게 설명하며 사양 말고 방을 쓰라고 전했다.

◆

저녁 식사 시간, 나 미나는 '손님'으로 취급돼서 식사는 프레스라리아 가문 분들과 함께 먹게 되었다.

나는 예의범절도 전혀 모르는데⋯⋯. 긴장된다.

그런 기분을 나타내듯이 내 새하얀 꼬리가 축 늘어져서 무의식적으로 침착하지 못하게 흔들렸다.

그때였다.

"빵을 드릴게요."

그렇게 말하며 시녀 언니가 내 눈앞에 있는 접시에 집게로 빵을 집어서 올려놓았다. 난생처음 보는 동그랗고 예쁜 빵이 내 코끝을 스쳤고 향긋한 냄새와 아주 옅은 과일 향이 콧속을 간질였다.

호기심에 꼬리가 쭉 펴지고 끝이 빙글빙글 흔들렸다.

우와, 이거 먹어 보고 싶어! 먹어도 되나?

주위에 있는 프레스라리아 가문 분들을 두리번거리며 관찰했더니 모두 빵에 손을 뻗길래 나도 빵을 집었다.

부드럽네⋯⋯.

그 빵은 폭신폭신해서 내 손안에서 쉽게 뭉개졌다.

"미나, 이 빵 맛있어 보이지?"

데이지 씨의 오빠라는 레무스 씨가 말을 걸었다. 나보다 살짝 연상인 듯하고 아버지인 헨리 님과 같은 연한 하늘색 머리카락과 눈동자를 지닌 다정해 보이는 남자아이였다. 부드럽게 휜 눈동자가 상냥해 보였다.

"이건 말이지, 데이지가 연금술로 만든 '폭신폭신 빵'이야!"

그렇게 설명한 사람은 데이지 씨의 언니라는 달리아 씨였다. 달리아 씨는 어머니와 같은 애플그린색 머리카락과 눈동자를 지닌 약간 쾌활해 보이는 여자아이였다.

"따뜻할 때가 제일 맛있으니까 먹어 봐."

이 정체 모를 빵의 발명자라는 데이지 씨도 싱긋 웃으며 권유했다.

그런 데이지 씨는 어머니의 애플그린색 머리카락과 아버지의 아쿠아마린색 눈동자를 갖고 있었다.

"그럼, 잘 먹겠습니다……."

빵을 입에 들어갈 만한 크기로 작게 찢었다. 그러자 과일 향이 확 퍼지며 코끝을 간지럽혔다.

"우와, 좋은 냄새가 나네요……."

나는 그 향기를 맡고 황홀해졌다. 그리고 한 입 먹었는데…….

음——! 폭신폭신해!

내 꼬리가 휙휙 움직였다. 아, 안 돼, 이러면 식사 예절에 어긋나잖아! 왠지 레무스 씨가 내 꼬리를 힐끔 보고 웃는 것 같은데!

"아, 저기, 이 빵 정말 맛있어요! 그리고 너무 감동해서 꼬리가 움직였어요……. 예의 없는 짓을 해서 죄송합니다."

나는 얼굴이 새빨개지면서도 사람들에게 고개를 숙였다. 그러자 프레스라리아 가문의 가장인 헨리 님이 쿡쿡 웃으며 괜찮다고 말씀하셨다.

"그래, 어려운 건 너무 신경 쓰지 말렴."

로젤리아 님도 맞장구치셨다.

"그러고 보니 데이지는 조금 다른 빵도 만들어 보고 싶다고

했었지.”

나를 화제에서 멀어지게 하려는 것처럼 레무스 씨가 데이지 씨에게 말했다.

“맞아, ‘데니쉬’라고 해. ‘파삭파삭’한 빵을 만드는 법이 책에 있길래 그것도 만들어 보고 싶어.”

데이지 씨가 아주 멋진 빵을 상상했는지 헤실거리는 표정을 지었다.

“‘파삭파삭’한 빵이라니 신기하네요. 먹어 보고 싶다…….”

으음, 어떤 빵일까. 나는 상상이 안 갔다.

“그럼 실례가 안 된다면 다음에 데이지가 빵을 만들 때 미나 씨도 초대하면 되잖아!”

좋은 생각이 났다는 듯이 달리아 씨가 손뼉을 쳤다.

“그거 좋은데! 미나 씨, 다음에 같이 만들어 볼래?”

데이지 씨가 고개를 갸웃거리더니 나를 초대하셨다.

“네! 좋아요! 전 요리를 좋아해서 정말 궁금해요!”

……슬픈 일만 가득했던 내게 즐거운 일이 하나 생겼다. 분명 프레스라리아 가문 분들이 신경 써 주신 덕분이겠지. 그 뒤로 긴장이 풀어져서 느긋하게 식사와 대화를 즐겼다.

◆

미나와 ‘데니쉬’를 만들자고 약속한 다음 날, 주방에 있는 밥과 마리아에게 확인했더니 당장 내일도 괜찮다는 이야기가 나와서 바로 '데니쉬' 만들기에 착수했다. 참가자는 나 데이지와 미나와 밥과 마리아다.

먼저 버터를 밀대로 늘려야 해서 받침대가 될 매끈한 석판을 냉장고에 넣어 차게 해 두었다. 빵 반죽에 끼울 버터도 함께 넣어 놓았다. 빵 반죽과 섞을 버터는 따뜻하게 실온에 두었다.

나는 마리아가 준비한 발판 위에 섰다.

냉장고에서 차가워진 받침대를 꺼냈다. 그 위에 숫돌 가루를 뿌리고, 버터는 냉장고에서 막 꺼낸 차가운 것을 사용한다……. 얇고 길게 편 다음에 삼등분하고 접어서 사각형으로 만든다. 아니, 잠깐만……! 딱딱해! 무리라고! 애초에 얇고 길게가 안 되잖아!

"밥~. 버터가 딱딱해서 안 늘어나……."

나는 밥에게 빠르게 도움을 요청했다.

"네네, 아가씨 힘으로는 무리겠지요. 제가 해 드리겠습니다."

밥이 싱긋 웃으며 대신 버터를 늘여 주었다.

……어쩐지 미나가 밥의 수작업을 가만히 쳐다보고 있는데, 미나는 요리를 잘하니까 할 수 있나? 아니, 여자아이에게는 힘들 텐데? 밥이 능숙하게 버터의 차가운 온도를 유지하면서 모양을 잡았다.

"그럼 이건 냉장고에 넣겠습니다."

밥이 받침대째 버터를 넣으러 냉장고로 갔다.

"다음부터는 내가 할게!"

'나는 이번에야말로!' 하고 콧김을 내뿜으며 밥판 위에 올라섰다.

요리용 볼에 밀가루와 설탕, 소금을 넣고 잘 섞는다. 그리고 버터를 넣고 다시 잘 섞는다. 거기에 우유 약간과 물, 달걀, 효모액을 잘 섞은 것을 넣고, 이번에는 빠르게 섞는다……. 그때 처음으로 요리에 참가한 미나에게 설명했다.

"이건 연금술로 만든 효모액이라는 건데, 빵을 폭신폭신하게 만드는 재료야."

내가 병을 건네자, 미나가 흥미로운 듯이 거품을 일으키는 액체를 들여다보았다.

덩어리가 없어질 때까지 섞은 다음 받침대 위에 올려놓고 동그랗게 만다. 표면이 건조해지지 않게 젖은 헝겊을 옆에 두고서 실온에서 한 시간 정도 발효시킨다.

……빵 반죽을 만들 때는 이 기다리는 시간이 제일 길단 말이지.

발효가 끝나면 가스를 빼서 평평하게 만든 뒤에 젖은 천으로 감싸서 냉장고에서 하룻밤 동안 휴지시킨다.

……길어!

다음 날 아침에는 다 같이 일찍 일어났다. 아직 해도 안 떴다.

'데니쉬' 빵을 아침 식사로 내고 싶은걸!

먼저 언제든지 구울 수 있게 오븐부터 준비했다.

"오늘은 제가 반죽해도 될까요?"

미나가 그렇게 말하며 호기심으로 하얀 꼬리를 흔들거렸다.

응! 귀여워!

그리하여 오늘 아침의 반죽 만들기는 미나에게 맡기기로 했다. 미나는 앞치마를 하고 밥과 마리아는 이쪽 상황을 살피며 아침 식사를 준비했다.

어제 밥이 늘인 버터와 같은 크기로 반죽을 늘인다. 그리고 반죽 위에 버터를 마름모꼴이 되게 올린다. 반죽으로 버터를 단단히 감싸고 길이를 세 배로 늘인다. 그리고 삼등분으로 접은 다음 각도를 바꿔서 다시 늘인다. 이걸 반복하자 드디어 반죽이 완성되었다.

미나는 깔끔하게 모양을 잡았는데(나는 조잡했는데) 애초에 작업하는 손놀림부터 뭔가 능숙했다. 요리 실력의 차이가 이런 데서 드러나는 걸까. 미나는 여자아이다워서 부럽다.

"꽤 힘드네요."

미나는 그렇게 말하면서도 새로운 조리법(?)이 흥미진진한지 기분이 좋아 보였다. 흔들리는 꼬리를 보기만 해도 나까지 덩달아 즐거웠다.

반듯이 접은 반죽을 휴지시킨 뒤에 그걸 좌우가 같은 길이의 삼각형으로 자른다. 그 반죽을 삼각형의 넓은 쪽부터 빙글빙글 만다. 만 반죽을 전부 오븐에 늘어놓은 다음 다시 상온에서 휴지시킨다. 젖은 천을 걸어 놓는 것도 잊지 않는다.

"그건 그렇고 신기한 모양이네요. 얇은 반죽을 빙글빙글 마는 데에 뭔가 의미가 있나요?"

미나가 씻은 손을 닦으며 모두가 쉬는 주방이 테이블로 돌아왔다.

"모처럼 귀한 버터를 대량으로 반죽에 넣다니 과연 어떻게 될까요."

밥이 약간 걱정스러운 듯이 중얼거렸다. 으음, 정말 완성되려나 '데니쉬'.

그렇게 잡담을 나누다 보니 오븐에 넣을 시간이 되었다. 솔에 달걀물을 묻혀 표면에 바르면 드디어 오븐에 넣을 준비가 끝난다!

"우와!"

굽는 건 반죽을 기다리는 시간에 비하면 눈 깜짝할 새 끝났다.

초승달 모양으로 부풀어 오르는 반죽. 반들반들하고 노릇노릇하게 갈색으로 물드는 표면. 피어오르는 버터 향.

오븐을 들여다보는 미나의 꼬리가 쉴 새 없이 움직였다.

오븐에서 꺼내 한 명당 반 개씩 맛보았다.

"우와, 파삭파삭해요."

맛있는지 환하게 웃는 미나.

"하지만 안은 아주 촉촉해."

쫄깃쫄깃하게 늘어나는 안쪽 반죽에 감동하는 나.

"그런데 빵 겉 부분이 손에 묻는군요."

밥이 그렇게 평가했다.

"*핑거볼을 준비하면 돼요. 시녀장에게 부탁하고 올게요."

마리아가 그렇게 말하며 앞치마에 손을 닦고 주방을 나갔다.

---

* 식사 후에 손을 씻을 수 있게 준비된 물이 담긴 그릇

그 무렵, 잠에서 깬 가족이 주방에서 풍기는 향기에 흥미를 보였다.

"오늘은 아침부터 꽤 좋은 향기가 나는구나."

그렇게 말씀하시는 아버지.

" '폭신폭신 빵'의 향기와는 조금 다르네."

고개를 갸웃거리는 어머니.

"맞아요! 오늘은 새로운 빵을 선보일 거거든요!"

내 말을 듣자마자 언니가 반응했다.

" '데니쉬'지! 나, 기대하고 있었어!"

가족 모두가 각자의 자리에 앉는 동안 나와 미나도 앞치마를 벗고 자리에 앉았다. 그리고 테이블 위에 늘어선 식기에 핑거볼이 추가되었다.

"어라, 핑거볼이 필요한 빵이라는 건가. 이런 적은 처음이네."

오라버니도 관심이 생긴 듯했다.

갓 구운 '데니쉬'가 각자에게 돌아갔다.

"연금술 책에 따르면 정확히는 '페이스트리'라고 한대요."

나는 그렇게 말하며 새로운 빵을 소개했다.

"그럼 데이지의 신작을 먹어 볼까."

아버지의 말에 모두가 '데니쉬'를 향해 손을 뻗었다.

"오오, 입안에서 파삭하게 부서지는데."

한 입 베어 물고서 감상을 말씀하시는 아버지.

"하지만 속은 이렇게 잘 늘어나요."

어머니는 손으로 찢어서 드시다가 그 안의 쫄깃쫄깃한 부분이 눈에 띈 듯했다.

"버터 향이 입안에 가득해! 그리고 파삭파삭한 식감이 근사한걸."

언니는 상당히 마음에 든 모양이었다.

"반죽이 이렇게 몇 겹이나 쌓여 있다니 대단하네. 겉 부분의 부스러기가 손에 묻어서 핑거볼을 준비한 거구나."

오라버니는 그 빵의 여러 겹으로 된 구조가 신기한 듯했다.

결과적으로 '데니쉬'는 가족에게 큰 호평을 받았고 모두가 남김없이 맛있게 먹었다.

나와 미나는 얼굴을 마주 보며 싱긋 웃었다.

제12장 강력 해독 포션을 만들자

어느 날 밭에 가니 만드라고라가 말을 걸었다.

"데이지, 데이지."

나는 "응?" 하고 만드라고라 앞에 쪼그려 앉았다.

"이제 뿌리를 줄 준비가 됐어! 필요해?"

파란 만드라고라가 물었다.

"고마워, 만드라고라. 나눠 주면 기쁘게 받을게."

나는 고개를 세차게 끄덕였다.

그러자 흙 속에서 굵고 튼튼해 보이는 뿌리 세 줄기가 고개를 내밀었다. 만드라고라가 얼굴을 찌푸리나 싶더니 뿌리가 쑥쑥 뽑혀 나와 땅으로 떨어졌다!

뭐, 뭐야? 뿌리를 자르거나 부러뜨리는 게 아니었어?

"후우…… 기합을 넣었더니 피곤하네! 아, 뽑은 건 사양 말고 가져가도 돼!"

내가 의문을 느끼거나 말거나 만드라고라는 한 건 해냈구만! 하는 표정을 지었다.

"으, 응. 고마워! 잘 쓸게."

나는 동요하면서도 이곳저곳으로 흩어진 뿌리를 주워 무○

며 감사 인사했다. 그리고 필요한 해독초 잎도 몇 장 뜯고 함께 제작하기 위해 마커스를 찾았다.

어라……. 아무 데도 없네.

나는 마커스를 찾다가 케이트와 만났다.

"저기 케이트, 마커스 봤어?"

내가 묻자, 케이트는 뺨 위에 손을 올리고 곤란한 표정을 지으며 대답했다.

"마커스가 아가씨를 '아씨' 라고 부르는 걸 세바스찬한테 들켜서 혼나는 바람에……. 벌로 지금 온 저택 화장실을 청소하라는 명령을 받았어요."

케이트가 그렇게 말하며 저기예요, 하고 가리켰다. 그 손끝에서는 회랑을 달려 다음 화장실로 이동하려던 마커스가 세바스찬에게 혼나고 있었다.

"회랑에서 뛰지 말 것! 등은 곧게 펼 것! 프레스라리아 가문 사용인에 걸맞은 행동거지를 취할 것!"

나는 그렇게 지적하는 세바스찬에게 다가갔다.

"수고했어, 세바스찬. 마커스는 잠시 네가 교육하기로 했어?"

그렇다면 정기적으로 부탁하는 일의 예정이 바뀌기 때문에 확인해 둬야 한다.

"네, 마침 그 이야기를 드리려던 참이었는데……."

세바스찬이 나에게 인사하며 대답했다.

"아가씨가 정기적으로 일을 부탁하시는 시간 이외에는 마커스에게 예의범절을 다시 가르치려고 합니다. 또, 장래에 독립하실 아가씨를 곁에서 모실 것을 감안하면 이번 기회에 읽고 쓰기와 산수도 다시 가르치는 편이 좋겠지요. 사용인이면서 교육을 한 번에 끝마치지 못하고 번거롭게 해 드려서 면목 없습니다."

조금 불쌍하다는 생각은 들지만 길게 보면 역시 필요한 일이겠지. 장래에 내가 독립할 때 마커스가 매너를 제대로 모르고 계산 실수도 한다면 나라를 포함해서 다양한 지위의 사람들을 고객으로 맞을 예정인 내 곁에 둘 수 없다.

너그럽게 대하고 싶지만 가르칠 건 가르쳐야지. 그렇게 생각하기로 했다. 분명 내 마음속에는 나와 비슷한 또래라서 봐주는 안일함도 있었을 테니까.

"아니야, 세바스찬. 네 말이 옳아. 여러 가지로 생각해 줘서 고마워. 마커스를 잘 부탁해."

순순히 감사를 전한 나는 혼자 실험실로 향했다.

실험실에 들어가 필요한 비커와 기재를 준비했다. 증류수는 아침에 마커스가 준비해 둔 게 있었다.

……힘내, 마커스.

잠시 눈을 감고 마음속으로 마커스를 응원했다.

"……좋아! 나도 힘내서 오랜만의 신작, 강력 해독 포션을 만들어 보자!"

나는 기합을 넣으며 조제에 들어갔다. 드디어 기다리던 만드라고라 뿌리를 사용해서 처음으로 조제하는 거니까! 이 나라에서는 아무도 얻을 수 없는 포션을 내가 만드는 거야!

먼저 해독초의 쓴맛을 확인하려고 잎 끝을 살짝 먹어 봤다.

"……이 잎은 쓴맛이 안 나네."

그럼 소금과 뜨거운 물로 밑 작업을 하지 않고 이대로 사용할까. 나는 해독초 잎과 만드라고라 뿌리 하나를 그대로 잘게 다졌다. 그리고 증류수에 넣고 마석도 넣고서 가열했다.

[강력 해독 포션???]

분류: 약품

품질: 저질(-3)

세부 사항: 유효 성분이 거의 추출되지 않았다.

잠시 후, 기포가 커지기 서서히 커졌다.

[강력 해독 포션]

분류: 약품

품질: 저질(-2)

세부 사항: 유효 성분이 적다.

시간이 더 지나자 물이 조금씩 보글거리기 시작했다.

[강력 해독 포션]

분류: 약품

품질: 저품질(-1)

세부 사항: 뿌리의 유효 성분이 추출되지 않았다. 이래서는 평범한 해독 포션의 열화판이다.

뭐야……! 평범한 해독 포션보다 못한 품질? 너무하잖아?

하지만 [감정]의 설명을 보면 잎 성분은 추출된 듯했다. 추출되지 않은 건 뿌리 성분뿐이다. 그런데 지금까지의 경험으로 미루어 보아 끓이면 잎 성분이 날아갈 것 같단 말이지……. 그런 생각을 하면서도 일단은 부딪혀 보려고 계속 가열했다.

액체가 끓기 시작했다……. 그러자 잘게 다졌던 해독초가 질척하게 녹기 시작하더니 뭐라 표현하기가 힘든 녹색의 걸쭉하고 독살스러워 보이는 액체가 되고 말았다……. 나는 황급히 가열을 멈췄다.

[산업 폐기물]
분류: 쓰레기
품질: 쓸모없음
세부 사항: 버릴 수밖에 없다. 외형이 기분 나쁜 걸로는 일품.

……나는 바로 실패하고 말았다(흑흑).

◆

데이지가 강력 해독 포션에 도전하던 그날, 왕성은 아침부터 시끌시끌했다.

"아무나 좋으니 궁정 의사를 불러와라! 빨리 원인을 규명해!"

그날 아침, 현왕의 유일한 아들인 제1왕자 윌리엄이 쓰러졌다. 국왕과 친모인 왕비도 왕자의 방으로 달려갔다. 방 침대에 누운 왕자는 안색이 보랏빛으로 변했고 이따금 괴롭게 복부를 부여잡으며 몸을 웅크리는 동작을 했다. 그 모습을 본 왕비가 눈물을 흘리며 왕자의 곁으로 다가가 작은 손을 잡았다.

"상태가 어떤가!"

초조해서 의사를 다그치는 국왕.

"예, 무언가의 독에 중독되신 듯합니다. 해독 포션을 꺼내."

궁정 의사는 조수에게 명령해서 들고 다니는 약 중 해독약을 찾아 꺼내 들었다.

"또인가……."

왕이 벌레 씹은 표정으로 중얼거렸다. 경계는 하지만 이번이 처음이 아니기 때문이다.

왕은 젊은데 왕비는 한 명뿐이다. 왕에게 그럴 생각이 없어도 두 번째 부인을 들이라고 시끄럽게 권유하는 귀족도 있었고, 전왕의 아들인 현왕의 형제도 있었다. 다음 왕위를 노리는 자들, 자신의 딸을 미래 왕의 친모로 만들 계획을 꾸미는 귀족에게 아직 어린 제1왕자는 방해꾼일 뿐이었다.

왕비는 풀썩 주저앉아 울었다. 자기를 노리는 건 괜찮았다. 하지만 자신의 어린 아이가 이렇게 번번이 괴로워하는 건 못 견딘 왕비가 비탄에 빠졌다. 최소한 동생이라도 있다면 왕좌

찬탈을 노리는 자들의 야망도 어느 정도는 꺾일 테지. 그런 생각에 다음 왕자를 낳고자 했지만, 그것도 마음대로 되지 않았다. 왕비는 어머니인 자신의 무력함을 한탄했다.

"해독 포션을 먹여 드리겠습니다."

궁정 의사가 국왕에게 정중히 인사한 뒤, 왕자 곁으로 다가가 뚜껑을 연 포션 병 입구를 왕자의 입가로 가져갔다. 그건 왕자가 독에 중독됐을 때 항상 사용하는 포션이었다. 그 해독 포션은 수준 높은 곳에서 만들어 왕실에서 쓰기에 걸맞은 품질이었다.

……왕자는 평소처럼 회복될 터였다.

◆

나는 집 실험실 안에서 실패한 실험 결과를 앞에 두고 있었다. 실패를 거름으로 삼자. 음, 마음을 다잡고…….

그래. 머릿속이 복잡해지지 않게 노트에 쓰면서 재료의 성분 추출 조건을 정리해 보자.

①해독초→ 밑 작업 불필요, 끓이면 안 됨(검증 완료)
②만드라고라 뿌리→ 끓이면 안 됨?(미검증)
③마석→ 촉매 효과가 발휘되지 않았다. 성분 추출이 안 됐으니 그 이전 단계의 문젠가?(미검증)

일단은 ②의 만드라고라 뿌리의 추출 온도부터 확인해야겠는걸.

　나는 새로운 비커에 잘게 다진 만드라고라 뿌리와 증류수를
넣고 가열했다.

[만드라고라 진액???]
　분류: 약품 재료
　품질: 저품질(-3)
　세부 사항: 성분이 추출되지 않았다.

　시간이 조금 지나자, 기포가 서서히 커졌다. 하지만 물이 끓
기 직전까지 가도 상태는 변하지 않았다. 그리고 물이 끓기 시
작했다. 보글보글 일어나는 거품 속에서 잘게 다진 만드라고
라 뿌리가 춤췄다.

　좋아, 끓여도 괜찮네! 그럼 이대로 계속하면…….

[만드라고라 진액]
　분류: 약품 재료
　품질: 고품질
　세부 사항: 성분이 충분히 추출되었다.

　잠시 푹 삶자, 진액을 제대로 뽑아내는 데에 성공했다!
　그렇구나! 역시 해독초와 만드라고라 뿌리는 유효 성분을
추출하는 온도와 품질을 유지하는 온도가 달랐던 거야!

나는 메모를 정정했다.

①해독초→ 밑 작업 불필요, 끓이면 안 됨(검증 완료)
②만드라고라 뿌리→ 팔팔 끓는 물에 푹 삶는다(검증 완료)
③마석→ 촉매 효과가 발휘되지 않았다. 성분이 추출되지 않았으니 그 이전 단계의 문젠가?(미검증)

이렇게 되면 아마 해독초 추출액과 만드라고라 진액을 따로 만들어 섞은 것에 마석을 넣고 그걸 촉매 삼아 성분을 변화시키면 되겠지. 다만 온도가 물이 끓을 정도가 되면 안 된다는 것 외에는 아직 잘 모른다. 좋아, 여기까지는 정리됐어.

……그때였다.

쾅! 하는 커다란 소리를 내며 실험실 문이 난폭하게 열렸다.

"아버지?"

나는 갑자기 나타난 아버지를 보고 놀라 고개를 갸웃거렸다. 아직 근무하실 시간 아닌가?

"데이지, 만들어 둔 해독 포션이 없니? 저번 생일에 해독초를 받았잖아?"

아버지는 서둘러 왔는지 거칠게 숨을 내쉬며 급하게 물었다.

"마침 '강력 해독 포션'을 만들려고 실험 중이긴 한데……."

"그럼 서둘러 그걸 완성해다오!"

아버지가 "좋아, 이제 늦지는 않겠군!"이라고 멋대로 말씀하셨다.

…… '실험 중'이랑 '완성했다'는 다른 말인데.

애초에 지금은 시행착오를 겪는 도중이라 중간에 끼어들면 머릿속이 무척 혼란스럽단 말이야.

하지만 아버지는 아버지대로 뭔가 사정이 있어서 무척 서두르시는 모양이고…….

일단 지금은 아버지를 진정시키자.

"아버지, 약이 완성되면 제일 먼저 아버지께 드리러 갈게요. 그러니까 거실에서 기다리실래요?"

나는 그렇게 말하며 아버지를 거실로 보낸 뒤 조용히 문을 닫았다.

……어디까지 진행했는지 다시 한번 떠올리자.

나는 깊게 심호흡을 하고 노트로 시선을 떨어뜨렸다. 해독초 추출액과 만드라고라 진액을 따로따로 만들어 섞은 것에 마석을 넣고 마석을 촉매 삼아 성분을 변화시킨다. 지금은 만드라고라 진액이 완성된 참이다. 다음은 해독초 진액을 만들 단계다.

나는 새로운 비커에 잘게 다진 해독초와 약간의 증류수를 넣고 가열했다. 끓기 직전까지 가열하다가 멈추자 진액이 추출됐다.

[해독초 진액]

분류: 약품 재료

품질: 고품질

세부 사항: 성분이 충분히 추출되었다.

……좋아, 여기까지는 상정한 대로 잘되고 있어. 진정하자.

해독초 진액 안에 마석을 넣고 열기가 많이 식은 만드라고라 진액을 추가해 조심스레 섞었다.

[강력 해독 포션?]
분류: 약품
품질: 저품질(-3)
세부 사항: 여러 성분이 아직 반응하지 못했다.

온도를 유지해도 반응에 진전이 안 보여서 신중하게 온도를 올렸다. 역시 끓기 전에는 품질 저하가 없어서 거기까지 올린 다음 그 온도를 유지했다.

[강력 해독 포션]
분류: 약품
품질: 저품질(-2)
세부 사항: 여러 성분이 반응하기 시작했다.

좋아, 이대로 가면 잘될 거야…….

나는 막대를 천천히 휘저었다.

그러자 비커 안 액체가 반짝반짝 빛나기 시작했다!

[강력 해독 포션]

분류: 약품

품질: 고품질

세부 사항: 온갖 독을 치료한다. 단, 다른 상태 이상은 제외
된다.

"다행이야, 완성됐어!"

서두르시는 아버지를 위해 물 마법으로 양동이에 얼음물을
만들고 거기에 비커를 담가서 빠르게 식혔다. 그리고 천으로
거른 뒤 약을 포션 병에 넣었다.

포션 병 두 개를 들고 아버지가 기다리는 거실로 달려갔다.

"아버지! 완성됐어요!"

"잘했다, 데이지!"

아버지는 나를 안아 들고 뺨을 문질렀다.

"데이지를 데리고 왕성에 갔다 올게!"

아버지는 나를 안아 든 채 마차로 향했다.

"아버지, 항상 들고 다니는 제 핸드백 좀 가져다주세요."

내가 부탁하자 눈치 빠른 시녀 케이트가 나에게 핸드백을 건
넸다.

"고마워, 케이트."

나는 새로운 포션을 핸드백에 넣고 어깨에 걸쳤다.

나와 아버지는 마차를 타고 서둘러 왕성으로 향했다. 그리
고 그 마차 안에서 아버지에게 제1왕자 전하가 지효성이지만
강력한 독에 중독되어 생명이 위태롭다는 이야기를 들었다.

마차에서 내려 전하의 방까지 가야 하는데, 왕자 전하의 방은 왕성 안쪽 깊은 곳, 즉 왕가 사람의 주거 공간에 있기 때문에 거리가 상당히 멀었다.

"데이지의 다리를 보니 뛰게 하는 것도 미안하구나."

아버지는 그렇게 말하며 나를 한 팔로 휙 들어 올리더니 빠르게 목적지인 방까지 달렸다.

"마도사단 부 마도사장인 프레스라리아 자작이다. 폐하께 '약을 가져왔다'고 전해 주겠나?"

아버지는 방 앞에 있는 병사에게 전언을 부탁했다. 병사는 문을 노크하고서 방 안에 들어가 아버지의 용건을 전했다. 그러자 바로 폐하가 허가를 내리는 소리가 들렸고 우리는 방 안으로 들어갔다.

"오오, 데이지! 약을 가져왔다는 게 진짜인가?"

폐하는 생사의 경계를 헤매는 자신의 어린 아이를 앞에 두고 지푸라기라도 잡는 듯한 모습이었다.

"네, '강력 해독 포션'을 만들어 왔습니다. 감정한 결과, 모든 독에 효과가 있다고 합니다."

나는 인사를 하고 핸드백 안에서 그 포션 병을 꺼내 폐하에게 건넸다.

"하인리히를 불러라. 의심하는 건 아니지만 만일을 위해 지금 당장 감정시키겠다."

폐하는 나에게서 포션 병을 받아들더니 바로 병사에게 명령했다. 병사는 인사를 하고서 빠르게 그 자리를 뒤로했다

머지않아 하인리히가 서둘러 방으로 찾아왔다.

"감정을 요청하신 게 어떤 물건입니까?"

"이것이다."

폐하가 하인리히에게 병을 건넸다.

그러자 하인리히는 그 병을 가만히 바라보더니 폐하에게 결과를 알렸다.

"이 포션은 어떤 독이든 해독한다고 나와 있습니다!"

하인리히는 믿기지 않는다는 표정이었다. 그거야 그렇겠지, 왜냐하면 입수 못 하리라 여겼던 게 눈앞에 있으니까.

"폐하, 그걸 전하에게 먹이시지요!"

연로한 궁정 의사가 폐하에게 진언했다. 폐하는 음, 하고 고개를 끄덕이고서 그 포션을 의사에게 맡겼다.

포션 병을 받아든 의사가 뚜껑을 열고 침대에 누워 계신 왕자 전하에게 다가갔다. 그리고 양 볼을 손으로 잡고 입을 벌린 뒤 조금씩 포션을 흘려 넣었다.

"전하, 괴로운 게 나으실 겁니다. 삼키십시오."

의사가 그렇게 말하자, 전하가 순순히 꿀꺽꿀꺽 약을 삼켰다. 그러자 보랏빛으로 변했던 안색이 아직 조금 불그스름하긴 해도 정상적인 피부색을 되찾아 갔다. 그러나 전하는 아직도 얼굴을 찌푸리며 복부 통증을 호소했다. 그리고 괴로운 듯이 숨을 가쁘게 내쉬었다.

어라? 이 약으로 안 낫는다고……?

나는 솔직히 감정을 전적으로 믿었던 만큼 자신이 있었다.

그런데 왜 안 낫는 거지? 나는 혼란에 빠졌다.

"아버지……."

내가 뭔가 잘못한 걸까? 나는 불안해서 아버지의 옷자락을 꽉 붙잡았다. 아버지는 내 손을 감싸고 단단히 움켜쥐었다.

"어찌 된 것이냐, 왜 안 낫는 거지?!"

폐하는 초조한지 의사에게 거칠게 물었다.

"폐하, 진정하십시오. 독은 이제 괜찮습니다."

의사는 초조해하는 폐하를 말로 달랬다.

"전하, 잠시 배 좀 만지겠습니다."

그렇게 말한 의사는 전하의 배 주변을 울퉁불퉁한 손가락으로 세세히 누르며 전하가 아파하는 부분을 찾았다. 복부 중앙 근처의 부드러운 부분을 의사의 손가락이 누르자, 전하가 얼굴을 크게 찌푸렸다.

"뭔가 알아냈나!"

폐하의 질문에 의사는 고개를 끄덕였다.

"전하의 몸이 한동안 독에 노출되어 있었기 때문에 위에 상처가 난 상태입니다. 그 상처를 하이 포션으로 치료하면 완쾌될 것입니다."

의사가 고개를 숙이며 진단했다. 그 말에 폐하와 왕비 전하는 한 줄기 희망이라도 본 것처럼 안심한 표정을 지었다.

"어서 치료하거라."

폐하는 의사에게 그렇게 전하고서 땀에 젖어 이마에 달라붙은 왕자 전하의 앞머리를 양쪽으로 부드럽게 치워 주었다.

"물론입니다."

의사는 조수에게 부탁해 하이 포션을 받아 들고 전하의 입가에 하이 포션을 천천히 흘려 넣었다. 순순히 하이 포션을 마신 전하는 이윽고 호흡이 깊고 평온해졌고 희미하지만 뺨에도 혈색이 돌아왔다.

살며시 눈을 뜬 전하가 주위를 둘러보았다.

"아, 버지, 어머, 니……."

전하가 그렇게 말하며 팔을 뻗자, 그 손을 왕비 전하가 움켜쥐며 왕자 전하를 끌어안았다.

"윌리엄, 다행이야……. 한때는 어떻게 되나 했는데……."

왕비 전하는 둘도 없는 자신의 아이가 목숨을 구했다는 사실에 눈물을 흘리며 주저앉았다. 국왕 폐하는 그런 왕비 전하의 등을 부드럽게 어루만지며 달랬다. 나도 도움이 돼서 안도의 한숨을 내쉬었다.

"궁정 의사 머들러와 연금술사 데이지. 이번에 우리 아들을 위해 노력을 다한 것에 한 명의 아버지로서 진심으로 감사한다."

그 말에 의사와 나는 "과분한 말씀이십니다."라고 대답하며 고개를 숙였다.

◆

월리엄 왕자 전하의 몸 상태가 진정된 뒤, 나와 아버지는 국왕 폐하에게 별실로 호출받았다. 방에는 세 명뿐이었다. 방

크기도 작고 소수 인원용 테이블 세트만 있는 방이었다.

"지금부터 하는 이야기는 발설하지 말아 주게."

제일 먼저 폐하의 입에서 나온 비밀 유지 요청에 우리는 다시 한번 몸을 긴장시켰다.

……나와 아버지에게만 할 이야기라니 뭘까…….

"데이지, 자백제를 만들 수 있는가?"

국왕 폐하가 나에게 물었다.

"자백, 제……?"

처음 들어보는 단어에 나는 고개를 갸웃거렸다. 그때, 아버지가 나도 이해하기 쉽게 설명하셨다.

"질문에 솔직하게 대답하게 만드는 약이야."

국왕 폐하께서 말씀하시길, 이번에 왕자 전하에게 독을 먹인 범인이 누군지 대강 짐작은 가지만 결정적인 증거가 없어서 도마뱀의 꼬리를 자르는 데에 그쳤다고 한다. 그래서 흑막인 진범을 붙잡지 못했다는 듯했다.

이번에는 지효성 독이었기에 늦지 않았지만 강한 즉효성 독을 사용한다면 손 쓸 새가 없을지 모른다. 그래서 왕자 전하의 신변 보호를 위해 짐작이 가는 사람에게 자백제를 써서 붙잡고 싶다는 이야기였다.

'자백제'라는 이름은 아니지만 분명 그런 게 있었던 듯한데.

"선물 받은 연금술 책에 비슷한 게 있었던 것 같은데 아마 재료가 부족할 듯합니다."

나는 현재 답변할 수 있는 범위 내에서 답변했다. 그 답에 국왕 폐하는 음, 하고 이렇게 대답하셨다.

"확실히 바로 대답할 수 있는 건 아니지. 집으로 돌아가 확인한 뒤 답을 주겠나."

폐하는 그렇게 말씀하셨다.

"그건 그렇고 오늘 일의 답례를 해야겠지. 확인해 보게."

국왕 폐하가 가슴 주머니에서 아름다운 연보라색 천으로 된 작은 자루를 꺼내 내 앞에 내밀었다.

"실례하겠습니다."

아버지가 나를 대신해 내 앞에 놓인 자루를 정중히 받아들고서 나에게 보여 주듯이 내용물을 손바닥 위에 털었다.

……그 안에는 백금화 한 닢이 들어 있었다.

아버지가 허억, 하고 숨을 들이켰다.

나는 난생처음 보는 금속 화폐를 흥미로운 눈빛으로 뚫어져라 쳐다보기 바빴다. 뭔가 대단해 보이는 금화네.

"폐하, 아무리 그래도 포션비치고는 다소 많은 것 같습니다만……."

아버지의 이마에 식은땀이 한 줄기 흘렀다.

아버지의 말에 국왕 폐하는 아니, 하고 고개를 저었다.

"오늘 쓴 포션에 그 가격을 매겨 지불한 게 아닐세. 한 사람의 아버지가 자식의 목숨을 구해 준 대가로 지불하는 사례금이라고 생각하게."

이렇게까지 말씀하시는데 거절하는 것도 실례다.

"감사히 받겠습니다."

아버지는 그렇게 인사하고서 백금화를 다시 자루 안에 넣고 그걸 가슴 주머니에 집어넣은 다음 나에게 이렇게 말씀하셨다.

"아무리 그래도 이런 거금을 데이지가 들고 다니는 건 너무 위험해. 안전한 곳에 보관할 때까지 아빠가 맡아 두마."

나는 여전히 그 화폐의 가치를 몰랐지만 굉장한 금액이라는 건 알 수 있었다. 그래서 아버지에게 순순히 네, 하고 고개를 끄덕였다.

나에게는 한 가지 더 마음에 걸리는 점이 있었다. 왕자 전하가 목숨을 건지기는 했지만 범인이 아직 잡히지 않았다. 전하가 완전히 안전한 것은 아니리라.

"폐하, 수많은 호의에 감사드립니다. 하나 오늘은 왕자 전하가 무사하셨다지만 만일의 경우가 있을지 모릅니다. 폐하의 호의 때문은 아니지만, 제가 오늘 드린 '강력 해독 포션'을 한 병 더 가지고 왔으니 받으세요. 필요 없기를 바라지만……."

나는 그렇게 말하며 폐하께 '강력 해독 포션'을 내밀었다.

폐하는 눈을 내리깔며 나에게 인사했다.

"배려에 감사하마."

그리고 나와 아버지는 방에서 나와 왕성에서 자택까지 마차를 타고 돌아갔다.

귀가한 나는 국왕 폐하께 의뢰받은 '자백제'를 '연금술 교본'을 넘겨 찾아보았다.

"말하게 만드는 약, 이라……."

어딘가에 그런 약이 있었던 것 같은데 막상 찾으려니까 좀처럼 안 보이네.

"애초에 그런 이름이 아니었을 텐데."

나는 으음, 하고 끙끙거리며 책 위에 엎드렸다. 그리고 엎드린 채 중얼거렸다.

"말하게 만드는 약, 말하게 만드는 약, 말하게 만드는 약, 말하게 만드는 약, 말하게 만드는…… 아!"

이름이 생각났다!

'마라게만드네' 였어!

나는 서둘러 그 페이지를 찾아보았다. 그리고 머지않아 해당 페이지를 발견했다.

'말해라 버섯' 과 '모두초 뿌리'. 이 두 가지 식물과 물, 마석이 있으면 돼!

나는 이 정보를 메모하고 서둘러 아버지를 찾아 방에서 나왔다. 저택 안을 둘러보니 아버지는 거실 소파에 앉아 계셨다. 나는 재빠르게 다가가 바로 보고했다.

"아버지, 찾았어요! '마라게만드네' 라는 약이에요! '말해라 버섯' 과 '모두초 뿌리' 가 있으면 만들 수 있어요!"

흥분해서 보고하는 나에게 아버지가 무릎을 탁탁 두드리며 "여기 앉으려무나." 라고 말씀하셨다. 나는 아버지가 시키신 대로 아버지 무릎 위에 앉았다.

"데이지, 잘 듣거라. 그 약을 사용해서 범인이 전하께 독을 먹였다는 걸 말하고 나면 어떻게 될 것 같니?"

아버지는 나를 무릎 위에 올려놓고서 끌어안으며 천천히 물었다.

"아마 체포되겠죠……."

그렇게 대답하고 나서야 깨달았다.

이 약은 누군가가 행복해지는 약이 아니라는 사실을.

"아버지, 이 약으로 왕자 전하의 신변은 안전해질지도 몰라요. 하지만 전하를 해치려 했던 사람은 체포돼서…… 처벌받겠죠?"

나는 아버지의 눈동자를 지그시 바라보며 물었다.

"그렇겠지. 아마 사형을 선고받을 수도 있고…… 아무리 낮은 형벌이라고 해도 영구히 유폐될 거다."

나는 조용히 고개를 끄덕였다.

"그렇게 될 걸 알고서도 데이지는 그 약을 만들 수 있겠니? 무리라면 못 만들겠다고 해도 돼. 아빠가 폐하께 어떻게든 잘 말씀드리마."

내가 만든 약으로 폐하께 사형을 선고받을지도 모르는 사람이 생긴다……. 나에게는 아주 충격적인 일이었다.

하지만 그 순간, 달콤한 빵을 헌상했을 때 전하가 지었던 순진무구한 미소가 떠올랐다. 그 죄 없고 나와 같은 나이의 전하를 해치려 한 사람이 어딘가에 있다니. 그건 싫어…….

국왕 폐하의 아들로 태어났다는 이유만으로 그런 괴로운 일을 몇 번이나 겪다니 불쌍하잖아. 아무런 죄도 없는데 죽을지도 모른다니 너무 가혹해.

"아버지, 저는, 약을 만들 거예요……. 전하의 미소를……

지키고 싶어요. 그로 인해 누군가가 벌을 받는다 해도."

나는 그렇게 대답하고서 입을 꾹 다물었다.

"그러니."

아버지는 나를 힘껏 끌어안으며 내 몸에 얼굴을 묻었다.

'마라게만드네'를 만들 수 있다는 이야기와 '말해라 버섯' 과 '모두초'가 필요하다는 이야기가 아버지를 통해 폐하께 전달되었다.

◆

그렇게 나라 이면의 복잡한 사정에 휘말렸을 무렵, 나는 여덟 살 생일을 맞았다.

생일날 아침, 잠에서 깬 나는 내가 자고 있던 침대 옆에 커다란 늑대(?) 한 마리가 엎드려 있는 것을 발견했다. 온몸을 감싼 체모는 은백색, 눈동자는 에메랄드색. 그리고 이마 중앙에도 세로로 긴 타원형 에메랄드가 박혀 있었다. 몸길이는 어른 키만큼 되어 보였다.

크다……. 그런데 왜 무섭지가 않지?

"너는 누구야?"

나는 말을 걸어 보았다. 그러자 그 늑대(?)는 느릿느릿 고개를 들더니 엎드린 몸을 일으켜 앉은 자세로 바꿨다.

"저는 식물의 정령의 나무 밑에서 태어나고 자란 권속인 성수(聖獸) 펜릴입니다. 식물의 정령왕님의 명령을 받고 데이지

님을 수호하고자 파견되었습니다."

펜릴은 그렇게 말하며 나를 향해 천천히 고개를 숙였다.

눈동자와 이마의 보석이 정말 아름답다. 털도 어쩜 이렇게 윤기가 날까! 그리고 성수라고 하면 그 전설의 성스러운 존재 맞지? 그 다정한 정령왕님이 나를 위해 파견하셨다고……?

나는 놀람과 동시에 정령왕님의 배려에 마음이 따뜻해졌다.

잠깐…… 감상에 젖을 게 아니라 일단 아버지와 상담부터 해야지. 몰래 키울 만한 크기가 아니잖아!

나는 펜릴을 데리고 저택 안에 계실 아버지를 찾아 걸었다. 아버지는 마침 정원이 보이는 거실 테라스 근처에서 쉬시는 참이었다.

"어어, 데이지. 그 친구는 어떻게 된 거니?"

아버지가 펜릴의 크기에 주춤거렸다. 그러자 펜릴은 나에게 했던 설명을 아버지에게도 똑같이 했다.

"과연……. 하지만 성수인 건 숨기는 편이 좋겠구나. 정령 왕님이 '총애하는 아이'라는 걸 들킬지도 모르니까."

아버지는 으음, 하고 팔짱을 끼고서 고민에 잠겼다.

"성수 펜릴 님, 몹시 송구하오나 대외적으로 데이지의 종마 (從魔) 늑대라고 해도 괜찮겠습니까?"

아버지는 무릎을 꿇고 시선을 펜릴과 같은 높이로 맞추고 물었다. 펜릴은 천천히 고개를 끄덕였다.

"나의 사명은 정령왕님께서 총애하시는 아이를 수호하는 것. 그러기 위한 방편이라면 전혀 개의치 않는다. 마음대로 하거라."

"감사합니다. 한 가지 더, 이 나라에는 마수와 종마를 구별하기 위해 종마는 목에 종마의 증표를 차야 한다는 법이 있습니다만, 그것도 이해해 주시길 부탁드립니다. 그걸 차면 데이지의 곁에 계실 수 있을 겁니다."

펜릴이 알겠다고 말하듯이 고개를 끄덕였다.

"그건 그렇고……."

그렇게 말하더니 펜릴이 펑 하는 소리를 내며 강아지 모습으로 변했다.

"나는 이렇게 작은 모습으로 변할 수도 있다만 평소에는 이 모습으로 있는 게 나은가?"

우와, 귀여워! 나는 크게 고개를 끄덕였다.

"그렇다고 합니다……."

아버지가 웃으며 펜릴에게 대답했다.

"있잖아, 너 이름이 뭐야?"

나는 강아지 모습으로 변한 펜릴을 안아 들며 물어보았다.

"저에게 이름은 없습니다."

강아지가 고개를 휘휘 저었다. 이름이 없다니 불쌍한걸.

"으음, 그럼 뭐가 좋으려나. 식물 정령의 동료니까……."

고민하던 나는 펜릴의 이마에 박힌 초록색 보석이 잎처럼 보이는 것을 깨달았다.

"리프는 어때?"

강아지는 그 반짝거리는 눈을 빛내더니 기쁜 듯이 내 **뺨**에 코끝을 문질렀다.

이걸로 결정이다!

나는 멋진 생일 선물을 받았다.

그리고 얼마 후, '마라게만드네'의 재료 채집 일정이 정해졌다.

폐하로부터 지시가 내려와서 왕궁 기사단에서 기사 세 명, 마도사단에서 마도사 두 명과 회복사 한 명이 뽑혔다. 물론 그 안에는 아버지도 있었다. 그 사람들은 말을 타고 갔다.

나와 펜릴 모습으로 돌아온 리프도 함께 가기로 했다. 채집할 재료의 진위와 품질을 내 눈으로 직접 확인하고 싶어서다. 나는 말이 아니라 리프를 타고 갔다.

리프는 변신에 따른 크기 차이에도 대응하는 마도구 타입의 종마의 증거를 찼다. 내가 타기 쉽게 안장도 달았다. 손으로 털을 붙잡으면 아플 테니 불쌍하잖아.

나는 마법을 쓰는 연금술사기 때문에 충격 내성과 마법 효과 내성이 달린 헐렁한 어린이용 로브와 얇은 승마용 바지를 입었다. 그리고 항상 포션을 넣어 다니는 핸드백을 어깨에 멨다.

아버지는 처음에 날 데려가기를 주저했다. 하지만 정령왕님이 리프를 보내신 것도 있어서 내 신변에 관한 고민을 덜었는지, 나도 함께 갈 수 있게 되었다.

조사 결과, '말해라 버섯'은 왕도 남동쪽 오크의 숲에 '모두초'는 왕도 남서쪽 오르케니아 초원에 있다는 것을 파악해서 목적지도 정했다.

일행의 리더는 아버지였다.

"먼저 오크의 숲부터 간다. 여러 마리의 오크가 나타나서 혼전이 벌어질지 모르니 긴장을 늦추지 말게!"

아버지가 지시하자 일행이 "예!" 하고 대답했다.

"출발!"

아버지의 호령에 일행은 우선 오크의 숲을 향해 달리기 시작했다.

기사들을 선두로 우리 일행은 왕도 남동쪽에 있다는 오크의 숲으로 전진했다. 파란 하늘이 드넓게 펼쳐졌고 그 아래에는 초록색으로 무성한 초원과 외길이 끝없이 이어졌다. 왕도에서는 전혀 느낄 수 없는 해방감에 나는 크게 기지개를 켰다.

그때, 아버지가 내 옆으로 다가와 말을 걸었다.

"데이지는 분명 물 마법을 써서 얼음을 다룰 수 있었지?"

"네."

나는 리프를 타고 달리며 그 부드러운 털 위에서 대답했다.

"그럼 마수가 나타났을 때는 일단 얼음으로 다리를 노려서 발을 묶어 주면 고맙겠구나. 기사단 사람들이 대응하기 쉽게 말이야."

그러고 보니 난 마법을 어떻게 사용할지는 생각한 적 없었네. 누군가와 같이 싸우면 그 사람들이 싸우기 편하게 돕는 것도 중요하니까. 나는 고개를 끄덕이고서 머릿속에 새겨 넣었다.

"그리고 마법의 종류는 상관없지만 노리려면 다리 힘줄을 자르는 것도 좋아. 상대의 움직임을 막으면 이쪽의 안전도가 현격히 올라가거든."

나는 네, 하고 고개를 끄덕였다.

"그리고 공격할 때는 상대의 미간이나 목, 심장이 있는 곳을 노리면 효율적으로 해치울 수 있어."

그렇게 아버지에게 마도사의 전투 방식과 기사단 사람과의 연계 방식을 배우며 전진했다. 아버지의 가르침은 무척 공부가 되었다.

그동안에 길 끝에 울창하게 펼쳐진 숲이 보이기 시작했다.

"저곳이 오크의 숲이야."

아버지가 손가락으로 가리키며 알려 주셨다.

"오크는 단독으로 있으면 그다지 무서운 마물이 아니지만 무리를 짓는 습성이 있어. 거대한 무리에는 오크 킹을 필두로 오크 제너럴, 하이 오크 같은 상위종이 있지. 그렇게 되면 상당히 힘든 전투가 될 거다. 그러니 가볍게 보지 말거라."

나는 숲에 도착하기 전까지 오크의 생태를 배웠다.

드디어 숲의 입구에 도착했다. 말을 탄 사람들은 말에서 내려 고삐를 나무에 고정했다.

나는 리프와 함께 사람들에게 둘러싸여 한가운데에서 지켜지듯 걸어갔지만 그럴듯한 버섯은 좀처럼 안 보였다.

그때, 앞쪽에서 서성이는 오크 두 마리가 보였다. 그중 한 마리는 도망치고 한 마리는 이쪽으로 다가왔다.

"이야아압!"

앞서가던 기사 중 한 명이 오크의 목을 깔끔하게 벴다. 베인 머리가 땅바닥으로 데굴데굴 굴러떨어졌다.

"한 마리가 안쪽으로 도망쳤습니다. 지원군을 부르러 갔을 지도 모르니 경계해 주십시오."

기사가 전원에게 그렇게 전하자 모두가 고개를 끄덕이며 주변을 경계했다.

'아, 말해라 버섯이 피어 있어!'

발밑을 보고 그렇게 생각했을 때였다.

"전방에서 옵니다! 넷, 다섯…… 오크 세 마리에 하이 오크 두 마리입니다!"

그 말에 모두가 경계 태세에 들어갔다.

"아이스 스톰!"

나는 오크 무리의 발밑을 향해 빙결 마법을 발사했다. 그러자 오크들의 다리가 얼어붙어 걸음을 멈췄다.

"감사합니다!"

기사들이 감사 인사를 하며 오크를 공격했다. 두 기사는 각자 한 마리씩 깔끔하게 오크의 목을 벴다.

"에어 커터!"

"에어 커터!"

아버지가 하이 오크 한 마리의 목을, 다른 마도사가 마지막 오크 한 마리의 목을 갈랐다.

남은 건 하이 오크 한 마리다.

리프가 그 오크에게 달려들어 목을 물어뜯었다.

"끝났나!"

아버지가 모두에게 주변을 확인하라고 지시했다.

그런데…….

"안쪽에서 오크 제너럴 세 마리가 옵니다!"

"저게 세 마리나 있으면……."

"뒤쪽에 킹이 있겠다고 생각하는 편이 좋겠죠."

하이 오크보다 훨씬 크고 검을 찬 오크가 다가왔다.

"아이스 스톰!"

아마 저놈들은 바로 전 놈들과는 비교도 안 되게 강할 것이
다. 아까와 같은 마법이지만 잠시 마력을 모아서 위력을 높인
뒤에 발사했다.

두 마리는 발을 묶는 데에 성공했지만 한 마리를 놓쳤다.

"잘했다, 데이지! 에어 커터!"

아버지가 그렇게 말하며 내가 놓친 한 마리의 다리 힘줄을
갈랐다. 쿠궁, 하는 소리를 내며 오크 제너럴이 제자리에 쓰
러졌다.

즉시 두 기사가 쓰러진 한 마리의 미간에 검을 꽂아 넣었고
발이 묶여서 가만히 선 다른 한 마리의 머리를 베었다. 머리가
꿰뚫린 오크에게서 검을 빼앗아 든 기사가 몸을 돌려서 남은
한 마리의 숨통을 끊으려 할 때였다.

깡!

무거운 금속끼리 부딪치는 둔탁한 소리가 들려왔다. 육중한

검의 충격에 기사가 커헉, 하고 피를 토하며 쓰러졌다. 그곳에는 자신의 무리가 유린당해 분노로 눈이 벌게진 오크 킹이 서 있었다. 방금 그 공격은 오크 킹이 내리친 것이었다.

회복사가 곧장 쓰러진 기사에게 회복 마법을 걸었다.

"하이 힐!"

그러자 쓰러졌던 기사가 검으로 몸을 지탱하며 일어섰다.

오크 킹과 얼어붙었던 다리를 회복한 오크 제너럴 두 마리를 가운데에 두고 서서 우리는 작은 틈을 찾듯이 서로를 노려보았다.

그때, 리프가 나에게 속삭였다.

"저놈들을 향해 '장미 채찍' 이라고 외치세요."

나는 리프의 말대로 오크 킹과 오크 제너럴을 향해 한 손을 내밀며 외쳤다.

"로즈 윕!"

그러자 갑자기 땅속과 나무줄기에서 가시덩굴이 기세 좋게 뻗어 나와 오크 킹과 오크 제너럴의 몸을 포박했다. 오크들은 저항하려는 듯이 검을 휘둘렀지만 아무리 잘라도 새로운 덩굴이 계속해서 덮쳤다. 그리고 날뛰면 날뛸수록 포박이 더욱 거세졌다. 이윽고 서 있을 수 없게 된 오크들이 쿵, 쿠궁 하는 땅울림 소리를 내며 쓰러졌다.

"정말 대단한 마법이로군요……."

기사가 안심한 표정으로 저항 못 하게 된 오크를 내려다보며 완벽하게 포박된 모습에 감탄했다.

"흙 마법의 일종이에요."

나는 그런 걸로 해 두기로 했다. 아마 식물의 정령과 관련된 마법이겠지.

"이 마법이 없었다면 더 고전했을 겁니다."

두 기사는 그렇게 말하며 각자 마무리 일격을 가해 오크의 숨통을 끊었다. 그러자 덩굴이 스르륵 풀리더니 곧이어 땅속과 나무줄기로 돌아가 사라졌다.

우리는 오크와 전투하는 동안 발견한 '말해라 버섯' 중 품질이 좋은 몇 개를 채집하고 다음 목적지로 향했다.

왕도 남동쪽 오크의 숲을 나와서 다시 도로를 따라 이번에는 서쪽 오르케니아 초원으로 말을(나는 리프를) 타고 이동했다.

그런데 그때, 전방의 도로 옆 숲에서 오우거에게 습격당한 마차와 그것을 지키려 고전하는 모험가들이 보였다. 오우거는 길을 잃고 숲 밖으로 나온 걸까?

"가세할까요?"

기사가 아버지에게 물었다.

"당연하지, 간다!"

아버지가 호령하자 모두가 그 마차를 구하기 위해 온 힘을 다해 말을 채찍질했다. 리프도 같이 달렸다.

"데이지 양, 아까 그 포박하는 흙 마법을 쓰실 수 있을까요?"

기사가 나를 돌아보며 물었다.

나는 크게 고개를 끄덕였다.

"해 볼게요!"

그러자 리프가 속도를 살짝 높였다. 오우거 세 마리에 모험가 네 명. 부상자도 있는 모양이라 모험가들이 밀리는 기세였다.

오우거가 마법의 사정거리 안에 들어왔다.

"저도 돕겠습니다! 로즈 윕!"

한 손으로 리프의 고삐를 있는 힘껏 쥐고서 다른 쪽 손으로 오우거를 향해 마법을 발사했다.

땅속에서 수백 개나 되는 가시덩굴이 자라나 세 마리의 오우거를 덮쳤다. 오우거 무리는 새로운 방해꾼을 제거하려고 덩굴에 달려들었지만 아무리 잘라도 수를 늘리며 공격했다. 이윽고 오우거 무리는 가시덩굴에 칭칭 감긴 채 모두 땅 위로 쓰러졌다.

갑자기 지금까지의 위기 상황에서 벗어난 모험가들이 멍하니 서 있었다.

아니…… 가만히 있지 말고 해치워야죠!

그 후에 달려온 기사들이 오우거의 목을 깔끔하게 벴다. 기사들은 마물을 안전하게 토벌해서 기쁜 듯했다.

"와우, 이런 원정이라면 언제든지 대환영이지."

"데이지 양, 기사단에 들어오지 않겠습니까?"

설마 입단을 권유받을 줄은 몰랐는데……!

"안 돼요! 저는 연금술사 아틀리에를 열기로 했단 말이에요!"

나는 입단 권유를 정중하게 거절했다. 우리가 그렇게 수다를 떨거나 말거나 회복사 언니는 다친 모험가를 치료했다.

그때, 철컥 하는 소리와 함께 마차의 문이 열리더니 안에서 풍채가 좋고 부유한 차림새의 중년 남자와 여자가 내렸다, 그리고 마차에서 내려오지는 않았지만 안에는 여자아이로 추정되는 인영이 보였다.

"저는 왕도에서 장사를 하고 있는 올리버라고 합니다. 저희를 구해 주셔서 진심으로 감사드립니다. 안에 딸도 있는데 다리에 약간 문제가 있어서 마차에서 내리기 곤란한 까닭에 인사 못 드리는 점을 사죄드립니다."

상인 남녀가 우리 일행에게 고개를 숙였다.

"인사는 이 아가씨께 해. 오우거를 포박한 건 이분이니까."

기사 중 한 명이 그렇게 말하며 화제를 나로 돌렸다.

"이 귀여운 아가씨가 말입니까? 이 나이에 그런 마법을 사용하시다니 천재라는 게 정말 실재했군요! 아가씨 구해 주셔서 정말 감사합니다."

올리버 씨가 나에게 깊이 고개를 숙였다. 나는 쓴웃음을 지으며 아니에요, 하고 멋쩍어할 따름이었다.

"아! 그렇지. 아가씨, 잠시만 기다리십시오."

올리버 씨는 그렇게 말하더니 마차 안으로 들어가 바스락거리더니 돌아왔다.

"아가씨에게 드리기에는 보잘것없는 물건이지만 감사의 의미로 이걸 받아 주셨으면 합니다."

올리버 씨가 내민 건 작은 꽃 모양 아쿠아마린에 작은 잎 모양 페리도트가 옆에 달린 귀여운 머리 장식이었다. 정말 받아도 되나……?

아버지 쪽을 보며 눈빛으로 받아도 되냐고 물었다. 아버지는 고개를 끄덕였다.

우리 부대는 한 나라의 군대로서 파견된 것이 아니다. 어디까지나 대외적으로 채집이 필요한 '한 연금술사의 호위'로서 파견된 멤버다. 조그마한 감사의 마음까지 거절할 정도로 엄하지는 않은 모양이었다.

"그럼 감사히 받겠습니다. 무척 귀여운 머리핀이라 마음에 들어요."

아버지가 허락하자 나는 그 작고 귀여운 머리핀을 웃으며 받아들고서 감사를 전했다.

잠시 후 올리버 일행을 지키는 모험가들의 회복이 끝나서 우리는 그 사람들에게 작별 인사를 하고 다시 서쪽으로 나아갔다.

결국 오르케니아 초원에서는 마물과 조우하지 않고 채집에 전념할 수 있었다. 그 결과 머지않아 '모두초'를 발견했다.

'모두초'는 잎과 열매에 독성이 있는 식물이다. 그래서 풀 플레이트 아머를 장비한 기사들에게 그걸 뽑아 달라고 부탁해서 뿌리를 채집했다.

이렇게 필요한 재료를 모두 모았다.

◆

나는 우리 나라 기사들과 채집을 마치고 집으로 돌아왔다. 그런데 그때, 마침 주방으로 향하던 미나와 마주쳤다.

"어서 오세요, 데이지 아가씨."

미나가 공손히 인사하며 나를 맞았다.

마음이 정리될 때까지는 우리 집의 손님이었던 미나는 '데 니쉬'를 같이 만든 뒤로 틈만 나면 주방을 견학하러 들어갔다. 그 결과 미나는 사용인이 되어 우리 집 주방에서 일하는 걸 선택했다. 방도 빈 사용인 방으로 옮겼고 지금은 견습부터 시작해 주방에서 일한다.

덧붙여서 미나는 내가 아틀리에를 열 때까지 밥과 마리아에게 열심히 배워서 장래에 내 곁에서 요리사로 일하고 싶다고 했다. 나는 요리를 못 하니까 정말 고마운 제안이야!

현재 마커스와 미나, 그리고 리프가 나를 따라온다고 했다. 나중에 셋이서 장래의 아틀리에 이야기를 나누고 싶은걸.

나는 미나와 헤어진 뒤에 내 방에 가서 옷을 갈아입고 '마라게만드네'를 만들고자 실험실로 이동했다. 참고로 평범한 영애라면 시녀가 옷 갈아입는 걸 도와주지만, 나는 독립이 전제라서 훈련할 겸 내 일은 최대한 스스로 하기로 했다.

실험실에 들어갔다.

'말해라 버섯'과 '모두초 뿌리'. 두 가지 재료를 늘어놓고 만드는 순서를 생각했다.

중요한 약이니까 신중하게 만들어야겠지.

그러기 위해 전에 '강력 해독 포션'을 만들었을 때처럼 재료에서 진액을 추출한 다음 섞기로 했다. '버섯'을 재료로 다루는 건 처음이라서 추출 온도는 감으로 찾아야 한다.

지난번 걸쭉한 녹색 산업 폐기물을 계기로 재료를 한꺼번에 전부 집어넣었던 지금까지의 방식이 운 좋게 잘되긴 했지만 조금 조잡했을지도 모른다고 반성했다.

우선 '말해라 버섯' 부터다.

잘게 다져서 약간의 물과 함께 비커에 넣고 가열했다.

[말하고 싶어지는 진액???]

분류: 약품 재료

품질: 저품질(-3)

세부 사항: 성분이 추출되지 않았다.

시간이 조금 지나자 비커 유리면에 작은 기포가 생기더니 기포가 점점 커졌다. 그리고 기포가 보글거리며 수면 위로 올라오기 시작했다.

[말하고 싶어지는 진액]

분류: 약품 재료

품질: 저품질(-1)

세부 사항: 성분이 약간 녹아들기 시작했다.

이제 이 온도가 유지되게 가열기를 조정하면…….

[말하고 싶어지는 진액]

분류: 약품 재료

품질: 고품질

세부 사항: 성분이 충분히 녹아들었다.

잠시 가열을 계속하니 진액이 제대로 추출됐다!

버섯도 높은 온도엔 약한가 보네. 일단 한쪽 진액은 완성했어.

다음은 '모두초 뿌리'를 잘게 다져 물과 함께 비커에 넣었다.

[유도 진액???]

분류: 약품 재료

품질: 저품질(-3)

세부 사항: 성분이 추출되지 않았다.

시간이 조금 지나자 기포가 서서히 커졌다. 그리고 예상한 대로 끓기 직전까지 가도 상태가 안 변했다. 재료가 뿌리일 때는 끓여야 성분이 잘 녹아드는 걸까? 나는 다음 실험에 참고하기 위해 노트에 메모했다.

그러는 사이에 물이 끓기 시작했다.

기포가 보글보글 일어나는 물속에서 잘게 다진 '모두초 뿌리'가 춤췄다.

좋아, 역시 끓여도 괜찮구나! 그럼 이대로 계속 끓이면…….

[유도 진액]

분류: 약품 재료

품질: 고품질

세부 사항: 성분이 충분히 추출되었다.

잠시 푹 삶으니 진액이 제대로 추출됐다.

좋아…… 두 번째 진액도 완성했어!

그럼 마지막 순서로 마석을 이용해서 두 진액을 반응시키자. 말하고 싶어지는 진액 안에 마석을 넣고 열기가 많이 식은 유도 진액을 추가해서 조심스레 섞었다.

[마라게만드네?]

분류: 약품

품질: 저품질(-3)

세부 사항: 여러 성분이 반응하지 못하고 있다.

온도를 유지해도 반응에 진전이 안 보여서 신중하게 온도를 올렸다. 역시 끓이기 전까지는 품질 저하가 없어서 거기까지 온도를 올리고 유지했다.

[마라게만드네]

분류: 약품

품질: 저품질(-2)

세부 사항: 여러 성분이 반응하기 시작했다.

좋아, 품질이 오르고 있어. 이대로 가면 될 거야.

나는 막대를 천천히 휘저었다.

그러자…….

[마라게만드네]

분류: 약품

품질: 고품질

세부 사항: 마신 양에 따라 일정 시간 동안 약을 먹인 상대를 호의적으로 느끼고 솔직하게 말하게 만드는 약. 악용해서는 안 된다.

'악용해서는 안 된다'…….

그래, 나는 그런 약을 만들었다. 만들고 말았다.

확실히 나는 전하의 미소를 지키려고 약을 만들기로 했다. 그로 인해 누군가가 희생된다 해도 그때는 그게 옳다고 생각했으니까.

하지만 실제로 약을 만들고 나니 그 사실에 발이 얼어붙어서 몸이 안 움직였다.

연금술사가 '옳은 일'을 하려고 만든 것이지만 제작자의 의도와는 상관없이 사용자가 악용할 때도 있다.

그리고 나에게는 이런 양면성을 지닌 약을 만들 '힘'이 있다는 사실을 처음으로 깨달았다.

처음으로 내 이 '힘'이 무섭게 느껴졌다.

나는 이 두려운 감정을 마음속 어딘가에 소중히 넣어두기로 했다.

'마라게만드네'는 아버지를 통해 국왕 폐하께 전달했다.

머지않아 유력 귀족이 왕가 살인 미수 혐의로 붙잡혔다는 소식이 들려와서 온 왕도가 시끄러워졌다.

사건의 흑막은 어느 후작과 그 딸이었다. 일부일처를 고집하는 왕에게 자기 딸을 측실로 들이려다가 거절당한 후작은 후계자가 없어지면 측실을 들일 거라 여기고 왕자 전하 살해를 계획했다. 또, 딸은 딸대로 총애를 받는 왕비 전하를 증오한 나머지 왕비 전하에게 독을 먹인 적이 있음이 밝혀졌다. 그 가문은 귀족 지위를 박탈당하고 영지는 몰수되었으며 흑막 두 명은 사형에 처해졌다.

왕가 사람에게 독을 먹인 범인이기는 하지만 내 약으로 두 사람의 목숨이 형장의 이슬이 되어 사라졌다.

그런 소문을 들은 나는 홀로 내 방에서 리프를 끌어안고 떨었다.

처음에 바랐던 대로 전하에게 신변의 안전을 되찾아드렸다. 하지만 한편으로 아무리 죄인이라지만 내가 사람의 목숨을 빼앗는 일에 일조했다는 사실을 깨달았다. 리프는 그런 내 곁에 조용히 붙어 있었다.

그때, 내 방문을 노크하는 소리가 들려왔다.

"들어가도 될까?"

아버지의 목소리였다.

"들어오세요."

아버지에게 대답하며 침대에 누웠던 몸을 일으켜 앉은 나는 몸가짐을 정돈했다. 리프는 바닥으로 내려와 앉은 자세를 취했다.

"데이지가 고민하지 않을까 해서……."

문을 열고 내 방에 들어온 아버지는 침대에 앉은 내 옆에 나란히 걸터앉았다. 나는 그런 아버지의 품에 매달렸다.

"제가 한 일이 옳은 일일까요? 저는 죄인이라고는 하지만 사람의 생사를 가르는 데 결정적인 역할을 하는 약을 만들고 말았어요. 저는 그런 제힘이, 무서워졌어요……."

나는 아버지 품속에서 떨리는 목소리로 물었다.

"데이지, 너는 잘못한 게 아무것도 없어. 네가 '무섭다'고 느꼈다는 건 네가 한 단계 성장했다는 증거야."

아버지는 천천히 부드럽게 내 등을 어루만졌다.

"모든 일에는 이면이 있는 법이야. 이번 일처럼 사람의 생사에 관련된 일도 그렇지……. 힘 있는 자들은 그만큼 영향력도 커. 그건 연금술사든 마도사든 마찬가지란다."

마도사도 마찬가지라는 아버지의 말씀에 나는 고개를 들었다.

"아빠도 말이지, 내 힘을 무섭다고 느낀 적이 있어. 악질 도적

단을 붙잡을 때 내가 쓴 마법이 너무 강해서 도적 중 한 명을 죽이고 말았거든. 그때 마도사를 계속해도 될지 무척 고민했지."

나는 아버지가 조용히 하시는 이야기에 말없이 귀 기울였다.

"큰 힘은 때때로 흉기가 되는 법이야. 하지만 그걸 너무 두려워해서는 안 돼. 그 힘은 남을 행복하게 만들고 지키는 힘도 되거든. 네가 전하를 지킨 것처럼."

나는 그 말을 듣고 눈이 휘둥그레졌다.

"데이지, 넌 아직 어린아이니까 시간이 많아. 시간을 들여서 세상을 알고 많은 사람에게 배우고 네 힘을 쓰는 법을 찾으면 돼. 물론 아빠도 아낌없이 도와주마."

아버지는 매달린 내 몸을 천천히 떼어 내고서 내 가슴 위에 손을 얹었다.

"그러면 언젠가 데이지의 마음에 해답이 보일 거란다."

그렇게 말하며 온화하게 미소 짓는 아버지.

아버지의 말씀과 미소에 내 몸이 겨우 떨림을 멈췄고 아주 조금이지만 웃을 수 있었다.

"아버지, 감사해요. 제가 그 해답을 천천히 찾아볼게요."

리프가 미소를 되찾은 나에게 기쁜 듯이 얼굴을 문질렀다. 마치 리프까지 나를 응원하는 것 같았다.

◆

나는 그 소문이 아직 사그라지지 않았을 무렵, 국왕 폐하에게 아버지와 함께 왕성으로 호출받았다.

우리는 밀회용 작은 방으로 안내받았다. 폐하는 그 방 창가에 서 계셨다.

"이번에는 아직 어린 그대를 나라의 추한 다툼에 휘말리게 해서 미안했다. 하지만 그 덕에 나는 사랑하는 가족의 안전을 얻었지. 진심으로 고맙구나, 데이지."

폐하가 서 계신 창문에서는 밝은 햇살이 쏟아져 들어왔고 그 너머로 아름다운 꽃이 흐드러지게 핀 정원에서 산책하는 왕비 전하와 작은 두 전하가 즐겁게 웃는 모습이 보였다. 그 웃음소리가 방 안까지 흘러들어왔다. 무척 행복해 보이는 웃음소리였다.

폐하가 내 쪽으로 몸을 돌리고 말씀하셨다.

"모두 그대가 만들어 준 약 덕분이다. 데이지, 내가 할 수 있는 거라면 뭐든지 들어주겠다. 그대는 무엇을 바라지?"

"두 번 다시 이런 약을 만들라는 명령을 안 내리겠다고 약속해 주세요. 저는 아직 미숙해서 그저 제 정의감에 사로잡혔을 뿐입니다. 그리고 이런 약을 만든다는 의미도 깊게 이해하지 못한 채 각오와 판단력도 없는 상태에서 만들고 말았습니다."

폐하에게 거절의 뜻을 내비치다니 몹시 송구스러운 말인 건 안다.

그러나 나는 내가 연금술사로서 그 힘을 어떻게 써야 하는지도 모르는 미숙한 어린아이라는 사실을 겨우 깨달은 참이다. 그래서 아직 그 부분은 내가 손대서는 안 되는 영역이라고 마음속으로 정해 두기로 했다.

하지만 폐하에게 그저 한없이 죄송했던 나는 고개를 숙였다.

"상관없다, 아무도 어린 그대를 나무라지 않아. 괜찮다. 그래서 바라는 것은 없는가?"

"열 살이 되면 저는 개인 연금술사로서 마을에 아틀리에를 만들어 독립하고 싶습니다. 그것만 이루면 아무것도 필요 없습니다."

나는 조용히 폐하께 내 바람을 대답했다.

"알겠다. 그대가 아틀리에를 열 때 최대한 편의를 봐주지. 나중에 가족의 안전을 지켜 준 것에 준하는 금액을 보내겠다."

"감사합니다."

이리하여 나는 이 사건을 통해 내 미숙함을 깨닫고 그저 순진무구한 어린아이에서 조금은 어른이 되었다.

단순히 어릴 때부터 동경할 뿐이던 미래의 아틀리에는 내가 세상을 더 알고 많은 사람과 만나서 많은 걸 배우는 곳이 될 수 있을까.

그렇게 나는 자립하기 위한 준비를 시작했다.

제13장 개점 준비

이 나라에서 가게를 열려면 나라에서 관리하는 상업 길드에 등록해야 한다. 그리고 상업 길드에 등록할 수 있는 나이는 열 살. 앞으로 2년이나 남았으니까 천천히 진행하면 된다. 하지만 상업 길드에 일찍 인사해 두는 것도 괜찮을지 모른다.

그때까지 어떤 가게를 열고 싶은지, 대상 고객은 어떻게 할지, 가구는 어떤 게 필요하고 밭은 어떤 크기로 할지 등을 정하고 그걸 바탕으로 가게는 어느 정도 규모로 할지를 생각해야 한다.

거기까지 정하고 나면 아틀리에를 열 곳을 찾을 것이다.

아마 예산은 문제없겠지⋯⋯. 나는 내가 쓸 수 있는 돈을 계산하다가 아연실색하고 말았다.

돈이 너무 많잖아.

이 정도면 왕도의 일등급 땅도 살 수 있고 원하는 기재를 비싼 걸로 주문 제작해서 살 수 있다. 아니, 이때를 위해서 아버지에게 부탁해 저금한 거니까 괜찮으려나?

거실에서 여러 가지를 메모할 겸 생각을 정리하는데 미나가 다가왔다.

"신작 '데니쉬'인데요, 오후의 디저트로 시식하시겠어요?"

미나가 내민 접시에는 두 손가락으로 가볍게 집을 수 있는 크기의 작은 사각형 '데니쉬'가 두 개 놓여 있었다. 한쪽 '데니쉬' 위에는 커스터드 크림과 시나몬을 뿌린 사과 조림이, 다른 한쪽에는 사과 대신 복숭아 시럽 조림이 올라갔다.

"우와, 귀엽다!"

나는 가슴 앞으로 양손을 모으며 감탄했다. 때마침 그 옆에서 케이트가 홍차를 준비하고 핑거볼도 놓고 갔다.

복숭아가 올라간 쪽을 손가락으로 집어서 반을 베어 물었다. 후두둑 부서지는 파삭파삭한 반죽에 걸쭉한 커스터드 크림, 부드럽고 달콤한 복숭아 조림. 진한 크림에 반죽이 녹아들며 입 안에서 하나가 됐다. 나는 한 입 더 우물거리며 복숭아 쪽을 해치웠다.

"음~! 맛있어!"

나는 그 달콤한 '데니쉬'를 절찬했다.

"기뻐요! 제가 생각해서 스스로 만들어 봤거든요!"

미나가 기쁜지 꽃이 피어나는 듯한 미소를 지었다.

응……? 미나가 만들었다고?

"버터를 늘이는 것도 스스로 한 거야?"

"그건 여자아이한테는 무리일 텐데?" 하고 기억을 더듬으며 질문했다.

"아, 그건 말이죠, 먼저 버터를 얇게 썰었거든요. 그랬더니 저도 만들 수 있었어요!"

싱긋 웃으며 대답하는 미나.

으음…… 똑똑한걸.

덧붙여서 미나는 세례식에서 하사받은 직업이 '요리사'라고 한다. 역시 신께서 내려 주시는 천직은 그 직업과 관련된 발상이나 기술의 성장과도 관련이 있는 걸까? 이런 걸 적성이라고 해야 하나? 실제로 미나의 요리 실력은 밥과 마리아도 절찬할 정도로 빠르게 성장 중이니까.

"저, 데이지 님. 훗날 여실 아틀리에에 관해 고민하고 계셨던 건가요?"

입장 차이 때문에 송구스러워하면서도 궁금한지 물어보는 미나.

"응. 아직 2년이나 남았지만 어떤 가게로 할지 생각해 두려고. 맞다, 미나도 와 주기로 했지? 그건 그렇고 뭐 필요한 거 있어?"

안 그래도 주방과 관련된 사항은 미나에게 확인하려고 했던 참이다. 마침 잘됐다 싶어서 이야기를 꺼내 보았다.

그런데 돌아온 대답이 예상 밖이었다.

"그럼 혹시 가능하다면 말인데요……. 아틀리에 옆에 빵 공장도 같이 세우면 안 될까요? 데이지 님이 고안하신 이 맛있는 빵을 다른 사람도 먹어 줬으면 해서요……! 팔아도 되고 배고픈 모험가께 그 자리에서 제공한다든가……! 그런 거, 괜찮을 것, 같아서……!"

턱 근처에서 양손을 맞잡고 몸을 배배꼬면서 빵을 만들며 그리던 꿈을 이야기하는 미나.

이 나라에서는 기본적으로 빵은 평민과 귀족을 불문하고 모든 가정에서 만드는 음식이다. 발효를 거의 하지 않아서 납작하고 맛도 별로 없다. 지금은 없는 '빵 공장'이라는 발상이 괜찮은데. 재밌어!

"빵 공장 말이지……. 신선한걸! 그러면 분명 근처에 갓 구운 빵의 향긋한 냄새가 퍼지겠지……."

빵을 굽는 냄새로 사람을 모을 수 있을 것 같았다.

미나가 크게 고개를 끄덕였다.

"미나, 잠깐 옆에 앉아 볼래?"

나는 내가 앉은 소파 옆의 빈 공간을 탁탁 두드렸다.

"실례하겠습니다……."

미나는 인사한 뒤에 조심스럽게 소파에 앉았다.

나는 노트에 그림을 그리기 시작했다.

맞은편 오른쪽에 아틀리에 건물을 그렸다. 아틀리에는 출입구로 손님이 들어오고 카운터 너머에서 접객한다. 점원 쪽에는 열화 방지 효과를 부여한, 포션류를 보관하기 위한 특수 선반이 필요하다. 그리고 지금 실험실보다 넓은 조제 공간을 안쪽에 두고…….

돈을 관리하고 계산할 공간도 필요하다.

그리고 그 왼편에 식사를 할 수 있는 작은 공간이 있다. 몇 개 놓인 의자와 탁자에서 빵을 먹는 사람들. 포장용 빵 견본을 진열하는 선반과 위생 면을 고려해서 실제로 상품으로 팔 빵을 보관할 선반. 그곳에서 미나가 일하고 있다.

그리고 2층에는 우리의 생활공간이 필요하겠지.

그런 내용을 알 수 있게 그림을 그려 보았다.

그림 자체는 잘 그리지는 못하지만(흑흑)…….

"우와아아아……! 대단해요!"

하지만 미나는 그 그림에 감동했는지 눈을 반짝이고 꼬리 끝으로 소파를 톡톡 두드렸다.

"앗!"

미나가 당황하며 손으로 꼬리를 붙잡았다. 역시 귀엽다.

"이렇게 되면 건물도 몇 배는 커질 테고 주방에는 한 번에 빵을 구울 수 있을 만큼 커다란 오븐이 있으면 편하겠지. 그거와는 별개로 우리 식사용으로 작은 오븐도 있는 편이 좋으려나. 음, 건물이 커지면 뒷마당도 옆으로 넓어질 테니까 밭도 넓게 잡을 수 있겠다."

나는 옆에 앉은 미나에게 물었다.

"빵 공장도 세우기로 결정하면 미나가 빵 만들기를 포함해서 요리 공부를 해야 할 텐데 할 수 있겠어?"

내 질문에 미나는 눈을 빛내며 기쁘게 대답했다.

나는 가게 주인이니까 경리 공부를 해야겠지.

큰일이라고 생각하며 남은 사과 '데니쉬'를 우물거렸다.

◆

어느 날, 업무를 마치고 돌아온 아버지가 봉투 하나를 내게

건네셨다. 뭔가 해서 봤더니 인장이 왕가의 문장이었다.

"폐하께서 보내신 거야. 이 나라의 상업 길드는 왕국의 감독 하에 있으니까 편의를 봐주겠다고 말씀하시면서 국왕 폐하께서 추천장을 써 주셨어."

으음, 그러고 보니 저번에 만났을 때 뭔가 거북한 분위기 속에서 헤어졌었지……. 감사 편지와 함께 새로운 선물을 드리면 기뻐하시려나.

그런 생각을 하며 주방에 있는 미나에게로 발걸음을 옮겼다.

"있잖아, 미나. 네가 저번에 만든 '데니쉬' 신작, 폐하께 선물하고 싶은데 언제쯤 만들 수 있어?"

자신의 '데니쉬'를 '폐하께 선물한다'는 말을 듣고 깜짝 놀란 미나가 꼬리털을 바짝 곤두세우며 두껍게 만들었다.

"우와아아아…… 폐하께요?! '데니쉬' 만들기를 최우선으로 해서 일해도 괜찮다면 빠르면 모레 아침에는 가능해요."

미나가 그렇게 말하며 상사인 주방장 밥 쪽을 보았다. 부탁해, 밥!

"저와 마리아도 도울 테니 그 일정으로 괜찮습니다, 아가씨."

가슴을 두드리며 "맡겨 주십시오!"라고 말하는 밥. 옆에서 마리아도 고개를 끄덕였다.

"모두 고마워! 그럼 잘 부탁해!"

그 뒤로 "몇 개를 준비할까요?"라고 미나가 확인해서, 나는 "가족이 네 분이니까 네 개 이상 만들되 할 수 있는 만큼만 부탁해." 하고 미나에게 맡겨 보기로 했다.

이틀 뒤, 미나가 준비한 '데니쉬'는 네 분께 각자 두 개씩 해서 총 여덟 개였다. 저번에 먹었던 커스터드 크림 위에 사과와 복숭아를 올린 것이었다. 그 빵과 내가 쓴 감사 편지를 들고 아버지가 출근하셨다.

그날 귀가한 아버지가 말씀하시길 폐하께서 무척 기뻐하셨다고 한다.

좋아, 다행이야!

그리고 평일의 어느 날, 나는 휴가를 받은 아버지와 함께 사전에 상업 길드에 인사하러 가기로 했다.

나는 외출용 원피스를 입고 머리를 땋은 뒤에 예전에 상인 아저씨가 구해 준 아쿠아마린과 페리도트 머리 장식을 하고 갔다.

상업 길드는 마을 중앙 대로에 우뚝 선 높고 커다란 건물이었다.

1층부터 최상층까지 전부 상업 길드를 위해 쓴다니 대단하네. 뭐, 이 나라에서 상업을 하는 모든 가게를 총괄하니까 당연하다면 당연하려나.

우리는 건물 1층 입구로 들어가 바로 옆에 있는 접수 카운터로 향했다.

"어서 오세요. 어떤 일로 오셨나요?"

여자 접수원이 물었다. 그러자 아버지가 나를 안더니 접수원에게 잘 보이게 높은 위치로 들어 올렸다.

"프레스라리아 자작과 딸 데이지입니다. 딸이 훗날 이 마을에서 가게를 열려고 하거든요. 그래서 사전에 인사를 드리러 왔습니다."

아버지가 왕가 인장이 달린 추천장을 접수원에게 내밀었다.

"어머, 국왕 폐하의 추천으로 개업하시는군요. 윗분께 보고하고 올 테니 저쪽 소파에서 잠시만 기다려 주세요."

접수원이 아버지에게 추천장을 돌려주고 인사를 한 뒤에 자리를 떠났다.

잠시 소파에서 기다리자, 바로 전 접수원이 돌아와 소파에 앉은 우리 곁으로 다가왔다.

"프레스라리아 자작님과 데이지 님, 길드장님이 만나 보시겠다고 합니다. 이쪽으로 오세요."

접수원이 그렇게 말하며 어느 문 앞까지 우리를 안내했다. 그 문은 열면 사람 몇 명이 겨우 들어갈 만한 크기의 상자로밖에 보이지 않았다.

"이렇게 작은 방 안에 들어가는 건가요?"

나는 이렇게 작은 방에 어떻게 들어간다는 거지? 하는 의문이 들어서 접수원에게 물었다.

"아가씨는 '승강기'를 처음 보셨군요."

자주 있는 반응인지 접수원이 싱긋 미소를 짓더니 익숙한 모습으로 설명했다.

"저희 건물은 높아서 마도구 '승강기'로 위아래 층으로 이동할 수 있답니다. 마석으로 움직이죠."

접수원은 설명하며 우리에게 안으로 들어가라는 몸짓을 하더니 '승강기'를 조작해서 움직였다. 위잉, 하는 소리와 함께 위로 움직이는 그것은 어쩐지 발밑이 약간 붕 뜨는 이상한 느낌이 들었다.

"접견실은 이쪽입니다, 들어가세요."

'승강기'에서 내린 우리는 여러 개의 방 중 한 군데로 안내받았다. 접수원이 노크를 하고 문을 연 다음 우리에게 안으로 들어가라고 손짓했다. 방 안으로 들어가자 풍채가 좋아 보이는 중년 남자가 일어서서 인사했다.

"프레스라리아 자작님과 데이지 아가씨, 처음 뵙겠습니다. 일부러 여기까지 발걸음해 주셔서 감사합니……."

갑자기 남자가 놀라더니 말을 끊었다. 저 사람, 예전에 오르케니아 초원에 채집하러 갔을 때 구했던 상인이잖아! 나와 아버지도 낯익은 얼굴에 놀라 눈이 휘둥그레졌다.

"그때 구해 주셨던……! 전 이 나라 상업 길드의 길드장을 맡은 올리버라고 합니다. 이렇게 또 만나다니 운명이로군요! 자, 앉으시지요!"

나와 아버지는 권유받은 자리에 앉았다.

"맙소사, 아무리 우연이라지만 놀랐습니다. 저는 헨리 폰 프레스라리아, 이 아이는 딸 데이지라고 합니다. 딸이 2년 후에 연금술 아틀리에를 개업할 예정이라서 오늘은 그 건으로 사전에 인사를 드리러 왔습니다."

아버지가 올리버 씨에게 인사하며 국왕 폐하에게 받은 소개장을 내밀었다.

"실례하겠습니다."

올리버 씨는 미리 양해를 구하고 소개장을 받아 나이프로 봉인을 뜯었다. 그리고 안에 든 서류를 읽으며 고개를 끄덕였다.

"과연……. 데이지 아가씨는 이미 뛰어난 연금술 실력을 지니시고 나라에 포션류를 판매한 실적도 있으시군요. 그걸 모두가 구입하게 마을에 아틀리에를 여시고 싶다고요?"

올리버 씨의 질문에 내가 대답했다.

"네, 주로 포션류를 팔면서 연금술로 폭신폭신하게 부풀어 오른 부드럽고 맛있는 빵을 만들어서 판매할 예정이에요."

부드러운 빵이라는 단어를 듣고 올리버 씨가 신기하다는 표정을 지었다.

"빵이라고 하면 각 가정에서 만드는 납작하고 맛도 별로 없는 음식이라는 인상밖에 없는데 연금술로 맛있는 빵까지 만들 수 있군요. 그런 걸 판매하면 기존의 연금술 아틀리에와는 다른 신선함이 있어서 차별화할 수 있겠네요."

올리버 씨는 그렇게 말하며 '규약'이라고 쓰인 책 한 권과 '임시 등록 신청서'라고 쓰인 종이 한 장을 테이블 위에 올려놓았다.

"아가씨의 경우, 아직 열 살이 안 되셔서 지금은 본 등록이 불가능합니다. 하지만 '임시 등록'이라는 형태로 사전에 상업 길드에 개점 허가를 받아 둘 수 있지요. 임시 등록을 하려면 수속비가 필요하지만 지금 당장에라도 등록이 가능하니 안심하고 개업 준비를 하실 수 있을 겁니다."

설명을 들은 나는 아버지와 얼굴을 마주 보았다. 등록비를 납부하기 전에 임시 등록비를 지불해 두면 안심하고 개업 준비를 할 수 있고 상업 길드와의 관계를 구축할 수도 있으니 더할 나위 없겠는걸.

자주 들었던 아버지의 표현을 빌리자면 투자(?). 어른스럽게 생각해 봤는데 이렇게 쓰는 단어가 맞나?

그리하여 나는 '임시 등록 신청서'에 이름과 주소, 보증인(아버지) 등의 항목을 작성하고 비용을 지불하여 수속을 마쳤다.

'임시 등록' 수속은 끝났다. 그때, 올리버 씨가 천천히 몸을 앞으로 내밀며 다른 화제를 꺼냈다.

"그런데…… 국왕 폐하의 추천장에 아가씨가 '뛰어난 연금술사'라고 소개되어 있더군요. 그 호칭에 매달리는 심정으로 한 가지 상담하고 싶은 게 있는데 괜찮을까요?"

올리버 씨의 눈빛은 진지함 그 자체였다.

나는 아버지와 눈을 마주 보며 눈빛을 교환한 뒤에 상담을 듣기로 했다.

"딸의 다리 건입니다."

올리버 씨가 말하길, 따님인 카츄아 씨가 몇 년 전에 풀밭에 숨어 있던 새끼 '스톤 바이퍼'에게 왼쪽 발목을 물리는 바람에 그 아래가 석화된 채 낫지 않았다고 한다.

왕도에 있는 연금술사나 의사에게 물어보았으나 석화를 치료할 방법은 찾지 못했고 따님은 부득이 불편한 생활을 이어

간다는 듯했다.

"그런 불편한 다리로는 상인이 되고자 하는 딸의 움직임에 제한이 생깁니다. 무엇보다 여자아이 다리가 그래서야 시집을 갈 때 방해만 되겠지요. 최근에는 방에만 계속 틀어박혀 있는데 저는 그 아이가 너무나도 가엾습니다."

올리버 씨는 그렇게 말하며 양손으로 얼굴을 가렸다.

"현 단계에서 반드시 치료할 수 있다고는 못 하지만 집에 가서 조사해 볼게요."

일단 나는 치료 가능성을 확인하고 싶었다. 나이가 비슷한 여자아이가 그런 불편을 겪는다니 불쌍하잖아. 그래서 힘이 되고 싶다고 생각했다.

"일단 조사비용으로 은화 세 닢, 만약 약을 만들어 주신다면 제작비용은 필요한 재료에 따라 달라질 테니 그때 다시 상담하는 게 어떻겠습니까?"

나는 아버지의 얼굴을 보았다. 딱히 안 된다는 표정은 아니었다.

"알겠습니다, 그 조건으로 의뢰를 받을게요."

나는 고개를 끄덕였다.

"감사합니다! 잘 부탁드립니다!"

올리버 씨가 일어서서 양손으로 내 양손을 붙잡더니 단단히 움켜쥐었다. 뒤늦게 아무리 어린아이라지만 귀족 여자를 상대로 너무 친근하게 군 걸 깨달았는지 사과했지만.

나는 은화 세 닢을 받고 석화를 풀 방법을 조사하기로 했다.

◆

　나는 내 방에서 '연금술 교본'을 넘기며 석화 해제 방법을 찾아보았다. 지금 책상 위에 그 페이지가 펼쳐져 있다. 그리고 그 외에도 참고한 책들이 몇 권이나 펼쳐진 채 있었다.

　음, 그 페이지를 찾기는 찾았는데 꽤 힘들어 보이는걸⋯⋯.

　그 페이지를 보며 나는 입꼬리를 축 늘어뜨리고 고개를 갸웃거리며 신음했다.

　재료로 만드라고라 뿌리와 석화액 주머니가 필요하다. 석화액 주머니는 마물의 내장인 것 같은데 어떻게 얻어야 할까⋯⋯. 그리고 도구로 자철석과 코일이 필요하다. 그중에서 코일은 어디에서 파는지도 모르겠다.

　참고로 코일은 금속 철사로 만든다. 철사 중앙에 나선형으로 빙글빙글 꼬인 부분을 만들면 그게 '코일'이다.

　재료를 모두 모으면 비커 안에 만드라고라 진액과 석화액 주머니를 넣고 그 안에 코일을 넣는다. 그리고 위에서 자철석을 코일 가까이에 댄다(자철석은 물에 넣지 않는다).

　이렇게 하면 코일 안에 보이지 않는 '무언가'가 흐르는데 마력을 자철석에 주입해서 그 '무언가'의 양을 늘린다.

　그러면 만드라고라 진액과 석화액이 반응해서 약이 된다고 한다.

　그러나 문제가 산더미처럼 많았다.

우리 나라에서는 코일의 재료인 와이어라는 물건이 아주 비싸다. 대장장이가 금속을 가열하고 두드리고 늘리는 걸 수도 없이 반복해야 겨우 길고 가늘게 완성되는 물건이기 때문이다.

그렇다 보니 와이어는 새장을 만들 때도 쓰는 물건임에도 일부 부유한 사람만이 가질 수 있는 엄청난 고가의 물건이 되었다.

그리고 '자철석'은 광산 같은 곳에서 가끔 보이는 철을 끌어들이는 성질을 지닌 돌이다. 평소에는 볼 일도 쓸 일도 없는 물건이었다.

모르는 것이 많아서 '연금술 교본'만이 아니라 우리 집에 있는 장서도 이것저것 뒤지며 찾아보았다. 조사하면서 내용을 이해하는 것 자체가 매우 힘들었다.

하지만 가장 큰 문제는 만들 수 있을지 없을지 확신이 없다는 점이었다.

코일 안을 흐르는 '무언가'의 정체도 모르는 상태에서 마력을 잘 조정할 수 있을까?

나는 꽃무늬 시트가 깔린 침대 위로 털썩 쓰러졌다. 침대에서 자고 있던 강아지 모습의 리프가 내 옆구리로 파고들었다. 하아, 치유된다. 하지만…….

자신이 없어…….

리프를 부드럽게 끌어안으며 잠시 그 온기에 힘을 얻었다.

"리프, 고마워."

느릿느릿 몸을 일으킨 나는 리프를 쓰다듬으며 조사한 사실을 노트에 정리한 다음 아버지께 상담했다.

"데이지, 정말 열심히 조사했구나. 잘했다."

거실에서 느긋하게 쉬시던 아버지가 지금까지의 내 노력을 칭찬하셨다. 내 머리를 쓰다듬는 커다란 손이 따뜻했고, 칭찬을 들으니 왠지 간지러웠다. 불안이 가득했던 내 마음이 살짝 따스해졌다.

"그건 그렇고 입수하기 곤란한 물건이 몇 가지 있구나. 올리버 씨는 상업 길드장이니 진귀한 물건을 입수할 만한 연줄을 많이 알고 계실지도 몰라. 우리 집으로 초대해서 상담해 보는 게 어떻겠니?"

나는 아버지의 제안을 순순히 받아들이기로 했다. 아버지는 그날 바로 올리버 씨에게 편지를 써서 보내셨다.

며칠 뒤, 올리버 씨가 우리 집을 방문했다.

올리버 씨가 선물로 가져온 '다리올'이라는 이름의 최근 왕도에서 유행한다는 달걀 타르트와 시녀가 준비한 홍차가 테이블 위에 놓였다. 나는 아버지와 나란히 소파에 앉았고 맞은편에 올리버 씨가 앉았다.

"딸의 석화를 풀 약을 만드는 수단을 찾아내셨다고 들었습니다. 정말 감사합니다. 절 초대하신 용건이 입수하기 곤란한 물건에 관한 상담이라고 하셨죠."

올리버 씨가 나에게 확인했다.

"네, 마물의 내장인 석화액 주머니, 금속 와이어, 자철석을 입수할 수단이 있으시다면 협력을 부탁하고 싶어요."

나는 올리버 씨에게 그 세 가지 물건을 메모한 종이를 내밀었다.

"그렇군요, 확실히 아가씨에게는 익숙하지 않을 물건뿐이네요. 자철석과 금속 와이어, 이건 제가 아는 사람을 통해 입수가 가능할 것 같습니다. 석화액 주머니는 마물의 내장이니 시기에 따라 다르겠지만 재고가 없더라도 모험가 길드에 의뢰하면 될 겁니다. 그렇지, 이 재료들은 제 쪽에서 준비하겠습니다. 모으는 대로 댁으로 보내드리지요."

올리버 씨가 웃으며 고개를 크게 끄덕였다. 그 믿음직스러운 표정을 보고 나는 안도했다.

하지만 나에게는 한 가지 더 상담해야 할 것이 있었다.

"필요한 재료와 기재, 방법은 조사를 끝냈습니다. 하지만 저는 이 방법으로 약을 만들어 본 적이 없어요. 아마 시행착오를 거듭하며 만들 거예요. 그러니까……."

내가 고개를 숙이며 말을 흐리자, 올리버 씨가 "그럼 이렇게 하지요." 하고 제안했다.

"약이 무사히 완성돼서 딸의 다리가 치료되면 성공 보수로 금화 세 닢, 안타깝게도 약이 완성되지 못하면 수고비로 은화 다섯 닢을 지불하겠습니다. 어떠신지요?"

"실패해도 돈을 받는 건가요?"

나는 의아하게 여기며 고개를 갸웃거렸다.

"아가씨, 앞으로 장사를 하시려면 받을 건 제대로 받으셔야 합니다. 설령 잘되지 않더라도 아가씨는 귀중한 시간을 제 의뢰에 할애하신 겁니다. 그런 수고비도 제대로 요금에 포함해서 생각하셔야 해요."

이렇게 나는 노련한 상인인 올리버 씨와 거래하면서 상인이 알아야 할 상식을 또 한 가지 배웠다.

올리버 씨가 우리 집에 오고 일주일 정도 지난 어느 날, 내 수중에 없던 자철석, 석화액 주머니, 그리고 와이어가 도착했다.

그중에서 석화액 주머니는 막이 찢어지면 안에 든 독이 흘러나와서 큰일이 벌어진다. 그래서인지 병에 넣은 다음 그 위를 완충재인 솜으로 감싸고 또 그 위를 천으로 감싸서 단단히 포장되어 있었다.

이거 역시 손으로 만지면 안 되겠지…….

석화 해제 약을 만들다가 내 손이 석화되다니 웃기지도 않지.

만지지 않아도 되는 방법이 없을까?

나는 팔짱을 끼고서 잠시 고민했다. 그러다 갑자기 '그것'이 떠올랐다.

"족집게야!"

나는 무심코 큰 소리로 외치며 손뼉을 쳤다.

그래, 아버지나 어머니가 몸가짐을 정돈할 때 쓰는 그거야!

족집게라면 끝을 집어서 작업할 수 있으니까 딱 좋겠어!

족집게가 필요해!

"아가씨…… 족집게는 왜 찾으세요?"

그때, 우연히 지나가던 케이트가 갑자기 거실에서 '족집게!' 라고 소리를 지른 나에게 말을 걸었다. 하지만 약간 질색하는 듯한 표정이었다. 그래, 불쌍한 영애의 갑작스러운 기행을 목격하고 만 기묘한 표정. 케이트…… 나한테도 '상처 받는다' 는 섬세한 감정이 있거든?

"실험할 때 절대로 손으로 만지면 안 되는 재료가 있어. 족집게라면 직접 만지지 않고 집어서 작업할 수 있으니까 필요할 것 같아서."

자작 가문의 영애면서 '족집게!' 라고 외친 자신을 약간 부끄럽게 생각하면서도 케이트에게 남은 족집게가 없는지 물어보았다.

"창고에 예비용이 있을 거예요. 마님께 아가씨에게 드려도 된다는 허가를 받고 가져올게요. 잠시만 기다려 주세요."

이유를 설명하자 납득이 됐는지 케이트가 바로 어머니의 허가를 받고자 회랑을 걸어갔다.

잠시 후 케이트가 족집게를 들고 나에게 돌아왔다.

"마님의 전언입니다. '아무리 저택 안이라지만 갑자기 '족집게!' 라고 경박하게 외치지 말 것' 이라고 하시네요."

그렇게 말하며 어머니의 꾸중과 함께 족집게를 건넸다.

"그냥 좀 봐주시지……."

나는 도착한 상자 안에 족집게를 넣고 양손으로 상자를 들고서 어깨를 축 늘어뜨리며 실험실로 터덜터덜 걸어갔다.

실험실로 향하는 도중에 오늘은 빨간 만드라고라 씨에게 뿌리를 달라고 부탁했다. 그녀(?)는 뿌리 몇 개를 뚝, 뚝 부러뜨리고 싱긋 웃으며 잎으로 된 손으로 건넸다. 만드라고라도 개체에 따라서 성격이 다른 걸까? 파란 만드라고라 씨와는 많이 다른 것 같다.

파란 만드라고라 씨는 남자고 빨간 만드라고라 씨는 여자 아닐까, 하는 상상을 하며 실험실로 향했다.

그리고 다섯 살 때부터 쓰고 있는 저택의 별채 실험실에 들어갔다. '이 실험실에 신세 지는 것도 앞으로 1년 남짓이구나'라는 서글픈 생각을 하며 짐을 바닥에 내려놓고 의자에 앉았다.

증류수는 평소처럼 마커스가 준비해 둔 상태였다.

자, 실험을 시작하자!

나는 스스로에게 기합을 불어넣으려고 내 양 볼을 짝짝 두드렸다.

먼저 와이어로 코일을 만든다. 견본은 '연금술 교본'에 그려져 있었다.

일단 와이어의 한가운데에 빙글거리는 나선 모양을 만든다. 그렇게 만들어 보려고 구부렸는데…… 나선이 아니라 흐느적거리는 모양이 되었다. 조금 더 노력하니 나선 모양이 되긴 했는데 어째선지 나선의 크기가 제각각이 되고 말았다.

으음. 손가락 정도 두께로 일정하게 둥글게 말고 싶은데…….

나는 가만히 내 손가락을 바라봤다.

아…… 그렇지!

나는 잠시 빈손으로 실험실에서 나왔다. 그리고 정원사 단이 있나 정원을 살펴보았다. 이미 가을이 지난 계절이라 정원이 완전히 쓸쓸한 풍경으로 변했다. 그 사이에서 단은 낙엽을 쓸고 있었다.

참고로 내 밭만은 요정들의 동산이 된 덕분인지 1년 내내 봄처럼 식물에서 새잎이 싱싱하게 돋아났다.

"항상 수고하네, 단."

내가 말을 걸자, 단이 빗자루를 움직이던 손을 멈추고 꾸벅 인사했다.

"아가씨 아니십니까. 이렇게 적적한 정원에서 산책하시는 중이십니까?"

단 주위에는 땅에 떨어진 낙엽들이 제각기 형태를 만들었다.

"내 엄지 두께만 한 곧게 뻗은 마른 나뭇가지는 안 떨어져 있었어? 만약 있으면 받고 싶은데."

나는 그렇게 말하며 단에게 내 엄지를 보였다.

"그렇군요, 이쪽에 청소한 것들을 산처럼 쌓아 놨는데 잠시만 기다려 주십시오."

단이 산더미처럼 쌓인 마른 잎과 나뭇가지를 부스럭부스럭 뒤지며 내 요청 사항에 맞을 만한 나뭇가지를 찾아 주었다.

"이건 어떠신지요."

단이 내민 건 단의 손가락 정도 길이에 매끈하고 곧은 부러진 나뭇가지였다. 방해가 될만한 마디 부분이 없어서 딱 좋았다.

"좋아, 이런 걸 원했어! 단, 고마워!"

나는 원하던 것을 손에 넣은 기쁨에 환하게 웃으며 단에게 고맙다고 인사한 뒤 실험실로 돌아갔다.

실험실로 들어가 의자에 앉은 나는 나뭇가지와 와이어를 들고 준비했다. 그리고 나뭇가지에 와이어를 빙글빙글 휘감았다. 좋아, 역시 예쁘게 잘 말리네! 빙글거리는 나선 모양을 충분히 만들고 나뭇가지를 뺐다.

나머지는 비커 안에 넣게 나선 모양이 위로 오게 해서 와이어를 'ㄷ' 자 모양으로 만들면 완성.

이제 드디어 실험을 시작할 준비가 끝났다!

코일도 완성됐으니 실험을 재개하기로 했다.

먼저 만드라고라 뿌리를 잘게 다져서 큰 비커에 든 증류수 안에 넣었다.

그리고 강력 해독 포션을 만들었을 때와 마찬가지로 마도구 가열기로 물을 끓여서 뿌리에서 진액을 충분히 우려냈다.

[만드라고라 진액]
분류: 약품 재료
품질: 고품질
세부 사항: 성분이 충분히 추출되었다.

그리고 물 마법을 써서 그릇 안에 얼음물을 만들고 비커를 차갑게 식혔다.

자 이제 여기에 석화액 주머니와 코일을 넣으면 되는데…….

마력을 넣다가 실패해서 폭발하면 내가 큰일 나겠지. 유리 정도 강도로는 두려운걸.

 일단 비커보다 훨씬 큰 금속 양동이 안에 비커를 넣었다. 그리고 만드라고라 진액 안에 석화액 주머니를 찢어지지 않게 조심스레 족집게로 집어넣자, 주머니가 녹으며 만드라고라 진액과 석화액이 뒤섞였다.

 [석화 해제제???]
 분류: 약품-독
 품질: 저질(-3)
 세부 사항: 약 제작에 필요한 원료가 뒤섞였을 뿐인 액체. 위험하니까 만지지 말 것!

 이제 반응시켜야 하는데 뚜껑이 없으면 무서울 것 같아서 실험실이라는 이름의 전 창고 구석에 쌓인 잡동사니를 뒤졌다.

 그 안에서 깔끔하게 반으로 쪼개진 작은 나무 덮개를 찾아냈다. 덮개는 단단한 나무로 되어 있었고 두께도 충분했다. 크기도 양동이 상부를 덮기에 딱 좋았다.

 덮개의 쪼개진 부분에 코일의 나선 모양이 고개를 내밀게 끼우고 덮개 밑으로 와이어의 'ㄷ' 자 모양의 두 끝부분이 진액 안에 쏙 들어가게 쪼개진 나무 덮개를 덮었다.

 만일을 위해 들고 온 천 장갑을 낀 뒤에 자철석을 들고 코일 한쪽에 가까이 댔다가 떨어뜨리기를 반복했다. 이렇게 하면 와이어 안에 '눈에 보이지 않는 무언가' 가 흐른다고 했다.

나는 자철석의 '끌어당기는 힘' 을 마력으로 천천히 증폭시키며 그 작업을 천천히 계속했다.

솔직히…… 엄청나게 무서웠다. 심장이 시끄럽게 고동쳤다. 폭발할 기색은 없어서 덮개를 열고 안을 살짝 들여다보았다.

[석화 해제제?]

분류: 약품 · 독

품질: 저질(-2)

세부 사항: 원료의 물질이 약간 반응을 일으켜 미세하지만 성분이 변화하고 있다. 하지만 아직 위험하니까 만지지 말 것!

"아…… 조금이지만 변했네."

내 가슴이 안도감으로 채워졌다. 솔직히 너무 무서워서 온몸이 떨린다.

일단은 '안전' 을 우선하면서 천천히 신중하게 하자. 물질 반응은 제대로 되고 있으니까 괜찮을 거야!

나는 오후 내내 자철석에 마력을 주입하는 작업에 몰두했다.

그리고 실험실 입구 문 틈새로 오렌지색 빛이 쏟아질 무렵, 나는 벌써 몇 번째인지도 모를 만큼 반복한 확인 작업을 했다.

[석화 해제제]

분류: 약품

품질: 고품질

세부 사항: 석화 상태 푸는 효과가 있다. 석화한 부분에 골고루 도포할 것.

"됐다아아!"

나는 제자리에서 두 팔을 번쩍 치켜들었다. 그리고 벌렁 드러누워 낡아빠진 천장을 올려다보았다.

"무서웠어……."

잠시 그대로 멍하니 있다가 문득 어떤 생각이 떠올랐다.

"내가 위험에 처하는 만큼 요금을 올릴 걸 그랬네. 계약금 견적은 더 신중하게 생각해서 정해야겠어."

나는 한숨을 내쉬고 자세를 고친 뒤에 완성된 약을 천으로 걸러 큰 병 안에 담고 뚜껑을 닫았다.

"자, 올리버 씨와 따님을 부르러 가자!"

나는 실험실을 정리하고 완성된 소중한 약병을 양팔로 끌어안고 저택으로 돌아갔다.

그날 저녁 식사가 끝나고 나는 아버지의 지도하에 내 손으로 직접 올리버 씨와 따님을 초대하는 편지를 썼다.

3일 뒤, 올리버 씨와 따님인 카츄아 씨가 우리 집에 마차를 타고 찾아왔다.

"오늘 딸의 다리를 치료하는 약이 완성됐다는 이야기를 듣고 왔습니다……!"

아버지인 올리버 씨는 벌써 감동하는 것 같았다. 너무 성급한 것 같은데.

카츄아 씨는 부축받으며 마차 계단을 천천히 내려왔다. 그리고 지상까지 내려오자 사용인에게서 지팡이를 받아들었다. 왼쪽 발목 아래가 움직이지 않는 불편함을 지팡이로 해결하며 올리버 씨 옆에 나란히 섰다.

"카츄아라고 합니다. 제 다리를 치료하기 위해 약을 만드셨다고 들었어요. 오늘은 잘 부탁드립니다."

그렇게 말하며 고개를 숙이자 하늘색 양 갈래 머리가 어깨 위에서 스르륵 미끄러져 떨어졌다. 키는 나보다 머리 반쯤 컸고 호리호리한 체형이었다. 약간 날카로운 눈매에 기가 세 보이는 소녀였다.

느릿느릿한 발걸음의 카츄아 씨에게 맞춰 나와 케이트 둘이서 작은 객실로 안내했다. 그쪽 객실에는 1인용 소파 앞에 치료용 약병과 대야, 수건을 준비해 두었다. 그곳에 카츄아 씨를 앉혔다.

참고로 우리에게 여자의 맨발은 감춰야 하는 부위다. 여자인 카츄아 씨의 양말을 벗기고 맨발로 만들어야 하기에 아무리 아버지라지만 남자가 있으면 껄끄러울 것 같아서 올리버 씨에게는 다른 객실에서 기다리라고 했다. 그 안내는 엘리에게 부탁했다.

"카츄아 님, 왼쪽 신발과 양말을 벗길게요."

케이트가 바닥에 쭈그려 앉아 신발을 벗긴 다음에 척 보기에도 섬세한 양말을 스르륵 벗겼다. 그리고 준비한 대야 안에 발을 넣었다. 아무리 치료를 위해서라지만 귀족 자녀인 내가 평민 소녀의 발을 만지는 건 보기 안 좋아서 케이트가 돕기로 했다.

"카츄아 씨, 지금부터 조금씩 약을 뿌릴 테니 아프거나 뭔가 이상한 느낌이 들면 말하세요."

내가 그렇게 전하자 카츄아 씨는 기대 때문인지 불안 때문인지 가슴 앞에서 주먹을 꼭 쥐며 작게 끄덕였다.

내 부탁에 케이트가 약병 뚜껑을 열고 석화된 발목 아래에 약을 뿌렸다. 메마르고 석화한 피부에 약이 스며들어 검게 변했다. 대야로 흘러 떨어진 약을 퍼서 다시 발에 뿌리는 작업을 반복하며 돌이 된 부분에 약이 골고루 스며들게 했다.

"잘 스며들게 살짝 문지를게요."

케이트가 약을 퍼서 돌이 된 발에 문질렀다. 짙은 회색 발이 서서히 옅은 회색으로 변해 갔다.

"발 표면에 조금씩 장력이 생기고 있네요."

직접 만지는 케이트에게는 느껴지는지 표정이 밝아졌다.

"발 색이 바뀌고 있어요!"

카츄아 씨의 얼굴에도 기대에 찬 희색이 감돌았다.

케이트가 발가락 끝을 조심스럽게 어루만지자 발가락이 조금씩 부드러움을 되찾으면서 그 사이로 케이트의 손가락이 쏙 들어갔다.

"2년 가까이 안 움직였던 발가락이 움직였어요……!"

카츄아 씨가 눈을 글썽였다. 2년 동안 전혀 움직이지 않았던 발가락이 움직였으니 당연히 기쁘겠지. 게다가 발가락 피부도 창백하지만 어느 정도는 회복됐다.

서서히 발을 문지르는 손이 위쪽으로 올라갔다. 그러자 발가락 다음으로 발등이 움직였고 그다음으로 발목이 움직였다. 케이트가 조심스럽게 약을 문지르고 마사지를 해 주면서 움직이는 영역이 조금씩 늘어났고 왼쪽 발 전체가 원래 피부색과 혈색을 되찾기 시작했다.

"발목…… 딱딱해서 안 움직이던 발목과 발등이 움직여요!"

카츄아 씨가 손으로 입가를 가렸다. 한 줄기 눈물이 볼을 타고 흐르는 것을 본 나는 내 손수건을 내밀었다. 카츄아 씨는 고개를 숙이며 그것을 받아들고서 젖은 볼과 눈가를 훔쳤다.

마침내 왼쪽 발이 하얀 피부와 혈색이 도는 건강한 색을 되찾았다.

케이트는 발가락을 하나하나 움직이고, 발끝을 위아래로 움직이고, 발목을 천천히 왼쪽에서 오른쪽으로 돌리며 확인했다.

"위화감이 드는 곳은 없으세요?"

케이트가 카츄아 씨의 얼굴을 올려다보며 확인했다.

"아니요, 없어요……! 하나도 없어요! 저, 서 보고 싶어요!"

카츄아 씨가 케이트에게 호소하자, 케이트가 싱긋 웃고서 카츄아 씨의 발을 들어 올리고 대야를 치운 다음 수건으로 발을 닦았다.

"제가 잡아 드릴 테니 서 보실래요?"

카츄아 씨가 케이트가 내민 양손을 자기 양손으로 붙잡고 천천히 소파에서 일어섰다.

그리고 한 걸음, 두 걸음 나아갔다. 발의 세세한 관절이 적절하게 움직이며 보행을 방해하지 않고 지탱했다.

"걸을 수 있어……! 다리가 움직여……! 데이지 님!"

카츄아 씨가 갑자기 내 쪽으로 얼굴을 돌리더니 환한 미소를 보여 주었다.

"감사해요……!"

카츄아 씨가 갑자기 케이트의 손을 놓고 양팔을 벌리며 내 쪽으로 걸어왔다. 아니나 다를까 아직 두 다리로 균형을 잡는 게 익숙하지 않은지 쓰러지듯이 내 품에 안겨들었다.

"위험하니까 걷는 연습을 제대로 한 다음에 해 주세요."

내 품에 안겨서 고개를 끄덕이는 카츄아 씨를 마주 안으며, 나는 몸이 불편한 사람을 원래대로 되돌렸다는 사실에 행복과 뿌듯함으로 가슴이 벅차올랐다.

그리고 케이트가 잠시 카츄아 씨를 앉히고 양말과 신발을 신겼다. 그리고 다른 객실에서 기다리는 올리버 씨에게로 향했다.

방 앞까지 오자, 케이트가 앞서가서 문을 열었다.

"아버지! 다리가 나았어요! 걷는 연습을 하면 지팡이도 필요 없을 것 같아요!"

카츄아 씨가 아직 지팡이가 필요하기는 하지만 전보다 부드럽게 걸으며 올리버 씨에게 다가가 석화가 나았다는 사실을 알렸다.

올리버 씨는 눈물을 흘리며 커다란 몸으로 딸을 끌어안았다.

"정말……정말 감사합니다!"

우리는 다시 한번 소파에 앉았다. 맞은편에 앉은 올리버 씨와 카츄아 씨가 나에게 깊이 고개를 숙였다.

올리버 씨가 예쁜 자루를 나에게 건넸다.

"약속한 성공 보수입니다. 확인하시지요."

안을 확인하니 약속한 성공 보수인 금화 세 닢이 내 손바닥 위로 미끄러져 떨어졌다. 그런데 자루 안에는 카드 같은 게 느껴졌다. 안을 들여다보니 그 카드에는 '임시 회원증'이라고 쓰여 있었다.

"약속한 금액이 맞네요. 잘 받겠습니다. 그리고 임시 길드 회원증도 감사해요."

나는 둘 다 자루 안에 넣고 주머니 안에 고이 집어넣었다.

그 김에 강아지 모습을 하고 내 발치에 엎드려서 자는 리프의 부드러운 털을 쓰다듬었다. 리프는 항상 이렇게 조용히 곁에 있어 준다.

"'임시 회원증'은 신분증도 되니 평소에도 들고 다니시면 편리할 거예요. 그러고 보니 데이지 아가씨는 아틀리에를 개설하신다고 하셨죠. 준비는 잘되어가시나요?"

갑자기 카츄아 씨가 나에게 질문했다. 나는 리프에게 향했던 고개를 휙 들었다.

"어떤 가게로 할지는 정해 뒀는데 아직 구체적으로 땅을 사거나 목수에게 의뢰하지는……."

뭐, 쉽게 말해 곤란하게도 전혀 진전이 없다는 뜻이다.

"그거 제가 도와 드려도 될까요?"

카츄아 씨가 싱긋 웃으며 가슴 앞으로 양손을 맞잡고 제안했다.

"으음, 다리를 치료한 감사의 뜻이라면 그렇게까지 신경 안 쓰셔도……."

싱글거리는 미소를 보니 그 이유만이 아니라고 짐작이 갔지만 일단은 거절했다.

"아니에요! 저, 데이지 님의 새로운 가게에 흥미가 있거든요! 죄송해요, 아버지에게 들어서……. 그, 부드러운 빵이라는 것도 판매한다면서요!"

카츄아 씨가 그렇게 말하며 눈을 반짝였다. 올리버 씨가 그 옆에서 딸에게 빵 이야기를 한 것을 사과하듯이 고개를 숙였다.

아, 그걸 기대하는구나…….

"저, 그 가게에 아주 관심이 많아요! 제가 있으면 전문가가 필요할 때 아버지의 연줄에 기대기 쉬울 거예요. 꼭 저를 아틀리에 개설 동료로 맞아 주세요!"

올리버 씨도 그런 딸 카츄아 씨의 양어깨를 붙잡고 몸을 앞으로 내밀며 이야기에 참가했다.

"딸이 언젠가 상인으로 독립할 때도 좋은 경험과 공부가 될 겁니다. 부디 저희 딸의 어리광을 들어주십시오."

올리버 씨까지 등을 떠밀었다.

이리하여 아틀리에 개설을 위한 새로운 동료가 늘었다.

하늘색 양 갈래 머리를 한 상인 아가씨. 나보다 두 살 많은, 이제 곧 열한 살이 되는 소녀다.

◆

며칠 후, 아틀리에의 이미지와 앞으로의 계획에 관해 회의하려고 카츄아 씨를 집에 초대했다. 아직 지팡이가 필요하기는 하지만 양다리를 사용하는 것에 나날이 더 익숙해지는 듯해서 다행이다.

그런 카츄아 씨의 걸음에 맞춰 천천히 객실까지 안내했다.

객실에는 내 부탁으로 우리보다 먼저 미나와 마커스가 첫인사를 할 겸해서 와 있었다.

"처음 뵙겠습니다, 저는 상인의 딸이고 카츄아라고 합니다. 이번에 데이지 님과 연이 생겨서 아틀리에 개설을 돕게 되었습니다."

카츄아 씨가 싱긋 웃으며 가볍게 고개를 숙였다.

"카츄아 씨, 이 두 사람은 나와 함께 가게에 올 사용인이에요. 이쪽 여자아이는 빵 제작을 포함한 요리를 담당하는 미나라고 해요. 그리고 이쪽 남자아이가 연금술을 보조하는 마커스예요."

"카츄아 님, 잘 부탁드립니다."

"카츄아 님, 잘 부탁드립니다."

미나와 마커스가 정중한 몸짓으로 인사했다.

오랜만에 가까이에서 접한 마커스는 분위기가 침착해지고 등을 곧게 피고 있어서 예전의 어수선함은 코빼기도 안 보였다. 집사 세바스찬이 교육한 성과일까. 나는 마음속으로 세바스찬에게 감사했다.

"그럼 앉아서 이야기할까요?"

내가 재촉하자 모두 소파에 앉았다. 나는 전에 미나와 함께 그렸던 아틀리에의 상상도를 테이블 위에 펼쳤다.

그걸 본 카츄아 씨가 제일 먼저 얼굴을 찌푸렸다.

"2층은 조금 불편할 텐데요. 3층으로 하고 거주 구역을 층별로 남자와 여자로 나누는 편이 좋을 거예요. 아직 어리시다지만 데이지 님은 귀족 아가씨잖아요. 최소한 거주 구역은 남녀를 명확하게 구분해야 남들이 보기에 이상하지 않죠."

"생각지도 못했어요……."

내가 작게 속마음을 흘렸다. 아니, 애초에 마커스를 저~언혀 남자로 의식하지 않았다.

"데이지 님? 상인이 되신다고 해도 태생은 귀족 아가씨니까 최소한의 체면은 지키셔야 해요."

카츄아 씨가 아프게 못 박았다.

왠지…… 나이가 비슷한 케이트가 한 명 늘어난 느낌이야.

그리고 시간이 흘러 나와 카츄아 씨 둘이서 아틀리에를 열 곳을 찾으러 부동산 업자를 찾아갔다. 지금은 부동산 업자인 남자 종업원의 안내로 물건을 보려고 마차로 이동 중이다. 당연히 리프도 같이 마차 안에 있는데 내 무릎 위에서 얌전히 자고 있다.

"그 아이는 데이지 님의 종마인가요? 호위도 안 붙었는데 부모님이 외출을 허락하시다니 실은 이 아이가 아주 강한가요?"

카츄아 씨가 의아한 듯이 물었다. 그리고 맞은편에서 살며시 손을 뻗어 머뭇머뭇 리프의 등을 만졌다.

"네. 이 아이는 리프라고 하는데 원래는 어른과 비슷한 크기의 커다란 늑대예요. 어지간한 호위보다 강해요."

내가 그렇게 대답하자 '커다란 늑대'라는 말에 반응해 리프를 쓰다듬던 카츄아 씨의 손이 멈췄다.

그 기척을 느끼고 눈을 감고 있던 리프가 한쪽 눈을 살짝 뜨고 카츄아 씨를 확인하더니 그대로 아무 일도 없었다는 듯이 다시 눈을 감았다.

카츄아 씨가 리프의 등에서 손을 떼서 대신 내가 리프의 등을 쓰다듬으며 부드러운 털을 빗겨 주자 기분이 좋은지 리프의 꼬리가 흔들렸다.

그런 식으로 잡담을 나누는데 첫 번째 물건에 도착했는지 마차의 흔들림이 멈췄다.

마차 문이 열리고 부동산 업자인 남자가 얼굴을 내밀었다.

"아가씨들, 첫 번째 물건에 도착했습니다."

업자는 손을 내밀어 우리 둘이 마차에서 내리는 것을 도왔다.

"여기는 딱 하급 귀족가와 상인가 사이의 경계선에 있습니다. 장사를 할 때 귀족과 평민 둘 다 고객으로 끌어들이는 입

지죠."

업자가 그렇게 말하며 건물 문을 열고 안으로 안내했다. 우리와 함께 당연하다는 듯이 리프도 들어왔다.

"이 물건은 정원을 중심으로 건물이 그것을 둘러싸듯이 만들어진 게 특징입니다. 어느 각도에서나 정원이 보여서⋯⋯."

"그건 안 돼! 밭에 해가 잘 안 들잖아요!"

내가 도중에 업자의 설명을 끊었다. 이러면 정해진 시간에만 해가 들어서 요정들도 만드라고라도 슬퍼할 거야!

"밭⋯⋯이요?"

업자가 깜짝 놀란 표정으로 눈을 동그랗게 떴다. 귀족 아가씨가 밭에 해가 안 든다는 이유로 물건을 거절했으니 그럴 만도 하다. 정원도 아니고 밭이라니.

"죄송해요. 데이지 님은 연금술을 하면서 약초도 직접 재배하시거든요. 그래서 약초를 재배할 밭을 만들 예정인 정원은 햇볕이 잘 들고 크기도 넓은 게 중요한 조건이에요."

깜짝 놀라서 얼어붙은 업자에게 카츄아 씨가 알기 쉽게 설명했다.

"과연, 그렇군요. 그런 거라면 이 물건은 아가씨 조건에는 맞지 않겠네요."

굳어 있던 업자는 납득이 됐는지 고개를 끄덕이더니 잠시 생각에 잠겼다.

그때였다.

입구의 문이 철컥, 하고 잠기는 소리가 들렸다.

난폭한 발소리가 나더니 껄렁한 남자 세 명이 견학 중이던 저택 안으로 난입했다.

"부동산 업자 형씨, 장사 하는데 미안. 우리가 그 비싸 보이는 옷을 입은 아가씨 두 명한테 용무가 있거든."

껄렁한 남자들이 낄낄 웃으며 이쪽으로 다가왔다.

리프는 작은 몸으로 작은 송곳니를 내밀고서 그르렁거렸다.

부동산 업자도 우리를 등으로 감싸듯이 앞을 가로막고 섰다. 손에는 호신용 단검을 들었다.

"아하하하! 조그만 멍멍이랑 손이 떨리는 형씨로는 좀 역부족 아닌가?"

껄렁한 남자들이 품에서 나이프를 꺼내 들고 더욱 가까이 다가왔다.

"아가씨 둘 다 옷차림을 보니 몸값도 받기 좋을 것 같고 얼굴도 귀여워서 팔아넘겨도 돈 좀 되겠는데!"

남자 한 명이 그렇게 말하며 나이프를 치켜든 순간, 리프가 원래의 커다란 펜릴의 모습으로 돌아왔다. 그르렁거리는 입으로 엿보이는 송곳니는 어른 남자 손가락보다 굵었다.

"어……?"

자신들을 뒤덮을 듯이 갑자기 나타난 짐승의 그림자에 세 난입자가 얼어붙었다.

리프는 그 틈을 놓치지 않고 나이프를 든 첫 번째 남자의 팔을 물어뜯어서 나이프를 떨어뜨리게 하고 배에 몸통 박치기를 먹였다. 남자는 빠르게 벽으로 날아가서 등을 부딪혀 기절했다.

그리고 남은 두 남자 옆을 빠져나가 등 뒤로 돌아가더니, 그 예리한 발톱을 옆으로 휘둘러서 단번에 네 다리의 발목을 갈랐다. 다리 힘줄이 잘린 두 남자가 쿵 하는 소리를 내며 사이좋게 제자리에 쓰러졌다.

　"아가씨들, 일단 여기에서 나가서 경비병을 부르죠! 빨리 이쪽으로 오세요!"

　우리는 업자가 안내하는 대로 출구로 이동했다. 다리가 아직 뻣뻣한 카츄아 씨는 업자가 잠시 실례를 구한 다음 안아 들었다. 리프는 불량배들을 감시할 셈인지 그 자리에 가만히 서 있었다.

　업자는 문을 열고 일단 우리를 밖으로 피신시킨 후 큰 목소리로 경비병을 불렀다.

　바로 경비병 두 명이 달려와서 업자의 설명을 듣고 건물 안으로 들어갔다. 그러자 경비병과 엇갈리듯이 강아지의 모습으로 돌아온 리프가 내 곁에 다가왔다. 나는 바로 리프를 품에 안고서 귓가에 감사를 전했다.

　불량배들은 경비병에게 체포되어 귀족 영애와 거상의 자녀 유괴 미수 용의로 끌려갔다.

　"확실히…… 어지간한 호위보다 강하네요."

　카츄아 씨가 작고 귀여운 강아지 모습으로 변해 내 품에 안긴 리프를 보며 후우, 하고 안도의 한숨을 내쉬었다.

　그 뒤로도 리프가 있으면 괜찮을 거라고 판단하고 물건을 보러 돌아다녔다. 그러다가 한 물건이 우리 눈에 들어왔다.

그 '공터'는 왕도 북서문 옆에 있었다. 성문에는 경비병 초소가 같이 있었고 문이 열려 있을 때도 경비병 두 명이 항상 대기해서 안전 면에서도 좋았다.

그리고 그곳은 마침 하급 귀족가와 상업지 사이에 있고, 나와 카츄아 씨의 친가에서도 가까워서 더할 나위 없이 좋은 곳이었다.

또 북서문은 왕도 서쪽에 있는 미궁 도시로 향하는 모험가나 상인도 많이 지나다녀서 장사를 하기에 안성맞춤이었다.

그 땅은 입지는 좋은데 한 번에 팔기에는 넓고 비싼 탓에 사겠다는 사람이 좀처럼 없었고 그렇다고 분할해서 팔기도 애매해서 업자도 고민하던 땅이라고 했다.

"예산이 충분하면 땅을 사서 원하는 대로 건물을 세우는 게 제일이죠."

온종일 물건을 찾아다녔더니 벌써 노을이 지기 시작했다. 카츄아 씨는 가만히 서서 해가 잘 드는 넓은 공터를 만족스럽게 바라보았다.

나도 그 옆에 나란히 섰다.

"고마워요."

나는 노을빛을 받으며 카츄아 씨의 손을 잡았다.

손을 맞잡은 두 사람의 그림자가 오렌지색으로 빛나는 지면 위로 끝없이 길게 늘어졌다.

여담이지만 내가 그 땅을 계약했다는 정보가 이 나라에서 가장 권력이 강한 분 귀에 들어갔다.

"좋은 땅을 점찍어 두었구나. 북서문의 경비병을 1년 뒤에 두 배인 네 명으로 늘리게 초소를 증축해라."

그런 명령이 내려왔다나 뭐라나.

제14장 가족 다 같이!

　나는 여전히 카츄아 씨의 도움을 받아 개점 준비를 하느라 바쁘게 돌아다녔다.

　카츄아 씨와 함께 다시 그린 3층짜리 건물 이미지를 토대로 목수와 상담하고 계약도 했다. 약 보관고는 공간 마술을 이용해서 시간이 경과하지 않는 특수한 성질을 부여해야 해서 마도구점에 특별히 주문을 넣기로 했다.

　건축 공사가 시작된 뒤로 일주일에 한 번은 공사 상황을 확인하러 갔다.

　1층 부엌이 완성되고 미나와 함께 조리 기구와 식기 선반 등의 크기와 배치를 확인했다.

　아틀리에 부분이 완성된 뒤에는 마커스와 함께 실험 기구와 약품 선반 배치를 확인했다.

　단과 마커스의 도움으로 새로운 밭을 만들고 씨앗도 뿌리고 모종도 옮겨 심었다.

　그렇게 분주한 일상 속에서 나는 또 한 살을 먹어서 아홉 살이 되었고 친가에서 보내는 마지막 해를 전력 질주를 하듯이 지내고 있었다.

집 뒤편 숲에 베리가 열리는 봄을 지나, 정원의 장미가 활짝 피어나는 여름을 지나, 수확의 계절인 가을을 맞이했다.

그런 어느 날, 내가 자려고 방으로 돌아가려던 때 어둠 속에서 정원에 우두커니 서 계신 아버지의 뒷모습이 보였다.

그 등이 무척 쓸쓸해 보여서 따뜻한 가운을 걸치고 정원으로 발걸음을 옮겼다. 가운 바깥으로 삐져나온 손과 볼이 조금 서늘했다.

"아버지."

나는 아버지가 걸친 가운 소매를 꼭 붙잡았다.

"별이 예뻐 보여서."

아버지가 올려다보는 시선 너머에는 짙은 군청색 밤하늘이 펼쳐졌다. 달은 가는 초승달이었고 수백 수천 개가 넘는 별이 서로 경쟁하듯이 반짝반짝 빛났다.

아버지는 내 키에 맞춰서 쪼그려 앉더니 내 양 옆구리에 손을 넣어서 내 몸을 들어 올린 다음 무릎 뒤로 팔을 넣어서 팔 위에 나를 앉히듯이 안았다.

"내년 봄이 되면 데이지는 아틀리에로, 레무스는 학원 기숙사에 가겠지. 다음 해에는 달리아도 기숙사에 들어가고. 이 집도 쓸쓸해지겠구나……."

그래. 아버지 말씀대로 내년 봄에 열두 살이 되는 오라버니는 본격적으로 마도사 공부를 하기 위해 국립 귀족 학원에 진학한다. 그다음 해에는 언니도 오라버니와 똑같은 과정을 밟

는다.

프레스라리아 가문의 세 연년생 남매가 분주히 집을 떠난다.

"아이들의 성장은 참 빠르구나. 더 천천히 자라 주면 좋을 텐데……."

아버지는 그렇게 말하며 나를 힘껏 끌어안았다.

"세례식에서 '연금술사'라는 직업을 하사받았을 때는 앞으로 어떻게 데이지를 격려할지 걱정했는데 그 뒤로 데이지는 마치 물 만난 물고기 같았지. 아직 어린 몸인데도 국왕 폐하의 신임을 얻은 연금술사가 되더니 벌써 독립해서 부모 곁을 떠나게 되다니. 아빠는 너를 더 돌봐 주고 싶은데 나설 차례가 없구나."

그때 한 줄기 유성이 떨어졌는데 어른이라서 울 수 없는 아버지 대신 하늘이 눈물을 흘리는 듯했다.

"죄송해요, 아버지. 저도 아직 아버지와 어머니 곁에 있고 싶어요. 하지만 그에 못지않게 연금술사로서 더 자유롭게 살고 싶기도 해요."

나도 가슴이 아려서 아버지의 어깨에 얼굴을 묻었다.

"사과할 것 없단다, 데이지. 너는 네가 원하는 대로 살려무나. 귀족의 저택 안에서 살아가기에는 네가 가진 가능성이 너무 크겠지. 같이 있고는 싶지만, 그 가능성을 닫아 두고 싶지는 않아. 세례식 날, 모든 것이 시작됐을 때 아빠와 엄마는 '연금술사'인 데이지를 응원하겠다고 말했지."

아버지는 그렇게 말하며 얼굴을 묻은 내 머리카락을 다정하게 어루만지셨다.

"아버지. 저, 오늘 밤에는 외로워서 혼자 못 잘 것 같아요. 아버지랑 같이 자도 돼요?"

아버지의 어깨에서 고개를 들고 나치고는 잘 안 하는 어리광을 부렸다. 아버지의 따뜻한 체온을 조금 더 느끼고 싶었다. 벌써 떨어지기에는 아쉬웠다.

그러자 아버지의 얇은 입술이 초승달 같은 모양으로 천천히 곡선을 그렸다. 나를 바라보는 자애로 가득 찬 눈도 부드럽게 휘었다.

"물론이지. 그런 부탁은 어린아이의 특권이니까."

아버지는 내 이마에 입을 맞추고 나를 끌어안은 채 정원에서 저택으로 돌아갔다. 그날 새벽에는 아버지의 침대 속에서 시간 가는 줄 모르고 어린 시절 추억 이야기를 나눴다. 그리고 크고 따뜻한 아버지의 품에 안겨 잠들었다. 나에게는 무척 소중한 밤이 되었다.

◆

다음 날, 나는 주방에 있는 테이블에 미나와 마주 앉아 몰래 상담했다.

"가족 여러분의 추억으로 남을 디저트를 준비하고 싶으시다고요……."

으음, 하고 고개를 갸웃거리며 고민하던 미나가 잠시만 기다리라며 주방 안쪽에 몇 권인가 놓인 책 중 한 권을 들고 돌아왔다.

그리고 내가 기다리는 테이블 위에 한 페이지를 펼쳐서 보여 주었다. 케이크의 토대가 되는 얇은 반죽을 만드는 법이 쓰인 페이지였는데 나는 이게 '추억에 남을 디저트'와 어떻게 이어지는지 모르겠다. 전혀 맛있어 보이지 않잖아.

"이런 식으로 달걀 거품을 내서 부풀리는 반죽이 있대요. 이걸 크고 넓게 구운 다음 크림 같은 걸 사이사이에 넣고 여러 겹 쌓아서 커다란 사각형 케이크로 만들면……."

"맞아, 휘핑크림! 우유로 만든 크림에 설탕을 넣어서 거품을 잘 내면 맛있는 크림이 된대!"

"그걸로 시험해요!"

우리는 얼굴을 마주 보며 함께 즐겁게 음모를 꾸미듯이 씨익 웃었다.

그다음 날, 우리는 시제품을 만들었다.

먼저 반죽을 만든다.

따뜻한 물을 넣은 요리용 볼 위에 다시 볼을 겹쳐 올리고 달걀을 깨서 푼 다음 설탕을 넣어서 커다란 포크로 하얗고 걸쭉하게 변할 때까지 거품을 낸다.

포크로 거품을 내기란 엄청나게 힘들었다……. 완성될 때까지 상당히 고전했다. 보다 못한 미나가 나를 도와 포크 두 자루를 사용해서 능숙하게 완성시켰다.

거품을 내고 나면 체 친 밀가루를 넣고 주걱으로 가루가 완전히 섞일 때까지 휘저으면서 중간에 데운 우유와 녹인 버터를 넣고 계속 젓는다.

버터를 바른 판에 반죽을 넣고 미리 데워 둔 오븐에 굽는다.

참고로 이번 건 시제품이라서 한 장만 굽고 그걸 잘라서 네 장을 만들기로 했다.

이번에는 휘핑크림이다.

동그란 나무로 만든 '원심 분리기'의 겉 뚜껑을 열고 안에 든 유리 용기에 우유를 넣는다. 마개를 닫은 유리 용기를 안에 장착하고 뚜껑을 덮은 뒤 '원심 분리기'에 달린 손잡이를 잡고 빙글빙글 돌린다.

그러면 안에서 우유가 든 유리 용기가 빙글빙글 회전하며 크림과 지방이 빠진 액체로 분리된다. 이걸 반복해서 필요한 만큼 크림을 뽑아냈다.

다음으로 분리한 크림을 볼에 넣고 설탕을 넣는다. 그 밑에 마법으로 만든 얼음물이 담긴 훨씬 큰 볼을 겹치고 또 포크로 휘젓는다. 완전히 걸쭉해질 때까지 열심히 거품을 낸다.

일단은 시제품 1호로군.

모양 만들기는 머릿속에 이미지가 있는 미나에게 부탁했다.

미나가 납작한 반죽을 놓고 그 위에 휘핑크림을 발랐다. 그리고 다시 그 위에 생지를 겹쳐 올리고 가장자리를 네모나게 잘라서 예쁘게 모양을 다듬었다. 그다음에 예쁜 사각형 반죽 덩어리의 모든 면에 휘핑크림을 발라서 케이크를 완성했다.

이게 네 배로 커진다면 외관이 너무 썰렁하겠는걸…….

"으음, 위에 뭔가 장식을 하는 편이 좋겠네요."

미나의 감상에 나도 동의했다.

"일단 시식할까요."

미나는 그렇게 말하며 케이크를 반으로 잘랐다.

단면은 생지와 크림 층이 겹쳐 있었다.

"으음, 뭔가 잘랐을 때 더 감동이 느껴지면 좋을 것 같네요."

미나는 불만족스러운 듯했다. 감동이 안 느껴졌는지 앞치마 아래로 살짝 엿보인 꼬리 끝이 전혀 안 움직였다. 미나는 이등분한 케이크를 접시에 나누고 디저트용 포크와 함께 각자의 앞에 놓았다.

내가 크게 한 입 먹어 보았다.

휘핑크림과 반죽을 함께 우물거리자, 미끈거리는 케이크가 입안에서 걸쭉하게 녹았다. 음, 맛있네. 맛있긴 한데…….

"단맛이나 식감에 좀 더 포인트가 필요하겠는데요……."

옆에서 미나가 내 생각을 대변했다.

"잼! 카시스 잼을 주걱으로 개서 과일의 섬유질을 제거한 다음에 제일 아래쪽 생지에 바르면 어떨까?"

내가 미나에게 제안했다.

"아, 그런 식으로 단맛에 대비를 주면 괜찮겠네요!"

미나가 고개를 끄덕였다.

"나머지는……."

미나가 그렇게 중얼거리고 잠시 생각에 잠겼다.

"지금 계절이면 배……. 배 설탕 절임을 얇게 썰어서 휘핑크림 층에 끼워 넣으면 어떨까요! 만들어 둔 절임이 있으니까 시험해 봐요!"

카시스 잼과 배 설탕 절임을 끼운 시제품 2호를 만들어서 시식했다.

"맛있어!"

"맛있어!"

단순했던 단면도 카시스의 붉은색과 배의 존재감으로 화려해졌다.

입안에서 카시스 잼과 배 설탕 절임의 강한 단맛이 단순한 크림의 맛에 포인트를 더했다. 살짝 남은 배의 아삭거리는 식감도 좋았다.

"썰렁한 윗면은 어떻게 하지? 뭔가 장식이 필요한데."

나와 미나가 고개를 갸웃거렸다.

"아, 깔때기에 색이 짙은 페이스트 상태의 소스를 넣어서 메시지를 쓰는 건 어떨까요! 분명 인상에 남을 거예요! 맛의 균형이 무너지지 않게 카시스 소스가 좋겠어요!"

◆

그리고 드디어 깜짝 놀랄만한 날이 찾아왔다.

"이게 오늘의 디저트니? 엄청 크구나."

웨이터가 바퀴 달린 테이블 위에 올려서 가져온 케이크를 보고 아버지가 놀라 눈이 휘둥그레졌다.

"어머, 위에 뭔가 쓰여 있어요!"

어머니가 케이크 표면에 쓰인 글자를 읽었다.

'가족은 영원히 함께야!'

내가 쓴 그 글자 주변에는 구운 과자로 만든 꽃이 수없이 박혀 있었다.

솔직히 말하자면 글씨를 그다지 예쁘게 쓰지는 못했다. 하지만 서툴러도 아버지, 어머니, 오라버니, 언니, 가족을 향한 마음만은 가득 담았다.

"이건 데이지 글씨네."

오라버니가 씨익 웃었다.

"나, 봄이 오는 걸 쓸쓸하게 여겼어. 그런데 왠지 이걸 보니 안심되네."

앞으로 1년 동안 집에 남아 있을 언니도 미소를 지었다.

"자, 같이 '케이크 커팅'을 해요! 가족 다 같이 함께 하는 거예요!"

나는 식사 테이블을 둘러싸고 앉은 가족에게 일어나라고 손짓했다.

나와 아버지가 함께 케이크 나이프를 들고 어머니 몫의 케이크를 잘랐다.

"그러고 보니 데이지는 세례식 때 마도사가 되지 못한다는 충격으로 방에 틀어박혔었지. 그때는 어쩌나 싶었는데 내 집무실에서 유리로 된 연금술 기구를 보여 주니까 갑자기 눈을 반짝이더라니까."

"유리 기구가 너무 신기하고 반짝거렸단 말이에요. 거기다 난생처음 보는 말이 잔뜩 쓰여 있는 책이 세 권이나 있어서 정말 두근거렸어요."

아버지는 모든 것이 시작된 날, 내가 연금술을 접한 날 이야기를 했다.

'연금술'과의 만남. 그것은 처음에는 나에게 최악의 형태로 찾아왔다. 하지만 아버지와 어머니의 인도 덕분에 지금은 없어서는 안 될 내 '직업'이자 '희망'이 되었다.

"그리고 자백제. 그것 때문에 데이지가 괴로운 결단을 내리게 됐지."

"그때 아버지는 무척 걱정하셨지만 지금 돌이켜 보면 그건 저에게 필요한 경험이었다는 생각이 들어요."

그리고 그 괴로운 결단에 얽힌 기억도. 이건 앞으로 내가 생각해야 할 과제겠지.

다음으로 어머니와 오라버니가 아버지 몫의 케이크를 잘랐다.

"그러고 보니 데이지가 처음 만든 그 포션은 엄청난 맛이었지. 데이지도 한 번 먹어 봤어야 했는데 말이야."

"오라버니의 요청으로 바로 안 쓴 포션을 만들었잖아요. 하지만 그때 오라버니의 표정 변화도 대단했어요."

그렇게 말하며 쓴맛이 났던 첫 포션의 추억을 이야기하는 오라버니에게 맞받아치는 나.

"실험할 때도 유리를 깨뜨리는 폭발을 일으켜서 케이트를 고생시켰었지…….”

"어머니도 참! 폭발은 거의 안 일으킨다고요!"

마력 조절이 잘 안 돼서 일어났던 폭발 사건을 떠올리는 어머니. 나는 불만스럽게 볼을 부풀렸다. 맞아, 케이트가 바로 어머니에게 일렀었지!

그리고 오라버니와 언니가 내 몫을 잘랐다.

"데이지도 참, 세례도 안 받았으면서 우리 연습에 껴서 열심히 마법을 연습했었지. 뭐, 발동은 안 됐던 것 같지만."

"하지만 우리 남매 중에서 제일 먼저 마수를 사냥한 사람은 데이지 아니었나?"

언니와 오라버니는 내가 어렸을 때 마법 연습을 방해했던 이야기와, 내가 채집하러 나갔다가 마주친 킬러 래빗을 무찌르고 돌아온 이야기를 했다.

"그러고 보니 마수가 왕도에 쳐들어왔을 때 멋대로 후방에 지원 갔다면서. 그거 나중에 아버지한테 호되게 혼났지. 정말 말괄량이라니까."

"아버지도 참전하시리라 생각하니 가만히 있을 수가 없었단 말이에요. 그건 이미 아버지한테 실컷 꾸중 들었으니까 그만해요!"

오라버니가 왕도를 지키려고 내가 멋대로 포션을 들고 전선으로 달려갔을 때 이야기를 꺼냈고, 나는 이미 끝난 일이라고 반론했다. 아버지가 그때의 일을 떠올렸는지 웃으면서 내 머리를 가볍게 토닥이며 달랬다. 그러고 보니 아버지의 이 손으로 꿀밤을 맞았었지.

그리고 오라버니와 내가 언니의 몫을 잘랐다.

"데이지 덕분에 우리 집과 왕실 식탁에만 매일 '폭신폭신 빵'이 오르게 됐지. 기숙사에 들어가면 빵이 맛없어서 집이 그리워질 것 같아."

마지막으로 언니와 내가 오라버니의 몫을 잘랐다.

"빵 재료는 잊지 말고 우리 집에 배달해야 해. 난 이제 맛없는 빵은 못 먹는다고. 아, 하지만 기숙사에 들어간 다음이 큰일이네……. 아, 안식일에는 돌아올 수 있겠다!"

오라버니도 언니도 매주 집에 돌아오면 아마 공부가 뒤처질 텐데…… 괜찮으려나?

추억 이야기로 꽃을 피우면서 케이크를 자를 때마다 모처럼 미나가 그려 준 디자인이 무너지고, 내가 쓴 메시지도 엉망진창이 되었다. 그래도 다 같이 자른 케이크의 엉망이 된 모습이 사랑스럽게 느껴졌다.

그리고 그 케이크는 지금까지 만들었던 어떤 것보다 가족들에게 호평을 받았다. 나도 지금까지 먹었던 어떤 것보다 맛있었다.

그리하여 마침내 우리 집 정원이 새잎이 돋아나고 봄 장미가 활짝 피어나는 봄을 맞이하면서 프레스라리아 가문에서 나를 포함한 아이 두 명이 독립하는 날이 찾아왔다.

나는 지금 왕도 변두리에 있는 어느 새로 생긴 연금술 아틀리에 앞에 서 있다. 가로수의 꽃이 흐드러지게 피었고, 그 꽃들이 개점일을 맞은 나를 축복하듯이 주위를 팔랑거리는 꽃잎으로 장식했다.

앞으로 나는 이곳에서 많은 사람과 만나고 넓은 세계를 경험하면서 언젠가 훌륭한 '연금술사'가 될 수 있을까.

그렇게 멈춰 선 나를, 내 옆에 앉아 있던 리프가 재촉하듯이 내 옷자락을 물고서 아틀리에 쪽으로 이끌었다.

나는 아틀리에의 문손잡이를 잡고 가게 안으로 한 걸음 발을 내디뎠다.

'아틀리에 데이지'

내 새로운 무대에서 펼쳐질 이야기가 지금 막을 올렸다.

후기

  처음 뵙겠습니다, yocco라고 합니다. 먼저 이 책을 구입해 주신 분들에게 제가 드릴 수 있는 최대한의 감사 인사를 드립니다. 그리고 매일 연재 사이트에서 응원해 주시는 분들께도 그 응원에 지지 않을 만큼 감사를 드립니다.

  저는 모 애니메이션화 된 작품을 통해 '소설가가 되자'라는 사이트를 알고 독자가 되었다가 이제는 소설을 쓰기 시작했습니다.

  감사하게도 상상 이상으로 많은 분이 작품을 읽어 주신 어느 날, '단행본 출간에 관한 연락'이라는 운영자님의 연락을 받았습니다. 그 연락에서 언급된 작품의 어떤 부분이 재밌는지를 말해 주셨다는 카도카와 북스의 S님과 함께 일을 하고 싶다는 생각이 들었습니다. 최선을 다해 단행본 출간을 도와주시고 매일 하는 웹 연재에 관한 고민까지 친절하게 들어 주신 S님에게는 말로 다 표현할 수 없을 만큼 많은 신세를 졌습니다. 정말 감사합니다.

  그리고 멋지고 부드럽고 섬세한 그림으로 데이지와 등장인물에게 색과 표정을 입혀 주신 쥰스이 선생님, 정말 감사합니다. 작업용 태블릿의 바탕화면으로 해 놓은 데이지의 캐릭터 설정화를 보며 매일 힘을 얻어요!

마지막으로 여기에는 다 적지 못할 만큼 많은 분들의 도움 덕에 이 책이 탄생했다고 생각합니다. 이 책의 제작에 관련된 모든 분께 감사드립니다. 진심으로 감사합니다.

왕도 변두리의 연금술사
~망한 직업에 당첨됐으니 느긋하게 가게나 경영하겠습니다~ 1

2023년 1월 20일 제1판 인쇄
2023년 1월 25일 제1판 발행

지음 yocco
일러스트 쥰스이

발행 영상출판미디어(주)
등록번호 제 2002-000003호
주소 21315 인천광역시 부평구 부평대로 283 A동 702호
전화 032-505-2973(代) | FAX 032-505-2982

ISBN 979-11-380-2194-4
ISBN 979-11-380-2193-7 (세트)

OTO NO HAZURE NO RENKINJUTSUSHI Vol.1
~HAZURE SHOKUGYO DATTA NODE, NOMBIRI OMISEKEIEI SHIMASU~
ⓒyocco, Junsui 2021
First published in Japan in 2021 by KADOKAWA CORPORATION, Tokyo.
Korean translation rights arranged with KADOKAWA CORPORATION, Tokyo.

구매 시 파손된 도서는 구매처에서 교환하실 수 있습니다.
기타 불편사항, 문의사항이 있으신 독자님께서는 노블엔진 홈페이지
[http://novelengine.com] 에서 Q&A 게시판을 이용해 주시기 바랍니다.